AS PAIXÕES
DA ALMA

AS PAIXÕES DA ALMA

René Descartes

Introdução, notas, bibliografia e cronologia por
PASCALE D'ARCY

Martins Fontes
São Paulo 2005

Esta obra foi publicada originalmente em francês com o título
LES PASSIONS DE L'ÂME.
Copyright © Pascale D'Arcy, introduction et notes in Descartes,
Les Passions de L'Âme, © GF-Flammarion, Paris, 1996.
Copyright © 1998, Livraria Martins Fontes Editora Ltda.,
São Paulo, para a presente edição.

1ª edição
1998
2ª edição
2005

Tradução
ROSEMARY COSTHEK ABÍLIO

Revisão técnica
Luís Felipe Pondé
Revisões gráficas
Solange Martins
Andréa Stahel M. da Silva
Dinarte Zorzanelli da Silva
Produção gráfica
Geraldo Alves
Paginação/Fotolitos
Studio 3 Desenvolvimento Editorial

Dados Internacionais de Catalogação na Publicação (CIP)
(Câmara Brasileira do Livro, SP, Brasil)

Descartes, René, 1596-1650.
  As paixões da alma / René Descartes ; introdução, notas, bibliografia e cronologia por Pascale D'Arcy ; tradução Rosemary Costhek Abílio. – 2ª ed. – São Paulo : Martins Fontes, 2005. – (Clássicos)

  Título original: Les passions de l'âme.
  Bibliografia.
  ISBN 85-336-2182-5

  1. Emoções – Obras anteriores a 1850 2. Espírito e corpo – Obras anteriores a 1850 3. Filosofia francesa I. D'Arcy, Pascale. II. Título. III. Série.

05-5235   CDD-194

Índices para catálogo sistemático:
1. Descartes : Obras filosóficas   194

Todos os direitos desta edição para a língua portuguesa reservados à
Livraria Martins Fontes Editora Ltda.
Rua Conselheiro Ramalho, 330 01325-000 São Paulo SP Brasil
Tel. (11) 3241.3677 Fax (11) 3101.1042
e-mail: info@martinsfontes.com.br http://www.martinsfontes.com.br

Índice

Nota sobre esta edição XVII
Introdução XIX
Cronologia CI

AS PAIXÕES DA ALMA

Cartas-prefácio
Advertência de um amigo do autor 3
Primeira carta ao senhor Descartes 3
Resposta à carta anterior 23
Segunda carta ao senhor Descartes 25
Resposta à segunda carta 26

Primeira parte
1. Que o que é paixão com relação a um sujeito é sempre ação de qualquer outro ponto de vista   27
2. Que para conhecer as paixões da alma é preciso distinguir entre suas funções e as do corpo .   28
3. Qual regra se deve seguir para esse fim 28
4. Que o calor e o movimento dos membros procedem do corpo, e os pensamentos da alma ...   29
5. Que é um erro acreditar que a alma dê ao corpo movimento e calor 29

6. Que diferença existe entre um corpo vivo e um corpo morto 30
7. Breve explicação das partes do corpo e de algumas de suas funções 30
8. Qual é o princípio de todas essas funções 32
9. Como se faz o movimento do coração 33
10. Como os espíritos animais são produzidos no cérebro 33
11. Como se fazem os movimentos dos músculos 34
12. Como os objetos externos agem sobre os órgãos dos sentidos 36
13. Que essa ação dos objetos de fora pode conduzir diversamente os espíritos para os músculos 37
14. Que a diversidade que existe entre os espíritos também pode diversificar seus cursos 38
15. Quais são as causas de sua diversidade 38
16. Como todos os membros podem ser movidos pelos objetos dos sentidos e pelos espíritos, sem auxílio da alma 39
17. Quais são as funções da alma 40
18. Da vontade 41
19. Da percepção 41
20. Das imaginações e outros pensamentos que são formados pela alma 42
21. Das imaginações que têm como causa unicamente o corpo 42
22. Da diferença que existe entre as outras percepções 43
23. Das percepções que relacionamos com os objetos que estão fora de nós 44
24. Das percepções que relacionamos com nosso corpo 44

25. Das percepções que relacionamos com nossa alma 45
26. Que as imaginações que dependem apenas do movimento fortuito dos espíritos podem ser paixões tão verdadeiras como as percepções que dependem dos nervos 46
27. A definição das paixões da alma..................... 47
28. Explicação da primeira parte dessa definição... 47
29. Explicação de sua outra parte 48
30. Que a alma está unida a todas as partes do corpo conjuntamente... 48
31. Que há no cérebro uma pequena glândula na qual a alma exerce suas funções mais especificamente do que nas outras partes 49
32. Como se sabe que essa glândula é a principal sede da alma 50
33. Que a sede das paixões não está no coração ... 51
34. Como a alma e o corpo agem um sobre o outro 51
35. Exemplo da maneira como as impressões dos objetos se unem na glândula que existe no meio do cérebro 53
36. Exemplo da forma como as paixões são excitadas na alma 53
37. Como se vê que todas elas são causadas por algum movimento dos espíritos...................... 54
38. Exemplo dos movimentos do corpo que acompanham as paixões e não dependem da alma 55
39. Como uma mesma causa pode excitar paixões diversas em homens diversos 55
40. Qual é o principal efeito das paixões............. 56
41. Qual é o poder da alma com relação ao corpo 56

42. Como encontramos na memória as coisas que desejamos lembrar... 57
43. Como a alma pode imaginar, manter-se atenta e mover o corpo... 58
44. Que cada vontade está naturalmente unida a algum movimento da glândula, mas por habilidade ou por hábito podemos uni-la a outros.. 58
45. Qual é o poder da alma com relação a suas paixões 59
46. Qual é a razão que impede que a alma possa dispor inteiramente de suas paixões............... 60
47. Em que consistem os combates que costumamos imaginar entre a parte inferior e a parte superior da alma.. 61
48. Como reconhecemos a força ou a fraqueza das almas e qual é o mal das mais fracas 63
49. Que a força da alma não basta sem o conhecimento da verdade... 64
50. Que não existe alma tão fraca que, sendo bem conduzida, não possa adquirir um poder absoluto sobre suas paixões................................. 64

Segunda parte
51. Quais são as primeiras causas das paixões 67
52. Qual é sua utilidade e como podemos enumerá-las 68
53. A admiração 69
54. A estima e o desprezo, a generosidade ou o orgulho e a humildade ou a baixeza............... 69
55. A veneração e o desdém 70
56. O amor e o ódio.. 70
57. O desejo 70

58. A esperança, o temor, o ciúme, a segurança e o desespero 71
59. A irresolução, a coragem, a ousadia, a emulação, a covardia e o medo 71
60. O remorso 72
61. A alegria e a tristeza 72
62. A zombaria, a inveja, a piedade 72
63. A satisfação consigo mesmo e o arrependimento 73
64. O favor e o reconhecimento 73
65. A indignação e a cólera 74
66. A glória e a vergonha 74
67. O fastio, o lamento e o regozijo 74
68. Por que esta enumeração das paixões é diferente da que é aceita habitualmente 75
69. Que há apenas seis paixões primitivas 75
70. Da admiração. Sua definição e sua causa 76
71. Que nessa paixão não ocorre a menor mudança no coração nem no sangue 76
72. Em que consiste a força da admiração 77
73. O que é o espanto 78
74. Para que servem todas as paixões e a que elas prejudicam 78
75. Para que serve particularmente a admiração . 79
76. Em que ela pode prejudicar; e como se pode suprir-lhe a falta e corrigir-lhe o excesso 79
77. Que não são nem os mais estúpidos nem os mais capazes que são mais propensos à admiração 80
78. Que seu excesso pode transformar-se em hábito quando se deixa de corrigi-lo 81
79. As definições do amor e do ódio 81

80. O que é unir-se ou separar-se voluntariamente 82
81. Da distinção que se costuma fazer entre o amor de concupiscência e o de benevolência 82
82. Como paixões muito diferentes coincidem em participar do amor 83
83. Da diferença que há entre a simples afeição, a amizade e a devoção 84
84. Que não há tantas espécies de ódio quantas de amor 85
85. Do agrado e do horror 86
86. A definição do desejo 87
87. Que é uma paixão que não tem contrário 87
88. Quais são suas diversas espécies 88
89. Qual é o desejo que nasce do horror 88
90. Qual é o que nasce do agrado 89
91. A definição da alegria 90
92. A definição da tristeza 91
93. Quais são as causas dessas duas paixões 92
94. Como essas paixões são excitadas por bens e males que dizem respeito apenas ao corpo; e em que consistem a cócega e a dor 92
95. Como elas podem também ser excitadas por bens e males que a alma não reconhece, ainda que lhe pertençam; tais como o prazer que sentimos em arriscar-nos ou em lembrarmos o mal que passou 94
96. Quais são os movimentos do sangue e dos espíritos que causam as cinco paixões anteriores 94
97. As principais experiências que servem para reconhecer esses movimentos no amor 95

98. No ódio 95
99. Na alegria 96
100. Na tristeza... 96
101. No desejo 96
102. O movimento do sangue e dos espíritos no amor.. 97
103. No ódio 97
104. Na alegria 98
105. Na tristeza.. 99
106. No desejo 99
107. Qual é a causa desses movimentos no amor... 100
108. No ódio 101
109. Na alegria 102
110. Na tristeza.. 102
111. No desejo 103
112. Quais são os sinais exteriores dessas paixões . 103
113. Das ações dos olhos e do rosto 104
114. Das mudanças de cor............................... 105
115. Como a alegria faz enrubescer 105
116. Como a tristeza faz empalidecer 106
117. Como freqüentemente enrubescemos estando tristes... 106
118. Dos tremores... 107
119. Da languidez... 108
120. Como ela é causada pelo amor e pelo desejo 108
121. Que ela também pode ser causada por outras paixões 109
122. Do desmaio... 110
123. Por que não desmaiamos de tristeza 110
124. Do riso.. 111
125. Por que ele não acompanha as maiores alegrias 111

126. Quais são suas principais causas..................... 112
127. Qual é sua causa na indignação..................... 113
128. Da origem das lágrimas........................... 114
129. Da forma como os vapores se transformam em água........................... 114
130. Como o que causa dor ao olho excita-o a chorar........................... 115
131. Como se chora de tristeza 116
132. Dos gemidos que acompanham as lágrimas .. 116
133. Por que as crianças e os velhos choram com facilidade........................... 117
134. Por que algumas crianças empalidecem em vez de chorar........................... 118
135. Dos suspiros........................... 118
136. De onde vêm os efeitos das paixões que são particulares a certos homens 119
137. Do uso das cinco paixões aqui explicadas, na medida em que se relacionam com o corpo.. 120
138. De seus defeitos e dos meios de corrigi-los... 121
139. Do uso das mesmas paixões, na medida em que pertencem à alma; e primeiramente do amor........................... 122
140. Do ódio 123
141. Do desejo, da alegria e da tristeza................. 124
142. Da alegria e do amor, comparados com a tristeza e o ódio........................... 124
143. Das mesmas paixões, na medida em que se relacionam com o desejo........................... 125
144. Dos desejos cujo resultado depende apenas de nós........................... 126
145. Dos que dependem apenas das outras causas; e o que é a fortuna 127

146. Dos que dependem de nós e de outrem 128
147. Das emoções interiores da alma 130
148. Que o exercício da virtude é um soberano remédio contra as paixões 131

Terceira parte
149. Da estima e do desprezo 133
150. Que essas duas paixões são simplesmente espécies de admiração 134
151. Que podemos estimar ou desprezar a nós mesmos 134
152. Por qual causa podemos estimar a nós mesmos 135
153. Em que consiste a generosidade 135
154. Que ela impede que desprezemos os outros. 136
155. Em que consiste a humildade virtuosa 137
156. Quais são as propriedades da generosidade; e como ela serve de remédio contra todos os desregramentos das paixões 137
157. Do orgulho 138
158. Que seus efeitos são contrários aos da generosidade 139
159. Da humildade viciosa 139
160. Qual é o movimento dos espíritos nessas paixões 140
161. Como a generosidade pode ser adquirida 142
162. Da veneração 143
163. Do desdém 144
164. Do uso dessas duas paixões 144
165. Da esperança e do temor 145
166. Da segurança e do desespero 145
167. Do ciúme 146

168. Em que essa paixão pode ser honesta 146
169. Em que ela é censurável 147
170. Da irresolução 148
171. Da coragem e da ousadia 149
172. Da emulação 149
173. Como a ousadia depende da esperança 150
174. Da covardia e do medo 150
175. Da utilidade da covardia 151
176. Da utilidade do medo 151
177. Do remorso 152
178. Da zombaria 153
179. Por que os mais imperfeitos costumam ser os mais zombeteiros 153
180. Da utilidade da zombaria 153
181. Da utilidade do riso na zombaria 154
182. Da inveja 154
183. Como ela pode ser justa ou injusta 155
184. De onde vem que os invejosos estejam sujeitos a ter a tez plúmbea 156
185. Da piedade 157
186. Quem são os mais propensos à piedade 157
187. Como os mais generosos são atingidos por essa paixão 157
188. Quem são os que ela não atinge 158
189. Por que essa paixão excita a chorar 158
190. Da satisfação consigo mesmo 159
191. Do arrependimento 160
192. Do favor 160
193. Do reconhecimento 161
194. Da ingratidão 161
195. Da indignação 162
196. Por que às vezes ela está unida à piedade e às vezes à zombaria 162

197. Que freqüentemente ela é acompanhada de
    admiração e não é incompatível com a alegria   163
198. De sua utilidade   163
199. Da cólera   164
200. Por que os que ela faz enrubescer são menos
    temíveis do que os que ela faz empalidecer..   165
201. Qua há dois tipos de cólera; e que os mais
    bondosos são os mais sujeitos ao primeiro....   166
202. Que as almas fracas e baixas são as que mais
    se deixam arrebatar pela outra   167
203. Que a generosidade serve de remédio contra
    seus excessos   167
204. Da glória   168
205. Da vergonha   169
206. Da utilidade dessas duas paixões   169
207. Da impudência   170
208. Do fastio   170
209. Do lamento   171
210. Do regozijo   171
211. Um remédio geral contra as paixões   172
212. Que é apenas delas que dependem todo o
    bem e todo o mal desta vida   174

Notas   175
Bibliografia   251

Nota Sobre Esta Edição

A presente edição foi feita a partir da edição prepaparada por Pascale d'Arcy (Editions Flammarion, Paris, 1996).

O texto proposto no original francês é o da edição de 1649, impresso em Amsterdam na editora dos Elzevier e que se encontra fielmente reproduzido na edição de Geneviève Rodis-Lewis (Vrin, 1955, edição revista em 1970).

Como é de costume, nas notas e na introdução reportamo-nos à paginação das *Oeuvres complètes* editadas por Charles Adam e Paul Tannery, que a maioria das outras edições retomam.

Ao longo do texto, as notas designadas por um número encontram-se no final do volume.

Introdução

> Há algo em mim,
> No fundo de mim, no centro de mim,
> Algo infinitamente árido.
>
> V. Larbaud

Se afinal se pode perguntar por que uma obra foi escrita e publicada, a questão é das mais embaraçosas em se tratando de *As paixões da alma*, ou *Tratado das paixões*, para conservar-lhe o título consagrado pela tradição e avalizado pelo próprio Descartes (carta a Elisabeth de maio de 1646). Antes de mais nada convém especificar que este *Tratado*, o último texto de Descartes, não foi publicado contra sua vontade ou postumamente. Se seguirmos o estudo cronológico proposto no prefácio da edição de Charles Adam e Paul Tannery (AT XI, 294-297), Descartes teria corrigido as provas e o texto teria ficado pronto antes mesmo de sua partida para Estocolmo[1]. Em todo caso, haviam circulado pelo menos dois exemplares da versão manuscrita: um enviado a Elisabeth e o outro a Cristina da Suécia (cartas de 20 de novembro de 1647); e talvez também um terceiro, pois as correções correspondem a sugestões de Clerselier[2]. Portanto, aos

....

1. A carta a Morus de 15 de abril de 1649 anuncia uma publicação para o verão.
2. "Quanto ao *Tratado das paixões*, não espero que apenas seja impresso depois que eu estiver na Suécia; pois fui negligente em revê-lo e em acrescentar-lhe as coisas que julgastes faltar nele" (carta a Clerselier de 23 de abril de 1649).

olhos de Descartes tal publicação devia ter um sentido, e isso num período em que ele havia anunciado que não pretendia escrever mais nada[3]. Porém essas observações legitimam a questão sem resolvê-la; e o pequeno número de comentários que o *Tratado das paixões* recebeu, em comparação com as *Meditações* ou com o *Discurso do método*, atesta que o embaraço é geral.

Antes de mais nada, sem que haja uma ausência total de estrutura, esse *Tratado* parece um tanto desarticulado. Não resulta em nenhum movimento geral, e a "nova classificação das paixões" (arts. 57 e 68) distingue-se pela multiplicação de transgressões que admite. Em seguida surge o problema de seu objeto. As paixões, é verdade; mas ainda... Trata-se, escreve Descartes, de obra de um físico (carta-prefácio de 14 de agosto de 1649), e, como parte da física, a anatomia efetivamente ocupa nela um lugar importante. No entanto, por *paixões* devem-se entender "percepções, ou sentimentos, ou emoções da alma, que relacionamos especificamente com ela e que são causadas, alimentadas e fortalecidas por algum movimento dos espíritos" (art. 27). O que se vai abordar não é a fome, a sede ou a dor que relacionamos com o corpo, e sim o regozijo, o desprezo, a vergonha, a cólera, etc. – todas elas emoções que lhe são alheias. Ora, a alma nunca foi objeto da física. À primeira leitura, a "física" participa apenas como complemento do que se parece com um tratado de psicologia empírica, propondo tanto uma tipologia das paixões como receitas para dominá-las. Mas nesse caso como pode ele inserir-se na filosofia geral de Descartes?

....
[3]. "Creio que o melhor que posso fazer doravante é abster-me de fazer livros" (carta a Chanut de 1 de novembro de 1646).

Introdução

É bem verdade que corresponde à expectativa expressa pela princesa Elisabeth; mas será possível fazer coexistirem decentemente as *Meditações metafísicas* com algo que competiria à seção "Psicologia" de uma revista semanal? Tinha Descartes uma estima tão miserável por Elisabeth que a julgava merecedora de tais leituras? Se, inversamente, procura-se enfatizar o cunho (relativamente) inovador da dimensão orgânica atribuída às paixões *da alma*, é o leitor moderno que, talvez pouco convencido da pertinência da biologia cartesiana, poderá questionar-se sobre o bom uso do tempo que terá passado a lê-lo.

É verdade que no *Tratado* também se encontram vestígios da metafísica cartesiana e a indicação de seus possíveis desdobramentos éticos. Mas parece difícil ver nele um tratado de metafísica que explique as modalidades da união entre a alma e o corpo. Nessa matéria, o *Tratado das paixões* quase só propõe reiterações e chega a mostrar-se menos preciso que as *Respostas às objeções*. Trata-se de uma obra de moral, destinada a oferecer o último ramo da árvore da ciência[4]? Mas os artigos que a abordam são dos mais minoritários; e o próprio Descartes escreve, na última carta-prefácio, que sua "intenção não foi explicar as paixões [...] como filósofo moral". Assim, em se tratando da moral, como aliás da união entre a alma e o corpo, o *Tratado das paixões* parece menos fornecer a

....
4. "Toda a filosofia é como uma árvore, de que as raízes são a metafísica, o tronco é a física, e os ramos que saem desse tronco são todas as outras ciências, que se reduzem a três principais, a saber: a medicina, a mecânica e a moral; refiro-me à mais elevada e mais perfeita moral, que, pressupondo um total conhecimento das outras ciências, é o último grau da sabedoria" ("Lettre au traducteur des *Principes*", AT IX, B 14).

resposta esperada do que manter uma lacuna. No máximo seria então um manual da *arte de bem viver*, situado justamente no ponto em que a vida, a existência do homem concreto inserido no mundo, está em ruptura com tudo o que um conhecimento claro e distinto produzido pelo entendimento possa trazer[5]. Mas trata-se então de um verdadeiro desafio; e um desafio ainda mais vão na medida em que essa experiência é imediata, por menos precisamente que nos abstenhamos de meditar[6].

Por que um "Tratado das paixões"?

Segundo Baillet, Descartes não pretendia fazer deste *Tratado* "uma coisa completa, que merecesse ser publicada" (*La vie de Monsieur Descartes*, 1946, p. 228; 1691, II, p. 280). Como indica a última carta-prefácio, inicialmente ele tinha apenas uma destinação privada e dirigia-se à princesa Elisabeth.

Filha de Frederico V – eleito rei da Boêmia no inverno de 1619-1620, antes de nesse mesmo inverno ser expulso por uma ofensiva das tropas austríacas –, a princesa seguiu a família no exílio. Assim, desde 1620 ela mora na Holanda, em Haia, onde sofre os contrachoques dos distúrbios políticos que agitam a Europa da primeira metade do século XVII. Culta, interessada em matemática, ela lê as *Meditações*, depois os *Princípios da filosofia*,

....
5. A idéia de uma tal ruptura é encontrada em F. Alquié, *La découverte métaphysique de l'homme chez Descartes* (cap. XV).

6. "É usando somente da vida e das conversações comuns, e abstendo-se de meditar e de estudar sobre as coisas que exercitam a imaginação, que se aprende a conceber a união entre a alma e o corpo." (Carta a Elisabeth de 28 de junho de 1643.)

que lhe são dedicados, e a partir de 1643 mantém com o filósofo uma correspondência que se prolongará até a morte deste. Em 1644 trava-se uma discussão sobre a moral. Enquanto o *Discurso do método* apresentava o conhecimento como meio de adquirir todas as virtudes (AT VI, 28), enquanto a carta-prefácio dos *Princípios* faz da moral o último grau da sabedoria, nessa época não há moral cartesiana, ou pelo menos não mais que em 1637, em que se tratava apenas de uma moral *provisória*[7].

No entanto a questão só é abordada indiretamente. A princesa Elisabeth passa por diversos problemas de saúde que Descartes atribui à influência das afecções da alma: "A causa mais comum da febre lenta é a tristeza" (carta de 18 de maio de 1645). Assim, para recuperar a saúde Elisabeth deve, pela força de sua virtude, tornar a alma contente – o que, em qualquer sentido que se tome o termo "contentamento", supõe que ela consiga libertar-se de suas paixões. Mas às dificuldades políticas ligadas ao restabelecimento da casa palatina* somam-se as encontradas por Carlos I da Inglaterra, tio da princesa, que acabará decapitado em 1649. Além disso, em 1645, Eduardo, irmão de Elisabeth, trai os seus casando-se com uma francesa e convertendo-se ao catolicismo. Em 1646, Filipe, outro irmão dela, mata o amante de sua irmã Luísa; e Elisabeth, mais ou menos acusada de participação no complô, tem de refugiar-se na Alemanha. Nessas condições, por maiores que sejam sua virtude e o empenho em apli-

....

7. *Discours de la méthode*, III (AT VI, 22); *Entretien avec Burman*, "Discours de la méthode" (Vrin, p. 125).

* Referência à vida palaciana, às responsabilidades da nobreza governante. (N. do R. T.)

car os preceitos cartesianos, tornar a alma contente não é assim tão simples:

> Considero que, apagando da idéia de um assunto tudo o que o torna penoso para mim [...], julgaria sobre ele tão sadiamente e lhe encontraria os remédios tão prontamente como [faço com] a afecção que nele coloco. Mas nunca soube praticar isso, a não ser depois que a paixão havia desempenhado seu papel. (Carta de 22 de junho de 1645.)

Em um primeiro momento Descartes limita-se a retomar a moral do *Discurso* (carta de 4 de agosto de 1645). Mas a princesa insiste: "Eu ainda não conseguiria livrar-me da dúvida, se é possível atingir a beatitude de que falais, sem a assistência do que não depende absolutamente da vontade" (carta de 16 de agosto de 1645). Há doenças que privam totalmente do raciocínio; e para uma princesa freqüentemente confrontada com reveses da sorte é difícil ater-se ao papel de filósofa.

Assim pressionado, Descartes – que anteriormente, para consolar Huygens da morte da esposa, limitava-se a escrever-lhe que para deixar de sentir saudades dela bastava parar de imaginar uma possível ressurreição (carta de 20 de maio de 1637) – tem de explicar-se tanto sobre o que é realmente a virtude como sobre sua compatibilidade com as paixões e os meios concretos de dominá-las. A base da discussão é fornecida pelo *De vita beata* de Sêneca, que Descartes estigmatiza precisamente por não haver ensinado "todas as principais verdades cujo conhecimento é necessário para facilitar o uso da virtude e para regrar nossos desejos e nossas paixões" (carta de 4 de agosto de 1645). Entre essas principais verdades, está sem dúvida o cabedal da doutrina cartesiana, abrangendo a existência de Deus, a distinção entre a alma e o corpo e o caráter indefinido* do mundo, mas também e sobretudo o que se refere à natureza das paixões (cartas de 1 e 15 de setembro de 1645). A moral inicial estipulando que "basta bem julgar para bem agir" (*Discours de la méthode*, III, AT VI, 28), que um esforço de vontade permite vencer qualquer desejo e até mesmo qualquer paixão, é substituída pela idéia de uma disciplina. A força de alma, por si só, não basta para dominar o corpo (art. 45). É preciso utilizar meios mais indiretos e instituir como que automatismos que, por ocasião de cada paixão, farão surgir as idéias que possam opor-se a elas. Em última análise, o que Descartes critica em Sêneca são as insuficiências de sua própria moral.

Nesse contexto é redigida a primeira versão[8] do *Tratado*, provavelmente remetida a Elisabeth em março de

---

* No original, *indéfinité*. Conceito cartesiano fundamental, trata-se da substantivação do adjetivo *indéfini*, assim definido por Descartes: "Introduzo aqui a distinção entre o INDEFINIDO e o INFINITO. E não há nada que eu chame propriamente de infinito, senão aquilo que em todas as partes não encontro quaisquer limites, no sentido em que só Deus é infinito. Mas as coisas em que sob qualquer consideração não vejo nenhum fim, como a extensão dos espaços imaginários, a multiplicidade dos números, a divisibilidade das partes da quantidade e outras coisas semelhantes, chamo-as de indefinidas e não de infinitas, porque em todas as suas partes não são sem fim nem sem limites." (Respostas às primeiras objeções, § 10, *Princípios da filosofia* I, 27.) (N. do R. T.)

8. Está fora de questão determinar quais remanejamentos exatos sofreu a versão definitiva com relação à que se destinava a Elisabeth, ainda mais que sobre esse ponto as afirmações de Descartes são contraditórias. Na carta de dezembro de 1648, ele menciona que teve de modificar o texto para adaptá-lo a um público mais amplo; porém na carta de 14 de agosto de 1649 observava que essas modificações consistiam em "poucas coisas". Já a carta a Clerselier de 23 de abril de 1649 indica que a obra foi aumentada de um terço, o que faz Ch. Adam e P. Mesnard dizerem que a terceira parte, à qual a correspondência com Elisabeth não faz a menor alusão, constitui um acréscimo de

1646[9]. A questão a que Descartes está obrigado a responder é saber de que forma é possível, se não vencer as paixões, porque ele não é "desses filósofos cruéis que querem que seu sábio seja insensível" (carta a Elisabeth de 18 de maio de 1645), pelo menos não sofrer com elas. Portanto, na medida em que responde à pergunta de Elisabeth, o objetivo do *Tratado* não é recordar a metafísica cartesiana, nem mesmo propor um conhecimento do homem para substituir a *Descrição do corpo humano*, de que Descartes não desistiu[10], e sim indicar-nos como podemos e devemos viver. Não se trata de reproduzir uma experiência imediata, mas, muito ao contrário, de determinar a natureza das paixões, a fim de esclarecer ou desmistificar as representações falaciosas que elas nos propõem espontaneamente sobre os bens exteriores (carta a Elisabeth de 1 de setembro de 1645).

A possibilidade das paixões

Na seqüência do *Discurso do método*, as *Meditações* forneceram um fundamento metafísico para a distinção substancial entre a alma e o corpo:

....

1649. Porém G. Rodis-Lewis observa que a doutrina da generosidade devia pelo menos estar esboçada na "parte moral" mencionada por Elisabeth (carta de 25 de abril de 1646), e que os artigos 83 e 145 remetem expressamente a artigos da atual terceira parte.

9. Sobre essa cronologia, ver as cartas a Elisabeth de novembro de 1645, a Chanut de 6 de março de 1646 e a Clerselier de 15 de junho de 1646, bem como a carta de Elisabeth a Descartes de 25 de abril de 1646.

10. Na carta a Elisabeth de maio de 1646, Descartes indica que não colocou no *Tratado das paixões* todos os princípios de física a que recorre para explicar os movimentos do sangue porque para isso teria precisado "explicar a formação de todas as partes do corpo humano". Ora, esse é justamente o objeto da *Descrição do corpo humano*, ou *Tratado do feto*, cuja redação ele inicia em 1647.

Introdução

[...] porque por um lado tenho uma clara e distinta idéia de mim mesmo, na medida em que sou somente uma coisa que pensa e não é extensa, e por outro lado tenho uma idéia distinta do corpo, na medida em que ele é somente uma coisa extensa e que não pensa, é certo que esse eu, isto é, minha alma, pela qual sou o que sou, é inteiramente e verdadeiramente distinta do meu corpo, e que ela pode ser ou existir sem ele. (*Méditations*, VI, AT IX, 62; ver também *Principes*, I, 61.)

Reiterada na primeira parte (arts. 2-5), essa distinção define o quadro da teoria cartesiana das paixões e também o que constitui sua originalidade com relação aos tratados anteriores ou contemporâneos. Com efeito, se acontece de estes tomarem distância dos detalhes da doutrina tomista, e sobretudo da classificação em onze paixões primitivas (Tomás de Aquino, *Somme théologique*, I-II, Q. 23), nenhum deles questiona realmente a localização das paixões em uma alma sensitiva, cujo estatuto, corporal ou espiritual, não está claramente estabelecido.

Definida por Aristóteles como "primeira entelequia de um corpo natural que tem a vida em potência" (*De l'âme*, II, 1, 412 a 38-39), a alma é antes de tudo princípio de vida ou de *animação*. Ela se divide em seguida em potência vegetativa – responsável pelo crescimento, nutrição e geração –, potência sensitiva – origem da sensibilidade, do movimento e do desejo –, e por fim intelectiva – fonte do pensamento (*ibid.*, II, 2). A primeira é comum a todos os seres vivos, a segunda pertence aos homens e aos animais, a terceira é exclusiva dos homens e em Tomás de Aquino (que retoma o essencial da doutrina aristotélica) das inteligências separadas, tais como os anjos.

O estatuto ontológico das duas primeiras almas é ambíguo. Com efeito, está claro que elas não são propriamente materiais, pois, observa Tomás de Aquino, se o corpo enquanto tal fosse princípio de vida, existiriam apenas corpos vivos (*op. cit.*, I, Q. 75, 1). Mas nem por isso podem ser dissociadas dos corpos a que animam.

> Se o olho fosse um animal completo, a visão seria sua alma: com efeito, essa é a substância do olho; substância no sentido de forma. Quanto ao olho, ele é a matéria da visão, e desaparecendo esta ele não é mais olho, a não ser por homonímia, como um olho de pedra ou desenhado. Assim, é preciso estender à totalidade do corpo vivo o que vale para uma parte: a relação que existe entre a parte do ponto de vista da forma e a parte do ponto de vista da matéria repete-se entre o todo da faculdade sensitiva e o todo do corpo dotado de sensibilidade tomado como tal. (Aristóteles, *De l'âme*, II, 1, 412 b.)

Assim como o movimento nada é fora do móvel que se move, assim também a alma sensitiva nada é fora da sensibilidade efetiva do animal, e não poderia ser imaginada independentemente da posse de um corpo adequado. Se a do homem ganha alguma espiritualidade, devido à sua união com uma potência intelectiva incorruptível[11], ainda assim nenhuma potência sensível poderia subsistir atualmente depois de a alma libertar-se do corpo.

A esses dados o *Tratado das paixões* não renuncia totalmente. A sensibilidade conserva uma ligação essencial com a posse de um corpo (art. 137)[12]. Mas a alma, prin-

---

11. Ver por exemplo Tomás de Aquino, *op. cit.*, I, Q. 76, 3.
12. Ver também *Méditations*, VI (AT IX, 58), e *Entretien avec Burman*, "Sixième méditation" (Vrin, p. 65).

cípio de animação ou ato do corpo, Descartes substitui-a pela realidade, no sentido mais estrito do termo: um espírito substancialmente distinto do corpo e passível de subsistir sem ele. Princípio de pensamento, por um lado o espírito não existe nos animais ou "bestas brutas"[13]; e por outro lado abrange "tudo o que se faz em nós de tal forma que o percebemos imediatamente por nós mesmos" (*Principes*, I, 9). Portanto ele é realmente o local das paixões (art. 17), mas está desembaraçado de toda e qualquer função orgânica (arts. 4-5). De um lado há o corpo, que nos é comum com os animais e deve reduzir-se à extensão modificada por figura e movimento[14]; do outro a alma, pura *res cogitans*; e o que se trata de compreender é como ambos podem ao mesmo tempo ser independentes e interagir, pois é evidente que podemos mover nosso corpo e que ele influi sobre nossos pensamentos[15].

....

13. O tema é recorrente em Descartes; ver sobretudo *Discours de la méthode*, V (AT VI, 45 *ss.*), e as cartas a Fromondus de 3 de outubro de 1637, a Reneri para Pollot de abril-maio de 1638, a Mersenne de 30 de julho de 1640, a Newcastle de 23 de novembro de 1646 e a Morus de 5 de fevereiro de 1649.

14. Para Descartes, a essência da matéria consiste em que ela é "uma substância extensa em comprimento, largura e profundidade" (*Principes*, II, 4). Dois tipos de atributos, ou modos, permitem distinguir suas diferentes partes (*ibid.*, I, 56): figura e movimento relativo (*ibid.*, I, 69, 75). Portanto a verdadeira explicação de um fenômeno material deve basear-se exclusivamente nessas propriedades (*ibid.*, II, 23-25).

15. Tomás de Aquino (*op. cit.*, I, Q. 76, 5) e Malebranche (*Entretiens sur la métaphysique et sur la religion*, IV, 13) empenham-se em justificar essa interação, respectivamente pelo estatuto inferior da alma humana, que a obriga a passar pelos sentidos para adquirir conhecimentos, e pela vontade divina de pôr-nos à prova. Já para Descartes ela é objeto de uma constatação que não se prolonga em justificativa alguma; e talvez seja aí que se deva procurar a origem do *mal-entendido* mencionado por Gouhier (*La pensée métaphysique de Descartes*, XII, 1) entre Descartes e seus interlocutores quanto à questão da união entre a alma e o corpo.

A primeira parte é dedicada a essa questão; e, se na economia do *Tratado* ela tem a dupla função de uma elucidação prévia e de um fundamento para os que porventura não tivessem tomado conhecimento das obras anteriores, praticamente não constitui mais que uma reiteração. Tendo estabelecido a distinção entre a alma e o corpo, Descartes deve primeiramente justificá-la mostrando que é possível explicar de maneira puramente mecânica o funcionamento orgânico (arts. 7-16)[16]; e depois explicar a presença de paixões numa substância puramente espiritual (arts. 17-47).

Antes de mais nada, o corpo pode mover-se e reagir adequadamente aos estímulos externos, sem auxílio de alma alguma. Vêem-se bem, "nas grutas e nas fontes que se encontram nos jardins de nossos reis" (*Traité de l'homme*, AT XI, 130), máquinas que se movem unicamente pela força da água e autômatos projetados de tal forma que seus movimentos correspondem às modificações do que está ao redor[17]. Assim, a aproximação de um forasteiro, que não pode deixar de pisar em uma determinada laje prevista para esse efeito, desencadeará a fuga de uma

----

16. A *Descrição do corpo humano* mostra o mesmo cuidado: "Pode-se ter dificuldade em crer que a simples disposição dos órgãos seja suficiente para produzir em nós todos os movimentos que não são determinados por nosso pensamento; é por isso que tentarei prová-lo aqui, e explicar toda a máquina de nosso corpo de uma forma tal que não teremos mais motivo para pensar que é nossa alma que produz os movimentos que não sentimos serem conduzidos por nossa vontade, do que temos motivo para julgar que há em um relógio uma alma que o faz mostrar as horas." (*Description du corps humain*, AT XI, 226.)

17. Descartes havia observado em Saint-Germain os autômatos construídos em 1598 pelo florentino Tommaso de Franchini.

Diana ou o aparecimento de um Netuno ameaçador (*ibid.*, p. 131), sem que seja necessário supor nessas figuras algo além da extensão modificada por figura e movimento. O corpo dos animais (e o nosso em especial) não é outra coisa, exceto que nesse caso a máquina, "tendo sido feita pelas mãos de Deus, é incomparavelmente mais bem ordenada, e tem em si movimentos mais admiráveis do que qualquer uma das que podem ser inventadas pelo homem" (*Discours de la méthode*, AT VI, 56). O coração fornece o calor que aumenta a pressão do sangue, e em seguida as partes mais sutis deste serão dirigidas para diversos canais, de tal forma que nossas reações são conformes com o que nossa conservação exige numa determinada situação. Agindo sobre os órgãos de nossos sentidos como sobre uma alavanca de comando, os objetos externos desencadeiam assim movimentos predeterminados, sem que seja necessário reportar-se à dimensão psíquica de uma sensação ou de um desejo[18].

Mas, uma vez estabelecida a perfeita autonomia do corpo, e por outro lado sabendo que a alma é uma *res cogitans* substancialmente independente, resta justificar que possamos sentir paixões. Tradicionalmente, elas eram relacionadas com a potência sensitiva da alma, distinta da potência racional e comum a todos os animais. Com efeito, para Aristóteles estes se distinguem das plantas por terem sensações. Ora, "aquele que tem a sensação sente justamente por isso o prazer e a dor, o agradável e o doloroso"; portanto possui o apetite, "pois este é o desejo pelo agradável" (*De l'âme*, II, 3, 414 b). Paralelamente, a alma não é uma substância legitimamente separável do

....
18. Sobre a descrição do mecanismo fisiológico, ver o Anexo.

corpo e lugar externo de sua sensibilidade. Ela se confunde com a atividade dos órgãos dos sentidos, os únicos que efetivamente entram em contacto com objetos externos agradáveis ou dolorosos. Inversamente, a parte racional da alma, por não ser o ato de qualquer órgão corporal (*ibid.*, III, 4, 429 a), seria alheia a toda espécie de sensações, desejos e paixões em geral[19].

Retomado por Tomás de Aquino (*op. cit.*, I, Q. 75-80), esse esquema predomina durante a primeira metade do século XVII, que é unânime em definir as paixões como "um movimento da alma que ocorre no apetite sensitivo para a busca de um bem ou o evitamento de um mal, verdadeiro ou aparente"[20]. Inversamente, o dualismo cartesiano parece torná-las incompreensíveis. Os órgãos dos sentidos não sentem mais nada, o movimento do corpo não está ligado a qualquer princípio de animação, os organismos conservam-se por si mesmos, fora de qualquer desejo; e se a alma, faculdade espiritual, continua a ser o único lugar possível de uma sensação, é difícil compreender como uma pura *res cogitans* poderia por si mesma sentir paixões.

* *

O problema coloca-se em três níveis. De um ponto de vista ontológico, é inconcebível que a ação material

....
19. "As potências ativas cuja forma não está integrada na matéria são impassíveis." (*De la génération et de la corruption*, 324 b 4).

20. J.-P. Camus, *Traité des passions de l'âme*, in *Diversités*, t. IX, p. 70; mesma definição em Sénault, *De l'usage des passions* (Fayard, 1987, pp. 51-52), Coeffeteau, *Tableau des passions humaines*, I, 1 (1630, p. 2), Cureau de La Chambre, *Les caractères des passions*, I, "Avis au lecteur" (não-paginado).

de um objeto sobre um corpo igualmente material possa produzir um efeito qualquer sobre uma alma imaterial. Em segundo lugar, tampouco se compreende como um puro espírito poderia envolver-se não somente com a sensibilidade, mas com as paixões, caracterizadas por sua irracionalidade. E, por fim, se é verdade que a sensibilidade, ou o que a substitui nos animais, é independente de toda e qualquer faculdade psíquica, qual relação se vai poder estabelecer entre a agitação dos espíritos animais e as idéias da alma?

Quanto ao primeiro ponto, a resposta de Descartes é perfeitamente clara. A dificuldade toda se deve a "uma suposição que é errônea e que não pode de forma alguma ser provada, a saber: que, se a alma e o corpo são duas substâncias de natureza diversa, isso as impede de poderem agir uma sobre a outra" (carta a Clerselier, AT IX, 213). A análise tradicional da categoria paixão estipula que o agente e o paciente devem ser diferentes, sem o que um não sofreria a ação do outro; e no entanto do mesmo gênero, condição necessária para que seja possível uma interação[21]. Mas, escreve Descartes, a experiência que temos dessa interação torna-a indubitável: "É preciso atentar bem que essa é uma das coisas que são conhecidas por si mesmas, e que tornamos obscuras toda vez que queremos explicá-las por outras." (Carta a Arnauld de 29 de julho de 1648[22].) No entanto, pressionado para justifi-

---

21. Assim, para Aristóteles, "pois não é qualquer coisa que pode naturalmente agir e sofrer a ação, mas somente o que é contrário ou encerra em si uma contrariedade, também é preciso necessariamente que o agente e o paciente sejam genericamente semelhantes e idênticos, mas especificamente dissemelhantes e contrários" (*De la génération et de la corruption*, I, 7, 323 b 30).

22. Ver também a célebre carta a Elisabeth de 28 de junho de 1643, na qual Descartes explica que conhecemos melhor a união entre a alma e o cor-

cá-la, Descartes quase sempre hesita entre dois modelos. O primeiro, iniciado no *Tratado do homem* (*Traité de l'homme*, AT XI, 176-177), continuado na *Dióptrica* (*Dioptrique*, AT VI, 112) e tendentemente retomado no *Tratado das paixões* (art. 31), considera uma interação de tipo causal, de forma que os movimentos da glândula pineal produzem na alma sensações ou emoções, de acordo com uma correspondência estabelecida por Deus[23]. No segundo modelo, esboçado nas *Meditações*, que evocava a "mistura do espírito com o corpo" (*Méditations*, AT IX, 64) e também ele parcialmente retomado no *Tratado das paixões* (art. 30), a alma se torna como que a forma do corpo[24] e está fora de cogitação compreender a interação de ambos como um contacto (carta a Elisabeth de 21 de maio de 1643). Assim como algumas pessoas imaginam que a gravidade é uma qualidade incorpórea e espalhada por todo o corpo, assim também a alma está

....

po pelos sentidos do que pelo entendimento. Jogando com as versões francesa e latina dos *Princípios* (*Principes*, II, 2), J. Laporte (*Le rationalisme de Descartes*, I, 2, p. 233) acredita poder estabelecer que o conhecimento da união entre a alma e o corpo procede de uma intuição.

23. No contexto polêmico das *Notae in programma*, Descartes chega ao ponto de excluir toda e qualquer verdadeira interação: "As idéias da dor, das cores, dos sons e de todas as coisas semelhantes devem nos ser naturais, para que nosso espírito, por ocasião de certos movimentos corporais com os quais elas não têm a menor semelhança, possa imaginá-las." (AT VIII, B 358-359, trad. francesa F. Alquié.)

24. "[...] *humanum animam, etsi totum corpus informet* [as almas humanas que informam a totalidade do corpo]" (*Principes*, IV, 189); e também na carta a Mesland de 9 de fevereiro de 1645: os corpos dos seres humanos "são *eadem numero* [numericamente os mesmos] apenas porque são informados pela mesma alma". Na carta a Hyperaspistes de agosto de 1641 (2), Descartes chega a escrever: "se por *corporal* entende-se tudo o que pode, de qualquer maneira que seja, afetar o corpo, nesse sentido o espírito deverá também ser dito corporal". Sobre esse ponto, ver H. Gouhier, *La pensée métaphysique de Descartes*, XIII.

presente e atuante em todas as partes do corpo, sem por isso ser extensa, propriamente falando (*Réponses aux sixièmes objections*, AT IX, 240)[25]. Assim, em um caso a união entre a alma e o corpo é compreendida como relação de duas *coisas*; no outro, enfatiza-se o caráter substancial da unidade de ambos. A coexistência desses dois modelos atesta sua igual insuficiência; e a diversidade das doutrinas implantadas pelos sucessores de Descartes – o ocasionalismo de Malebranche, a harmonia preestabelecida de Leibniz e o paralelismo de Spinoza[26] – basta para mostrar o quanto a união entre a alma e o corpo podia conservar de problemático.

* *

Sejam quais forem essas dificuldades, tal união fornece a Descartes o ponto de partida para uma teoria das paixões que por um lado recupera o sentido ontológico da palavra, e por outro lado liga-as aos interesses do corpo sem deixar de conservar-lhes uma essência puramente espiritual.

Com efeito, em primeiro lugar, se os predecessores imediatos e os contemporâneos de Descartes estão de acordo em agrupar sob a palavra *paixão* estados afetivos como a alegria, a tristeza, o amor, o ódio, etc., o termo em si não está isento de ambigüidade, como atesta a análise semântica do "nome paixão" proposta por J.-P. Camus:

....

25. Sobre esse paradigma da gravidade, ver também a carta a Clerselier e a carta a Arnauld de 29 de julho de 1648.

26. Malebranche, *Entretiens sur la métaphysique et la religion*, IV, § 11; Leibniz, *Discours de métaphysique*, XV, XXXIII, e carta a Arnauld de 4-14 de julho de 1686 (Vrin, p. 123); Spinoza, *Ethique*, II, XI-XIII. Ver também J. Laporte, *op. cit.*, III, 1 (pp. 222-224), e F. Alquié, *Le cartésianisme de Malebranche*, VI, B-C.

Não é preciso consultar longamente seu léxico para encontrar *a patiendo*, posto que a alma sofre como que distorsões quando é pressionada e solicitada um pouco além da medida, de algum desses movimentos, o que poderia convir com a opinião daquele filósofo antigo que chamava as paixões de doenças da alma. Poder-se-ia alegar, ao contrário, que esse nome parece impróprio para a coisa à qual se quer uni-lo, parecendo ter mais afinidade com o corpo do que com a alma, que por sua natureza parece impassível, como uma forma viva e vivificante, nascida mais para agir do que para sofrer a ação, se não se quisesse dizer que nessa matéria *passio* tirasse sua origem do verbo grego ποιέω, que significa fazer, de onde teria procedido a palavra πάθος, de onde vem o termo paixão. E, de fato, quem quiser considerar de perto as paixões em seu ser específico encontrará que elas são antes movimentos da alma agindo do que suportando: o amor, o ódio, a cólera e as outras parecem agir contra ou a favor de seus objetos, mais do que serem atingidas por estes. (*Traité des passions de l'âme*, III, in *Diversités*, t. IX, p. 18.)

Reportada ao latim *pati* a paixão é primeiro sofrimento, enquanto reportada ao grego πάθος ela se apresenta mais como agitação da alma, sendo que ambas as etimologias remetem a um fenômeno sofrido sob ação de uma realidade externa. A articulação desses três sentidos praticamente não apresenta problema enquanto se admite que a alma, pelo menos em sua parte racional, é legitimamente alheia ao devir. Por conseguinte, toda agitação é perturbação e essa identificação culmina nos autores de inspiração estóica, como Du Vair[27], que no século XVI havia traduzido Epicteto.

....
27. Ver sobretudo *De la philosophie morale des stoïques* (Vrin, 1946, pp. 71-72).

Mas a alma é igualmente princípio de movimento, e portanto é evidente que tudo o que a *comove* a aliena precisamente por isso. Assim, Cureau de La Chambre[28], por exemplo, acaba por conceber as chamadas *paixões* como verdadeiras ações da alma, sendo que a alteração agora tem a ver com o corpo:

> Considero a paixão em sua natureza e em sua essência, e, como é um movimento da alma, em toda parte onde reconheço esse movimento reconheço ali também a paixão; de forma que, como a virtude não é mais do que um movimento regrado e uma paixão moderada pela razão, pois uma paixão moderada é ainda uma paixão, posso, ao tratar das paixões em geral, falar das que estão sob a direção das virtudes, tanto quanto das que são conduzidas pelos vícios. (*Les caractères des passions*, II, "Avis au lecteur", não-paginado; ver também t. I, p. 3.)

A reabilitação das paixões empreendida no século XVII sem dúvida revela ainda um antagonismo entre a sensibilidade e a razão; mas em 1645 a articulação entre o sentido ontológico (proveniente de Aristóteles[29]) e o sentido afetivo ou psicológico da palavra *paixão* não é mais evidente[30]. Assim sendo, a apresentação cartesiana tem o mérito de restabelecê-la: as paixões da alma resultam realmente de uma ação correlativa (art. 1), cujo su-

---

28. A carta a Mersenne de 28 de janeiro de 1641 informa-nos que Descartes consultou o primeiro volume dos *Caractères des passions*, publicado em 1640, e ali encontrou "apenas palavras". Segundo Baillet, os dois homens teriam trocado muitas cartas – das quais não se encontra o menor vestígio – depois de seu encontro em 1644, e Cureau teria recebido um exemplar do *Tratado* (*op. cit.*, 1691, II, p. 393).

29. *Catégories*, 9, 11b; *Métaphysique*, Δ 21.

30. Sobre essa evolução do conceito de *paixão*, ver também N. Luhmann, *Amour comme passion*, VI (Aubier, 1990, pp. 83-85).

jeito é o corpo (art. 2) e com relação à qual ela é puramente passiva.

* *

Situadas em uma *res cogitans* independente, as paixões portanto não são uma produção espontânea dela. Resultam de uma ação do corpo sobre a alma; e uma ação que, diferentemente da que ocorre durante a percepção de objetos externos, *comove* a alma (art. 28); isto é, no sentido estrito, coloca-a em movimento ou influi sobre sua vontade. De fato, sendo substancialmente independente, a alma não está em seu corpo "como um piloto em seu navio" (*Méditations*, VI, AT IX, 64; *Discours de la méthode*, V, AT VI, 59)[31]. Se está apta para concebê-lo racionalmente ou para dar-se conta dele mecanicamente, a relação que mantém com o corpo é antes de tudo sensível: "Não há nada que [a] natureza me ensine mais expressamente, senão que tenho um corpo que se acha indisposto quando sinto dor, que tem necessidade de comer e de beber quando tenho as sensações da fome e da sede." (*Méditations, ibid.*) A alma não se limita a perceber as feridas do corpo, como um piloto percebe pela visão que alguma coisa está se rompendo em seu navio: ela as sofre, e é isso que constitui o sentido primeiro das paixões.

Essa correlação entre as tendências da alma e as do corpo não procede de alguma necessidade. Como a alma não é mais princípio de animação, o corpo não tem a menor necessidade de que ela se represente o que lhe

....
31. Recorrente nos textos anteriores ao *Tratado* cartesiano, a expressão é retomada de Aristóteles (*De l'âme*, II, 1, 413 a) e da imagem do piloto e do navio habitualmente atribuída a Platão.

é útil para poder conservar-se. A agitação particular dos espíritos, a modificação do movimento cardíaco que o mantém não se destinam primeiramente a agir sobre a alma ou a informá-la sobre o estado do corpo. Se seguirmos o *Tratado do homem* (*Traité de l'homme*, AT XI, 193-194)[32], elas visam a realizar num plano orgânico as condições de uma ação eficaz, fornecendo aos músculos os espíritos que vão permitir-lhes mover os membros. A máquina corporal é perfeitamente autônoma, e é de maneira quase acidental que esses movimentos excitam paixões na alma.

De fato, a alma não tem mais necessidade do corpo. Está claro que ele não é seu sujeito, e nada em Descartes destina particularmente o espírito humano à encarnação, nem a querer a conservação de seu corpo. A união de ambos, compreendida agora no sentido concreto de uma comunidade de interesse, é somente objeto de uma constatação – acontece que não estamos em nosso corpo como um piloto em seu navio – e é a partir dessa constatação que as *Meditações* se empenham em explicar as paixões. É evidente que estas são enganadoras quando se trata de conhecer a verdadeira essência dos corpos; mas é que na realidade destinam-se a "indicar a [nosso] espírito quais coisas são convenientes ou prejudiciais para o composto do qual ele é parte" (*Méditations*, VI, AT IX, 66; ver também *Principes*, II, 3). Como estamos interessados na conservação de nosso corpo, dispor de maneira inata dos conhecimentos necessários, ou mais exatamente ser constituído de tal maneira que o espírito seja avisado dos desconfortos e necessidades do corpo, atesta a bondade de Deus (*ibid.*, p. 70)[33]. Mas é também a ocorrência desses

....
32. Ver o texto citado em nota do artigo 101.
33. Ver também a carta a Hyperaspistes de agosto de 1641 (1).

avisos que desperta o interesse da alma pelo corpo. Se não sentíssemos dor alguma quando o corpo é ferido, talvez o abandonássemos à destruição, mas esta tampouco nos afetaria. É preciso dizer que uma tal diferença nos privaria de nossos meios de agir? Que haveria incoerência da parte de Deus em ter-nos ligado a um corpo sem incentivar-nos a manter essa ligação? Que a alma humana, consciente de sua perfeição superior, correria o risco de ser tentada a desembaraçar-se desse corpo, se as paixões não a dissuadissem disso? Nenhuma dessas justificativas se encontra em Descartes. A ligação entre a existência das paixões e o interesse que a alma toma por seu corpo é recíproca e deriva de uma decisão inicial cujos motivos não têm de ser questionados[34].

Compreendidas dessa maneira, as paixões constituem a transposição ou a tradução espiritual dos movimentos corporais: o que suscita o evitamento ou a busca, o prejudicial e o útil torna-se assim o doloroso ou o prazeroso, e é realmente em termos de significado que a correspondência entre a ação dos objetos externos e as impressões da alma se apresenta nas primeiras páginas do *Mundo*[35]. Do objeto até sua idéia há toda a distância de uma conversão quádrupla: das propriedades materiais do objeto à tração de um nervo, desta à abertura de um poro na substância cerebral, dessa abertura à impressão produzida na glândula pineal e por fim dessa impressão à idéia. A imagem da cera na qual se imprime diretamente a forma do objeto (Aristóteles, *De l'âme*, II, 12, 424a), a

....
34. "Também não nos deteremos em examinar os fins que Deus se propôs ao criar o mundo, e excluiremos inteiramente de nossa filosofia a busca das causas finais." (*Principes*, I, 28; Ver também a carta a Hyperaspistes de agosto de 1641, 10.)

35. Ver também *Dioptrique*, IV (AT VI, 112), e *Principes*, IV, 197.

exigência de uma semelhança entre as dimensões espiritual e corporal das paixões, tal como ainda a encontramos sobretudo em Cureau de La Chambre[36], em Descartes foram substituídas pelo modelo da linguagem que permite que duas realidades dissemelhantes remetam uma à outra, mediante a instituição inicial de uma relação que em si é arbitrária. Assim, a distinção substancial entre a alma e o corpo, qualquer que seja a radicalidade com que é concebida, não impede, pelo fato da intervenção da vontade divina, um paralelo entre o que ocorre no corpo e o que a alma sente.

No *Tratado*, conserva-se o princípio geral que afirma que as paixões se justificam por um interesse da alma pelo corpo. Como enfatiza Descartes em várias ocasiões, a utilidade natural delas é incitar a alma a querer as ações para as quais a agitação dos espíritos prepara o corpo (arts. 40, 52 e 137). Mas a definição das paixões fundamenta-se agora numa distinção – ignorada pelas *Meditações* e somente assinalada nos *Princípios* (*Principes*, IV, 190) – entre as paixões propriamente ditas, que relacionamos com nossa alma, e as percepções, tais como a dor, o prazer, a fome ou a sede, que relacionamos com o corpo (art. 24). Estas últimas são realmente modificações da al-

---

36. "Porque os efeitos são semelhantes às suas causas, os movimentos do corpo, que são efeitos da alma, devem ser imagens da agitação que ela apresenta." (*Les caractères des passions*, I, 2, p. 52.) Portanto os movimentos da alma devem ser compreendidos pelo modelo dos movimentos locais; e, em se tratando por exemplo do amor, é preciso conceber que a parte apetitiva da alma, que normalmente reside no coração, tende a dirigir-se para a imaginação, situada no cérebro, onde se encontra a idéia do objeto amado. Como no entanto não é possível que a parte sensitiva da alma deixe seu lugar natural, Cureau explica que, mais perfeitos que os do corpo, os movimentos da alma, mesmo que sensitiva, não requerem nem sucessão de tempo nem mudança de lugar (*ibid.*, pp. 57-59).

ma, à qual propriamente informam que um objeto é útil ou prejudicial ao corpo; e o fazem de tal maneira que ela possa perceber o valor vital do objeto, mesmo quando o estado de seus conhecimentos não lhe permite antecipar-se aos efeitos nefastos de uma falta de água ou de alimento. Mas, embora seja imediatamente apreendida pela alma como significando a presença de um mal, nem por isso a dor deixa de corresponder, *mutatis mutandis*, aos julgamentos do corpo unicamente. Embora a alma esteja "como que misturada" com ele, não é ele. Assim, para ela a presença de um bem ou de um mal traduz-se não pelo prazer e pela dor, e sim pela alegria e pela tristeza; e se estas quase sempre acompanham aqueles, o que costuma levar-nos a confundi-los (art. 94; carta a Elisabeth de 6 de outubro de 1645)[37], simultaneidade não é identidade. "Na sede, a sensação que temos de secura na garganta é um pensamento confuso que dispõe ao desejo de beber, mas que não é esse desejo propriamente dito." (Carta a Chanut de 1 de fevereiro de 1647.) Em um caso, a alma sofre de um sofrimento que lhe é fundamentalmente alheio ou constata uma propensão que lhe é exterior; no outro, a lesão e o desejo são dela.

Por isso, em um primeiro momento, a reduplicação do prazer e da dor pela alegria e pela tristeza parece atender às exigências da união entre a alma e o corpo mais exatamente do que o faziam as *Meditações*. Com efeito, a alegria e a tristeza expressam no nível da alma, de

....
37. As flutuações na terminologia adotada pelos diversos tratados anteriores ou contemporâneos parecem dar razão a Descartes: para Coeffeteau, Cureau de La Chambre e Sénault, as paixões que correspondem à presença de um bem ou de um mal são o prazer e a dor, enquanto para Vives e Camus são a alegria e a tristeza; Camus opõe-nas expressamente ao prazer e à dor, que se referem mais ao corpo (*op. cit.*, LIII, LVI).

uma forma que poderia ser espinosista, o mal-estar ou o bem-estar do corpo, às vezes sem que seja possível mesmo a distância de uma consciência (art. 94). Essa situação, percebida pelo embrião (arts. 107-111; carta a Chanut de 1 de fevereiro de 1647), é a mais conforme com a natureza (art. 138). Mas se trata apenas do primeiro estágio das paixões, precisamente aquele conhecido pelo embrião, cujo espírito recentemente unido ao corpo "está ocupado apenas em sentir ou em perceber confusamente as idéias de dor, de cócega" (carta a Hyperaspistes de agosto de 1641). Inversamente, "às vezes podemos sofrer dores com alegria, e receber cócegas que desagradam" (art. 94). Aliás, se essa distância com relação ao corpo não é primeva, tampouco é realmente contra a natureza. Qualquer que seja o interesse que a alma possa ter pelos interesses do corpo, nem por isso ela deixa de ter seus próprios julgamentos no tocante ao bem e ao mal; e, sem ter sido *querida* pela natureza, sua oposição ao corpo não pode ser compreendida como uma perversão. Embora quase sempre confiáveis – enfatizou-se muitas vezes essa confiança de Descartes nas "lições da natureza" –, as paixões não o são sempre. Mesmo quando se trata de apontar as necessidades mais imediatas do corpo, acontece-lhes de induzir-nos em erro e, de qualquer maneira, são sempre excessivas (art. 138; *Méditations*, VI, AT IX, 66-69). Assim, ao distinguir entre a expressão afetiva dos interesses do corpo e a dos interesses da alma, a primeira parte do *Tratado* na realidade está preparando uma ruptura, que sem dúvida atesta o empenho cartesiano em explicar a experiência, mas não deixa de estar na origem das dificuldades encontradas na segunda e na terceira partes.

Exigência de ordem e confusão

Limitando-se a uma apresentação geral, a primeira parte do *Tratado* é, digamos, a mais simples, que propõe quase apenas uma reiteração dos princípios enunciados nas obras anteriores. Tudo o que Descartes diz sobre a distinção entre a alma e o corpo, sobre suas respectivas naturezas e sobre a interação de ambos retorna com bastante freqüência em suas publicações e na correspondência, com fórmulas suficientemente semelhantes para que consideremos que a seus próprios olhos todos esses elementos estavam assentes. Em contrapartida, os problemas começam a partir da segunda parte; ou mais exatamente do subtítulo: "Do número e da ordem das paixões", que marca o início do que deveria ser uma classificação das paixões específicas.

Para avaliar a amplitude desses problemas é preciso fazer algumas observações. Antes de mais nada, foi como físico que Descartes escreveu o *Tratado* e, embora não se trate de reduzir as paixões ao geométrico[38], o objetivo continua a ser o de adquirir um conhecimento delas. Ora, segundo a orientação esboçada nos *Regulae* e concluída no *Discurso do método*, toda ciência passa por uma ordenação. Assim, se em 1643 Descartes escrevia que apenas os sentidos estavam aptos para ter acesso à união entre a alma e o corpo, é preciso admitir que ele renunciou a essa tese em 1645, ou então que o *Tratado* é apenas uma farsa, ou ainda, de maneira menos brutal, é apenas um texto circunstancial destinado a distrair a princesa Elisabeth de seus muitos infortúnios. É indiscutível

---

38. Ver M. Gueroult, *Descartes selon l'ordre des raisons*, XX, § 4 (t. II, p. 253).

que na origem do *Tratado* está o projeto de tal enumeração (arts. 52 e 69); e tudo indica que o empreendimento não esbarra em qualquer objeção de princípio. Mas todos os comentaristas concordam sobre este ponto: o fundamento e as modalidades de tal classificação são tudo menos claros.

* *

A coerência do conjunto exigiria que ela se apoiasse nos dados fisiológicos expostos na primeira parte. Mas, embora uma dimensão orgânica seja realmente associada pelo menos às paixões primitivas – com exceção da admiração, que envolve apenas a alma (art. 71) –, ela é menos princípio do que conseqüência da classificação das paixões, estabelecida sem referência ao corpo. Há duas explicações para essa ruptura. Primeiramente, se Descartes pode afirmar em geral que as paixões correspondem aos movimentos da glândula pineal (arts. 36 e 47), e colocar-se assim na linhagem direta do *Tratado do homem* (*Traité de l'homme*, AT XI, 166 *ss*.), a impossibilidade de uma observação direta desses movimentos impede que se faça deles o ponto de partida para uma classificação. É por isso que Descartes se detém quase sempre na qualidade e no movimento dos espíritos que, não sendo diretamente observáveis, podem pelo menos ser *sentidos* (art. 33). Mas estes também não podem servir de fundamento para uma classificação. A razão não está mais nos limites acidentais de nossos meios de conhecimento; é de ordem metafísica. A especificação dos movimentos dos espíritos produziria precisamente apenas uma especificação do movimento dos espíritos. Ela jamais poderia levar a uma classificação das *paixões*, que têm a ver com a alma e não com o corpo. Com efeito, se nos ativermos ao dualismo estrito que preside à *Dióptrica* (*Dioptrique*, AT VI, 112) e às *Meditações* (*Méditations*, especialmente AT IX, 19-21), nunca há mais que uma correspondência entre os movimentos do corpo e os pensamentos da alma. Assim como o conhecimento dos objetos do mundo, por si só, não possibilitaria a constituição de um dicionário, pois nada, nenhuma relação de causalidade ou de semelhança liga a coisa à palavra que a designa, assim também nada pode levar-nos dos movimentos do corpo às paixões da alma, pois de direito cada um é substancialmente independente do outro.

O modelo da linguagem que preside à concepção da união entre a alma e o corpo[39] deve ser levado a sério aqui. A associação de um movimento do cérebro a uma afecção é totalmente arbitrária.

> Deus podia estabelecer a natureza do homem de tal forma que esse mesmo movimento no cérebro [devido à agitação dos nervos do pé] fizesse o espírito sentir uma coisa completamente diferente: por exemplo, que ele se fizesse sentir a si mesmo, ou na medida em que está no cérebro, ou na medida em que está no pé, ou então na medida em que está em qualquer outro local entre o pé e o cérebro, ou por fim alguma outra coisa tal como ela pode ser; mas nada de tudo isso teria contribuído tão bem para a conservação do corpo como o que ele lhe faz sentir. (*Méditations*, VI, AT IX, 70.)

....
39. *Traité du monde*, I; *Dioptrique* (AT VI, 112-113); carta a Chanut de 1 de fevereiro de 1647.

Seria absurdo, dirão, que essa agitação dos nervos, sob o efeito de uma causa muito perigosa e muito prejudicial para o pé, excitasse em nossa alma a idéia da raiz quadrada de 2, ou mesmo passasse totalmente desapercebida. Mas esse absurdo só existe porque implicitamente abandonamos o ponto de vista mecanicista em benefício de um ponto de vista finalista, que por ser corrente não deixa de ser rejeitado por Descartes (*ibid.*, pp. 67-68). Não é absurdo, em si, que uma máquina seja incapaz de reagir à destruição de uma de suas partes, ou mesmo que nessa ocasião entoe *Au clair de la lune*. Uma outra correspondência simplesmente *teria contribuído menos bem para a conservação do corpo*. Portanto a ligação só nos parece normal, conforme com o que podemos desejar, porque por um lado adotamos sobre o corpo um ponto de vista que nos leva a apreendê-lo como um todo e não como uma soma descontínua de partes, e por outro lado porque consideramos como um bem a conservação desse todo. Ora, apenas sua união com uma alma confere ao corpo humano uma verdadeira unidade, capaz de perpetuar-se no tempo, mesmo quando ele não conserva mais qualquer parte da matéria que o constituía inicialmente (carta a Mesland de 9 de fevereiro de 1645). Paralelamente, julgar que é um bem a conservação do corpo, ou o que contribui para ela, só tem sentido para a alma; e com relação ao corpo constitui apenas uma *denominação externa*, denominação que não explica a natureza do que ela julga, mas expressa somente a expectativa daquele que julga (*Méditations*, VI, AT IX, 68). Portanto, é unicamente através de sua união com uma alma que o corpo adquire uma integridade que é importante conservar, e que aquilo que a ameaça constitui um mal.

Portanto, para associar um determinado movimento orgânico a uma determinada paixão, é preciso partir da união entre a alma e o corpo, do interesse que temos em conservá-lo como um todo e conseqüentemente do fato que o que é um bem para ele deve também ser um bem para nós. É nessa perspectiva que se coloca o artigo 52:

> [...] os objetos que movem os sentidos não excitam em nós paixões diversas na medida de todas as diversidades que existem neles, mas somente na medida das diversas maneiras como eles nos podem prejudicar ou beneficiar, ou em geral nos ser importantes.

Esse princípio, que proporciona uma continuidade entre a primeira parte e as seguintes, levando em conta as exigências induzidas pelo *parti pris* dualista, apresenta no entanto um importante problema: não é aplicado. A admiração e suas espécies imediatamente fazem exceção a ele, pois são provocadas por objetos que, por não serem conhecidos, não nos importam, ou ainda não; e é difícil compreender como a vergonha, a saudade ou mesmo o desejo poderiam ser atribuídos à ação de um objeto exterior, útil ou prejudicial.

O princípio anunciado não é aplicado; e no entanto não há outro. Descartes limita-se a afirmar que existem seis paixões primitivas e somente seis; que sua enumeração, ao contrário das de seus predecessores, compreende se não todas as paixões, que são em número infinito, pelo menos as principais (art. 68) ou as mais dignas de consideração (art. 210). Supondo-se mesmo que ele a siga rigorosamente, nunca se dá ao trabalho de justificar a superioridade dessa enumeração ou dessa opção, e tampouco de explicar em que certas paixões são mais dignas de consideração que as outras.

O princípio não está claro, o modo de classificação também não. Há seis paixões primitivas, escreve Descartes, e "todas as outras são compostas de algumas dessas seis, ou então são espécies delas" (art. 69). Nos artigos 107 a 111, ele considera igualmente uma relação cronológica de engendramento, na qual se constata sobretudo que a alegria é causa do amor e a tristeza é causa do ódio[40]. Ora, essas três ordens – composição, gênero/espécie, cronologia – são incompatíveis. Por um lado, gêneros ou átomos não poderiam gerar-se uns aos outros. Por outro lado, admitindo-se que o gênero seja uma parte da definição da espécie, e que assim o homem seja composto de *animal* e *racional*, está fora de questão entender essa *composição* no sentido em que se diz que a água é composta de oxigênio e hidrogênio. Se as paixões primitivas forem os componentes das outras paixões, elas podem ser sentidas isoladamente, da mesma maneira que o oxigênio e o hidrogênio podem existir fora de seu composto. Se, em contrapartida, elas forem gêneros, então não têm mais realidade concreta do que a tem o puro animal – nem racional, nem privado de razão. Ora, não apenas Descartes não toma uma decisão como ainda, na terceira parte, apresenta indiferente e simultaneamente as paixões específicas como espécies ou conjunções de paixões primitivas. Assim, por exemplo, a zombaria é "uma espécie de alegria misturada com ódio" (art. 178).

Ante essa confusão, duas perspectivas são possíveis: ou considerar que o *Tratado* não aplica qualquer classi-

....
40. Ver também a carta a Chanut de 1 de fevereiro de 1647.

ficação rigorosa e a identificação das diversas paixões é puramente empírica, retomada da tradição e mesmo de origem léxica; ou tentar encontrar um princípio subjacente que, sem ter sido explicitado por Descartes, justifique tanto a escolha das seis paixões primitivas como a ordem de apresentação das mesmas.

* *

A primeira perspectiva é sem dúvida a mais imediata. Aqui como alhures, o essencial da doutrina cartesiana depende mais da constatação que da dedução; e neste caso alimenta-se das idéias da época referentes à reabilitação das paixões ou à concepção desta ou daquela paixão singular e de seus efeitos. A oposição entre os dois tipos de cólera (arts. 200-202), a distinção das três espécies de amor segundo a grandeza relativa do objeto amado (art. 83), a menção aos efeitos – aliás contestados por Elisabeth – da tristeza sobre o apetite (art. 100) não remetem a qualquer necessidade conceptual nem recebem a menor justificativa. Descartes erige como verdades universais dados contingentes; isso quando não se limita a veicular lendas: sobre o desfalecimento provocado pelas alegrias excessivas (art. 122), por exemplo, ou sobre a tez acinzentada dos invejosos (art. 184). As poucas observações que dedica à moral ou ao controle das paixões pouco mais valem. A ênfase na generosidade e na dimensão passional da virtude talvez permita resolver o problema apresentado pela inserção da liberdade no mundo, como pretende P. Mesnard (ver sua Introdução à edição de 1937 do *Tratado*), mas não deixa de refletir uma certa concepção das relações sociais. É certo que a generosidade pode ser adquirida. Mas não há outra "virtude para a qual parece que a boa origem contribua tanto como para a que leva a nos estimarmos somente segundo nosso justo valor" (art. 161); "nem todas as almas que Deus coloca em nossos corpos são igualmente nobres e fortes" (*ibid.*). Embora se coloque menos que Cureau de La Chambre (*op. cit.*, II, I, 1) como o cantor das paixões nobres e do heroísmo, Descartes não deixa de encontrar para a ocasião tons que poderiam ser cornelianos[41]. Quanto aos remédios preconizados contra as paixões – instituição de automatismos, preparação psicológica – ou aos comentários sobre seus limites – alguns são redibitoriamente melindrosos (arts. 46 e 211) –, parece pouco necessário recorrer a todo o aparato metafísico cartesiano para justificá-los.

Além de sob certos aspectos incorporar o gênero do almanaque, o *Tratado* complica-se de múltiplos empréstimos à tradição, nem sempre avaliando a incompatibilidade dos mesmos. A classificação encetada com base na oposição entre o bem e o mal evidentemente não é original e justapõe-se pura e simplesmente ao princípio do útil e do nocivo. Sem dúvida Descartes viu a dificuldade, pois quando há oportunidade distingue entre o que é bom em si e o que é bom para nós[42]; e o artigo 62, sobretu-

....

41. Sobre o paralelo Descartes/Corneille e seus limites, ver P. Bénichou, *Morales du grand siècle*, I (em especial pp. 31 ss.), e O. Nadal, *Le sentiment de l'amour dans l'oeuvre de P. Corneille*, "Etude conjointe", cap. VI (Gallimard, 1948, pp. 316 ss.).

42. "Pode-se considerar a bondade de cada coisa em si mesma, sem relacioná-la com outrem, no qual sentido é evidente que é Deus que é o Soberano Bem, porque ele é incomparavelmente mais perfeito que as criaturas; mas também se pode relacioná-la conosco, e nesse sentido não vejo nada que devêssemos estimar, a não ser o que nos pertence de alguma forma, e que é tal que possuí-lo é perfeição para nós." (Carta a Cristina da Suécia de 20 de novembro de 1647.)

do, procura reduzir o bem que acontece aos que são dignos dele a um bem para nós, condição necessária para que ele seja fonte de alegria. Mas os artigos 64, 65 e 92 não deixam de referir-se incondicionalmente ao bem e ao mal feitos por outros. A redução aqui não seria impossível, através do princípio esboçado no artigo 62; mas o problema se torna mais insolúvel ainda quando se trata da definição do amor.

Tendo rejeitado a definição poética que faz do amor um desejo de beleza (art. 90)[43], Descartes não deixa de oscilar entre duas referências que entretanto são inconciliáveis. Por um lado, o amor volta-se para o bem ou para o que é causa dele, para o bem independentemente de toda e qualquer consideração de presença, e aqui a fonte poderia ser platônica ou tomista. Por outro lado, ele se define como uma conjunção das vontades e deve ser relacionado com o modelo da φιλία antiga, tal como o transmitiram Cícero (*De l'amitié*) e Montaigne (*Essais*, I, 28), a que Descartes mistura ainda considerações sobre a influência do corpo (cartas a Chanut de 1 de fevereiro e 6 de junho de 1647). Ora, se nosso amor se volta para o que é causa de um bem, o outro, que devemos julgar capaz de nos fazer tanto o bem como o mal, sem que possamos saber qual dos dois fará, pois ele é causa livre, só poderá ser objeto de veneração ou de desdém (arts. 162-163). Paralelamente, se o alimento é objeto de amor para o embrião que dele se nutre (art. 107), pareceria que uma ave ou um cavalo só possam ser considerados obje-

....
43. Sobre a ligação entre beleza e agrado em Descartes, ver M. Roland-Manuel, "Descartes et le problème de l'expression musicale", in *Descartes, Cahiers de Royaumont, Philosophie* (nº 2, Editions de Minuit, 1957).

tos de afeição (art. 83) na medida em que se renuncie a comê-los. É bem verdade que é preciso distinguir entre o amor a um objeto e o amor que se tem por sua posse (art. 82). Mas com isso o problema não está resolvido, pois não se vê muito bem como seria possível nos unirmos voluntariamente com o fato de possuirmos alguma coisa, como podemos fazer nossa a vontade de Deus ou de nossos filhos[44].

A dificuldade encontrada aqui está ligada tanto à diversidade das tradições como à polissemia do termo; e, para concluir, a classificação cartesiana parece igualmente tributária do léxico. As principais paixões (art. 68) são definitivamente aquelas que portam um nome, e a pertinência conceptual dessa referência lingüística praticamente não é questionada. Decerto que Descartes está consciente do papel que a língua desempenha na identificação das paixões, e o aponta quando há oportunidade (arts. 68 e 149). Acontece-lhe também de tomar distância do uso, seja implicitamente, quando emprega o termo afeição para designar o amor que sentimos por uma flor (art. 82; ver também arts. 60, 63 e 67), seja explicitamente, identificando duas paixões epônimas por trás dos julgamentos de estima e desprezo (art. 149). Melhor ainda, a carta a Chanut de 1 de fevereiro de 1647 rejeita os hábitos sociais, que não nos permitem dizer àqueles cuja condição é muito superior à nossa que os amamos. Trata-se aí apenas de uma convenção e, já que a diferença de palavras tende a mascarar a identidade das coisas, o filósofo não tem de ater-se a ela. Mas, embora se encontrem vestígios

....
44. Sobre esse ponto, ver os comentários de A. Lalande e J. Lachelier, *Vocabulaire philosophique et critique*, "Amour".

da desconfiança já manifestada por Descartes com relação às palavras (*Principes*, I, 74)[45], não é menos verdade que a própria apresentação da primeira enumeração das paixões (arts. 53-67) e a constatação da insuficiência das classificações anteriores partem do léxico. Mesmo quando se desliga dele, recusando-se por exemplo a fazer da aversão o contrário do desejo (art. 87), há manifestamente em Descartes a intenção de justificar o uso e de recuperar as distinções estabelecidas pela língua (arts. 89 e 90). As diferentes espécies de paixões não são derivadas *a priori* das diversas maneiras como um objeto pode afetar-nos ou ser-nos importante. Elas primeiro são apresentadas e somente em seguida reportadas a uma certa maneira de apreender os objetos. Assim se explica a presença de artigos sobre o fastio, a saudade e o regozijo (arts. 67, 208-210) e mesmo a impudência (art. 207), sendo que, como o próprio Descartes confessa, ele nada tem a dizer a esse respeito (art. 210).

Se inicialmente podíamos ficar tentados a levar a sério o anúncio de uma enumeração racional das paixões, em um segundo momento a multiplicidade dos empréstimos diretos induz a erigir como princípio metodológico essa referência aos preconceitos quando se trata de conhecer as paixões. Se, cedendo às instâncias de Elisabeth, Descartes acaba por escrever um *Tratado das paixões*, a confusão da união entre a alma e o corpo não

....
45. Entre essas demarcações, seria preciso distinguir: 1) as que procedem de razões conceptuais e visam a fazer coincidir a diferença ou a identidade das coisas com a das palavras (amor *vs* respeito); 2) as que devem permitir que se nomeiem coisas que, ou não têm nome, ou não têm um nome que lhes seja absolutamente próprio (estima/desprezo); 3) as que, por falta de uma justificativa explícita, parecem decorrer da inadvertência (arrependimento/remorso).

deixa de subsistir. A experiência individual, a leitura, que é "como uma conversação com os homens mais cultos e distintos dos séculos passados" (*Discours de la méthode*, I, AT VI, 5), a língua, receptáculo da experiência em comum, constituem os únicos acessos não somente legítimos mas possíveis para as paixões. Se alhures é importante rejeitar como falaciosos esses julgamentos confusos, ali eles são captados em seu lugar verdadeiro. Sem dúvida é errôneo transferir para os corpos externos a experiência que adquirimos da união entre a alma e o corpo, supondo que uma realidade de essência psíquica é causa de seus movimentos; mas é difícil ver como se poderia refutar a legitimidade dessa experiência imediata quando precisamente se procura explicá-la. Isso seria cegar-se a fim de melhor conhecer a luz. Uma coisa talvez não seja desejável em si mesma, mas apenas o que eu sinto com relação ao que desejo pode explicar o que é o desejo. Apenas a experiência, sensível, impossível de se reconstruir *a priori*, está apta a superar a dualidade entre a alma e o corpo e a concretizar, para nós, a união de ambos[46].

O problema é que, se a experiência imediata é critério absolutamente confiável, então é preciso admitir que, nesse âmbito, o homem é (no sentido mais relativista da expressão) a medida de todas as coisas, e portanto que, se as paixões são objeto de experiências contraditórias, como parecem atestar as divergências dos predecessores de Descartes, todas têm igualmente direito de cidadania sem que se possa pretender instituir a menor generalidade. Ora, existe um Deus criador, existe uma organização

---

46. Ver M. Gueroult, *op. cit.*, XIX, § 7 (t. II, p. 237).

comum a todos os homens, ao mesmo tempo mecânica, no plano orgânico, e finalizada, tratando-se da relação das paixões com os interesses do corpo. Se Deus é racional, se o corpo de cada homem é uma máquina construída segundo um modelo único em que todos os movimentos são inteiramente determinados, se as paixões são instituídas de tal forma que correspondem, pelo menos inicialmente, a certos movimentos do corpo, deve ser possível atribuir-lhes uma ordem, se não idêntica, pelo menos análoga à dos movimentos do corpo.

* *

Portanto, realmente é preciso encontrar um princípio de classificação; e nessa perspectiva pode-se pensar em dois tipos de princípios: objetivo e subjetivo. Assim, para D. Kambouchner[47], a identificação das seis paixões primitivas teria um fundamento ontológico. A admiração remeteria à fenomenalidade do objeto; o amor e o ódio, à sua natureza; a alegria e a tristeza, à ocorrência de sua presença; e por fim o desejo, às condições dessa presença. Os diversos modos de ser do objeto para nós estariam assim esgotados, o que garante a exaustividade da enumeração e portanto sua superioridade sobre qualquer outra. Compreende-se também que o embrião sinta essas paixões primitivas em toda a pureza das mesmas, ao passo que o homem adulto acrescenta a essa relação bruta com o objeto conhecimentos mais precisos de suas

....
47. Essa apresentação baseia-se no texto entregue ao Colégio Internacional de Filosofia em 1987 por D. Kambouchner, durante sua participação em uma jornada sobre o *Tratado das paixões*.

propriedades, o que dá lugar às diversas paixões particulares. Assim, por um lado estas são realmente espécies das paixões primitivas, pois se limitam a determinar o que não o era inicialmente; mas, por outro lado, continua possível sentir isoladamente as paixões primitivas, pois a indeterminação diz respeito não ao objeto e sim ao conhecimento que temos dele. Por fim, não se pode objetar que tal princípio seja alheio à filosofia cartesiana, pois Descartes precisamente nunca tratou das paixões, as únicas que obrigam a indagar sobre a maneira como apreendemos os objetos.

O segundo tipo de princípio, subjetivo, é mais ou menos esboçado por Malebranche. Retomando o essencial da justificativa cartesiana das paixões[48], ele distingue de um lado o amor e o ódio, identificados como paixões-mães (*Recherche de la vérité*, V, 9; *Pléiade*, p. 565), e de outro lado as paixões primitivas propriamente ditas: a alegria, a tristeza e o desejo (*ibid.*, p. 568). Com efeito, visando ao bem e ao mal em geral, o amor e o ódio são fundamentalmente indeterminados e constituem apenas a expressão sensível da tendência geral para o bem, que Deus imprimiu em nós (*op. cit.*, V, 1, p. 488). Para que haja verdadeiramente paixão, é preciso que essa tendência seja especificada por um objeto, existente ou passível de existir; e essa é a razão pela qual apenas a alegria, a tristeza e o desejo, que levam em conta a presença do objeto, são aceitos como paixões primitivas (*op. cit.*, V, 9, p. 566).

Assim como Descartes, Malebranche também não consegue integrar a admiração; mas parece possível radi-

----
48. "As paixões são impressões do Autor da natureza, as quais nos inclinam a amar nosso corpo e tudo o que pode ser útil à sua conservação." (*De la recherche de la vérité*, V, 1; Pléiade, p. 489.)

calizar a tese esboçada na *Procura da verdade* e ordenar as paixões segundo diversas potências da alma ou o que nela a torna capaz de sentir paixões por ocasião dos movimentos do corpo. Nessa óptica, as "paixões primitivas" remetem primeiramente a faculdades[49], que são menos gênero do que material das paixões que elas permitem sentir. Então a ordem seguida é a que vai do mais simples para o mais elaborado, com cada propriedade pressupondo a anterior que lhe dá sentido ou a torna possível. Assim, a admiração é pura sensibilidade da alma aos objetos; o amor e o ódio acrescentam-lhe a consideração do bem e do mal; e por fim o desejo, a alegria e a tristeza acrescentam-lhe considerações de fato. O desejo descobre na ausência a exterioridade do mundo; a alegria e a tristeza referem-se ao que está presente no corpo. Ainda se trata aí apenas de *faculdades* da alma; mas de uma faculdade para uma paixão a transição é evidente, pois esta é apenas a pura atualização daquela. Em seguida são possíveis duas opções: ou considerar, como Malebranche, que o que não se refere a um objeto singular, situado no espaço e no tempo, não poderia ser uma paixão no sentido estrito; ou então julgar que apenas a representação é importante e que assim a presença de um objeto no espírito basta para suscitar uma paixão[50]. Qualquer que seja a opção escolhida, essa classificação permite explicar ao mesmo tempo o cunho desigualmente primitivo das

---

49. O artigo 68 opõe-se expressamente à distinção platônica de partes da alma, mas não refuta em geral a identificação de faculdades. Descartes denuncia somente a arbitrariedade que presidiu à distinção entre as faculdades irascível e concupiscível.

50. Assim Tomás de Aquino admite que o ódio, ao contrário da cólera, pode ter um objeto universal (*op. cit.*, I-II, Q. 29, 6).

paixões ditas "primitivas" – pois estão ligadas por uma relação de pressuposição – e a originalidade ou a inderivabilidade de cada uma. É certo que o amor e o ódio pressupõem uma capacidade de atenção ao que é externo[51], mas essa faculdade de admirar não contém em si mesma a possibilidade de avaliar um objeto.

Por fim, ligadas à posse de um corpo, cada uma dessas faculdades corresponde a um movimento orgânico determinado que, qualquer que seja sua complexidade intrínseca, também pode ser concebido como primitivo. A derivação das paixões particulares opera-se então em dois planos. Num plano corporal, cada uma resulta da composição dos movimentos orgânicos primitivos; e é exatamente assim que Descartes apresenta sobretudo a esperança, "a qual é causada por um movimento particular dos espíritos, a saber, pelos da alegria e do desejo misturados simultaneamente" (art. 165). Mas, enquanto modo da alma, a esperança se define como *espécie* do desejo, na medida em que por um lado ela visa a um objeto ausente e por outro lado este se distingue de outros objetos de desejo pelo fato de a alma persuadir-se de que o que ela deseja acontecerá (*ibid.*). Portanto há não confusão, mas idealmente coincidência de duas ordens: uma ordem de composição orgânica e uma ordem psíquica que, com base em seis gêneros, classifica as paixões segundo a maior ou menor determinação subjetiva do objeto das mesmas.

Os dois princípios, objetivo e subjetivo, permitem também justificar a ordem do *Tratado*, ou mais exatamen-

....
51. A ambigüidade do artigo 53 permite que se veja na admiração a condição necessária de toda paixão.

te considerar como acidental sua confusão. Procurando uma classificação, Descartes teria examinado várias hipóteses, cujos vestígios a redação final teria conservado. Em plena polêmica com Regius, inquieto com a partida para Estocolmo, engajado em outros projetos, ele não teria tido tempo nem vontade de remanejar o texto, como atestam certas inadvertências: a terceira parte apresenta as espécies do amor e do ódio no meio das da alegria e da tristeza; os artigos 61 e 62 parecem opor dois tipos de alegria e de tristeza, conforme o bem e o mal presentes nos pertençam ou pertençam a outros, etc.

No entanto, ambas as hipóteses tropeçam na primazia tanto lógica como cronológica que devem reconhecer à admiração. Quer expresse o modo de o objeto manifestar-se ou uma receptividade principial, ela deve existir no embrião mais ainda que no adulto, pois sua alma recém-unida ao corpo não pode evitar as impressões que ele lhe envia (carta a Hyperaspistes de agosto de 1641). Ora, não somente Descartes não a menciona nos artigos sobre a gênese das paixões (arts. 107-111), como chega a dizer expressamente que a alegria, o amor, a tristeza e o ódio são as únicas paixões que tivemos antes de nosso nascimento (carta a Chanut de 1 de fevereiro de 1647). A introdução da admiração constitui a principal originalidade do *Tratado* cartesiano[52], mas igualmente aquilo em que todo empreendimento de racionalização parece destinado a tropeçar. Alheia a todo e qualquer julgamento de

....
52. A admiração não está necessariamente ausente nas doutrinas anteriores. É encontrada sobretudo em Camus (*op. cit.*, LXXI), que se refere a São João Damasceno, mas com o sentido de pavor, que aparece igualmente na definição que Cureau de La Chambre dá para o espanto (*op. cit.*, I, "Avis au lecteur").

valor, primitiva sem ser primeira, estritamente mecânica e incitação ao desenvolvimento dos conhecimentos, ela obriga a retornar à primeira perspectiva e a ratificar definitivamente a confusão do *Tratado das paixões*.

As razões de um fracasso

Em sua radicalidade, essas duas perspectivas – confusão ou racionalidade – tendem no entanto a mascarar o essencial: Descartes realmente empreendeu uma enumeração sistemática das paixões particulares, mas fracassou – poderíamos acrescentar conscientemente.

Que Descartes encontrou dificuldades, sua própria correspondência o atesta. Quando, depois de ele criticar Sêneca, Elisabeth pede uma definição das paixões que lhe permita medir a irracionalidade das mesmas (cartas de 13 e 30 de setembro de 1645), Descartes multiplica os adiamentos, e é somente em abril de 1646 que a princesa acusa recepção do *Tratado*. Cinco meses de espera: o fato é excepcional o bastante para ser mencionado, e a extensão da resposta – um tratado completo – confirma ainda a existência de um problema, que aliás Descartes não procura dissimular.

No final de setembro de 1645, o que se tornará a primeira parte do *Tratado* está escrito. As paixões são distinguidas das emoções, dos sentimentos, das inclinações; e Elisabeth conhece suficientemente a filosofia cartesiana para que as explanações sobre a distinção entre a alma e o corpo e o mecanismo fisiológico sejam apenas rapidamente esboçadas na carta de 6 de outubro de 1645. Assim essa carta responde claramente ao pedido de 13 de setembro. Mas, em seguida à exposição, Descartes acrescenta:

> Eis o que eu pensava escrever, há oito dias, a Vossa Alteza, e minha intenção era acrescentar-lhe uma explicação específica de todas as paixões; mas, tendo encontrado dificuldade em enumerá-las, fui obrigado a deixar o mensageiro partir sem minha carta; e havendo recebido entrementes a que Vossa Alteza me deu a honra de escrever-me, tenho uma nova oportunidade de responder, o que me obriga a transferir para uma outra vez esse exame das paixões [...].

Mesmo comentário um mês depois:

> Tenho pensado estes dias no número e na ordem de todas essas paixões, a fim de poder examinar mais especificamente sua natureza; mas ainda não digeri suficientemente minhas opiniões sobre esse assunto para ousar escrevê-las a Vossa Alteza, e não deixarei de desobrigar-me o mais breve que me for possível. (Carta a Elisabeth de 3 de novembro de 1645.)

Embora acabe por ser escrito, o *Tratado* se ressente dessa dispepsia. O próprio Descartes só o apresenta acompanhado das mais extremas reservas, que contrastam com o tom peremptório adotado na "Carta ao tradutor dos *Princípios*" ou nas *Notae in programma*:

> Reconheço, por experiência, que tive razão ao colocar a glória no número das paixões; pois não posso me impedir de ser tocado por ela, ao ver o julgamento favorável que Vossa Alteza faz do pequeno tratado que escrevi. E não estou nem um pouco surpreso por ela observar-lhe também defeitos, porque não duvidei que os houvesse em grande número, sendo uma matéria que eu nunca havia estudado antes, e da qual não fiz mais que traçar o primeiro esboço [...]. (Carta a Elisabeth de maio de 1646.)

Lembremos que a glória difere da auto-satisfação, "pois às vezes somos louvados por causa de coisas que não acreditamos serem boas" (art. 204). Portanto, como ele mesmo confessa, Descartes fracassou, ou pelo menos não estava totalmente satisfeito com a maneira como havia resolvido o problema.

* *

De fato, se as paixões são provenientes do corpo, subsiste como que um hiato entre o que sentimos e a causa externa de nossas percepções. Não há somente uma dissemelhança entre a impressão qualitativa que existe em nossa alma e a ação material que, em nós ou fora de nós, pode ser identificada como sua causa. É uma total inversão de perspectiva que separa a determinação objetiva do que acontece quando amamos ou odiamos da apreensão subjetiva que temos de nossos próprios sentimentos. Por trás de seu aparente rigor, a divisão que comanda a colocação da definição das paixões (arts. 17-26) oculta uma fenda; e é a impossibilidade de preenchê-la que impede definitivamente a aplicação estrita do princípio de classificação anunciado no artigo 52.

Distinguindo inicialmente nossos pensamentos em função de sua principal causa – a alma, o corpo, o movimento fortuito dos espíritos, os nervos (arts. 17-21) –, Descartes prossegue a divisão (arts. 22-25) fundamentando-se no objeto com o qual relacionamos nossas percepções. Aparentemente, há continuidade. Nos dois casos, trata-se de um julgamento: resta distinguir entre as percepções que provêm dos objetos e as que provêm do corpo, e aquilo com que relacionamos essas percepções coincide, pelo menos nos dois primeiros casos, com a causa das mesmas (arts. 23-24). Mas na realidade o ponto de vista é inverso. Quando identificamos uma causa, pretendemos estatuir sobre as coisas tais como elas existem independentemente de nossa mente que as considera. Em contrapartida, quando mencionamos o objeto com o qual relacionamos nossas percepções, aspiramos somente a descrever um estado psíquico que, qualquer que seja a realidade externa, desfruta a seu tempo de uma perfeita certeza: "Ainda que estejamos dormindo e que sonhemos, não poderíamos sentir-nos tristes ou abalados por alguma outra paixão se não for muito verdade que a alma tem em si essa paixão" (art. 26). É verdade que nossas paixões têm uma causa orgânica, é verdade também que habitualmente elas são excitadas pela ação de um objeto exterior e que invariavelmente remetem a uma ação sofrida. Porém, por mais longe que se possa levá-lo, o movimento que deveria proporcionar uma transição entre o que eu conheço do mundo e a forma como o sinto só pode ser assimptótico. Mais exatamente, no momento preciso em que deveriam encontrar-se, as duas ordens resvalam uma sobre a outra e se separam. Ao passo que se acreditava poder dizer que o objeto era causa do sentimento, torna-se claro que ele é igualmente colocado pela alma que o considera como causa. A agitação particular dos espíritos é mesmo responsável pelas paixões; mas é igualmente objeto para a alma que a sente e a relaciona com o corpo.

Não é possível qualquer passagem direta. Portanto, para explicar as paixões é preciso partir da alma, mesmo que se tenha de determinar em seguida o correlato orgânico de cada paixão. Porém nesse âmbito o caminho parece bem balizado. De fato Descartes aborda o assunto pela primeira vez; mas não é o primeiro. Além das menções expressas de Vives, Cureau de La Chambre, Sêneca, Zenão, Epicuro e Aristóteles, tudo indica que ele tem conhecimento, pelo menos de segunda mão, das teses tomistas e sem dúvida de Francisco de Sales. Cada um desses autores propõe uma enumeração das paixões. Mas Descartes rejeita-as, seja explicitamente, quando se recusa a admitir faculdades irascíveis e concupiscíveis (art. 68), seja implicitamente, pelo simples fato de não retomá-las.

Em 1649, existem principalmente dois tipos de classificação. O primeiro vem de Agostinho (*La cité de Dieu*, IV, 7, § 2) e usa a indivisibilidade da alma como argumento para fazer todas as paixões derivarem do amor ou de uma primeira complacência para com o bem. O segundo, mais freqüente, é retomado de Tomás de Aquino[53]. Com base em suas divergências concretas, a *Suma teológica* distingue na alma sensitiva duas faculdades: concupiscível – tendência para procurar o que convém e evitar o que não convém – e irascível – tendência para resistir aos agentes contrários –, sendo que a segunda é tão vital quanto a primeira (*Somme théologique*, I, Q. 81, 2)[54]. Em seguida a identificação das paixões primitivas fundamenta-se, para as paixões concupiscíveis, no fato de elas considerarem um bem ou um mal, adquirido ou

....

53. Sénault (*De l'usage des passions*, I, 3) concorda com Francisco de Sales (*Traité de l'amour de Dieu*, I, 3-4) ao ver no amor a fonte de todas as paixões. Camus (*op. cit.*, VIII), que invoca a tradição, e Coeffeteau (*op. cit.*, I, 2) retomam a de Tomás de Aquino. Por sua vez, Du Vair, mais preocupado com moral do que com enumerações sistemáticas, conta nada menos que treze paixões (*op. cit.*, p. 71).

54. Ver também Coeffeteau, *op. cit.*, Prefácio.

não, a que se acrescenta, para as paixões irascíveis, a avaliação da maior ou menor probabilidade de realização. Assim se obtêm onze paixões primitivas:

concupiscíveis: amor/ ódio; alegria/ tristeza; desejo/ evitamento;
irascíveis: esperança/ desespero; temor/ audácia; cólera.

Provocada por um mal presente, a cólera não poderia ter contrário, já que a presença do bem exclui a existência de um obstáculo (I-II, Q. 23, 3). A essas duas classificações devemos acrescentar (pois Descartes o havia lido) a de Cureau de La Chambre, que identifica como simples as paixões tomistas e as opõe às paixões mistas, compostas de duas ou várias paixões simples. Assim, "a vergonha é uma mistura da dor e do temor que a infâmia suscita" (*op. cit.*, I, "Avis au lecteur").

A rejeição cartesiana da classificação tomista invoca por um lado o cunho arbitrário do privilégio concedido à cólera e ao desejo, e por outro lado a incapacidade dessa enumeração para integrar as "principais paixões" (art. 68); e Descartes é efetivamente o primeiro a introduzir a admiração como uma paixão propriamente dita. Parece que um motivo análogo justifica a rejeição implícita da solução agostiniana. Além de não haver razão para privilegiar a faculdade de amar, tal posição resulta em reduzir a oposição entre a aceitação e a recusa, fazendo do mal a simples negação do bem. Tendo admitido que apenas o bem era real, Malebranche deve concluir que as paixões que se voltam para o mal "têm apenas o nada como termo" (*op. cit.*, V, 9, p. 568). É por isso, acrescenta ele, que "são antes cessações de movimentos do que movimentos reais; trata-se mais de deixar de querer do que de não querer" (*ibid.*). Ora, para Descartes, querer e não querer (*volle, nolle*) constituem, da mesma forma que afirmar e negar, dois atos absolutamente originais. Se o evitamento da situação prejudicial coincide empiricamente com a procura da situação favorável, o ódio – e conseqüentemente seu objeto (art. 140) – não tem menos positividade que o amor[55].

Mas as enumerações agostiniana e tomista são inaceitáveis sobretudo pelo fato de se reportarem a um bem ou a um mal em si. Sem dúvida é possível iludir-se, apegar-se a falsos bens; mas nem por isso as paixões estão menos dissociadas dos valores que as causam. Já em Descartes, como aliás em Spinoza[56], a paixão é correlativa a um ato de avaliação. Não existem bens e males em si, sobre cuja identificação eventualmente seria possível enganar-se. Amamos o que nos é "representado" como um bem (art. 56), o que nos "parece" ser conveniente (art. 79). Somos ainda nós que "estimamos" a grandeza relativa do objeto amado (art. 83) ou nos "persuadimos" da maior ou menor probabilidade do objeto de nossos desejos (art. 165). A própria presença manifesta-se como representação (art. 63), antes que Descartes a substitua pela fruição (art. 91). Por fim, o fato de dedicarmos menos atenção ao que odiamos basta para justificar que não haja tantas espécies de ódio quantas de amor (art. 84). Se é importante distinguir entre as paixões propriamente ditas

....
55. Vale notar que a tradução francesa das *Meditações*, publicada em 1647, faz do amor e do ódio características essenciais da alma, ao lado do julgamento ou do conhecimento, o que não acontecia no texto latino de 1641. "Sou uma coisa que pensa, isto é, que duvida, que afirma, que nega, que conhece poucas coisas, que ignora muitas, que ama, que odeia, que quer, que não quer, que também imagina e que sente." (*Méditations*, III, AT IX, 27.)
56. Ver sobretudo *Ethique*, I, Apêndice, e III, 9 (escólio).

e as emoções da alma que nada devem ao corpo (art. 147; carta a Chanut de 1 de fevereiro de 1647), nem por isso aquelas deixam de reportar-se a um ato de julgamento, mesmo que ele se apresentasse sempre como já feito.

* *

O *Tratado* insere-se na linhagem direta das *Meditações*. Como o sujeito é primeiro na ordem do conhecimento, é dele que se deve partir, e do que é para ele um bem ou um mal. Embora então ainda se possa levantar a questão da legitimidade do julgamento – e isso acontece nas cartas a Chanut dedicadas ao amor –, ela permanece secundária.

> Se eu pensasse que o soberano bem fosse a alegria, não duvidaria que devêssemos tentar ficar alegres, a qualquer custo que fosse, e aprovaria a brutalidade dos que afogam seus desgostos no vinho ou os atordoam com petume[57]. (Carta a Elisabeth de 6 de outubro de 1645.)

Não há falsas alegrias (art. 142) a não ser por metonímia. Se nos acontece de invocar a legitimidade para rejeitar uma alegria artificial, não é devido a uma diferença qualitativa, e sim porque visamos à virtude e ao conhecimento[58]. Apenas uma petição de princípio poderia rela-

---
57. Tabaco.

58. No entanto evidentemente esse ponto levanta um problema para Descartes, que na mesma carta prossegue: "Não aprovo que tentemos enganar a nós mesmos, saciando-nos de falsas imaginações; pois todo o prazer que advém disso pode tocar apenas a superfície da alma, a qual no entanto sente uma amargura interior ao perceber que eles são falsos. E ainda que pudesse acontecer de ela ficar tão continuamente distraída alhures que nunca se apercebesse disso, nem assim desfrutaríamos da beatitude [...] porque ela deve depender de nossa conduta, e isso proviria apenas do acaso."

cionar a oposição concreta entre o orgulhoso e o generoso com a veracidade ou a falsidade do julgamento que cada qual faz de si mesmo. Se o orgulho consistisse simplesmente em considerar-se virtuoso quando não se é, não se compreende como ele poderia suscitar um comportamento tão radicalmente oposto. Por hipótese, quem se engana sobre seu próprio valor não sabe que se engana. Na realidade a diferença entre o orgulhoso e o generoso deve-se a uma diferença de objeto: um tem em vista o uso correto de uma liberdade que reconhece como infinita, ao passo que o outro se estima por "qualquer outra causa". Ele não se atribui, com ou sem razão, um mérito particular, mas considera o mérito como uma usurpação (art. 157) e enfatiza a grandeza do poder ou da glória de que dispõe (art. 158). Por fim, o amor que se volta para um falso bem não é menos autêntico do que o amor que conta com a garantia objetiva do julgamento; e se a questão é somente saber o que é o amor, não há por que indagar, como fazem os "filósofos morais", sobre sua legitimidade. Ainda que a paixão de um bêbado pelo vinho e a de um pai por seus filhos "sejam muito diferentes entre si, entretanto são semelhantes no fato de participarem do amor" (art. 82).

As paixões remetem a um julgamento subjetivo, mas não basta julgar que uma coisa é boa para a amar: "Pode acontecer [...] que conhecêssemos um bem que merece muito, e que nos uníssemos a ele voluntariamente, sem ter por isso qualquer paixão, porque o corpo não está disposto a tal." (Carta a Chanut de 1 de fevereiro de 1647.) Reciprocamente, por não efetuar-se fora da alma – o que seria, cartesianamente falando, uma monstruosidade –, às vezes esse julgamento assume a forma de um preconceito, ainda mais irritante porque a alma que o elucida nem por isso consegue evitá-lo (carta a Chanut de 6 de junho de 1647). Há nas paixões uma dimensão – se não sempre obscura, pelo menos incontrolável (art. 46) – que nos induz a relacioná-las com o corpo; e, se acreditarmos na carta a Morus de 15 de abril de 1649, o essencial do *Tratado* consiste em pôr em evidência esse ponto. Mas a referência ao corpo não permite recuperar o equivalente a um critério objetivo, capaz de determinar *a priori* o que pode legitimamente gerar esta ou aquela paixão. Numa primeira abordagem, as *Meditações* podiam ter levado a crer que uma relação unilateral – apesar de certas disfunções mecânicas, tais como as que atingem o hidrópico – podia ser estabelecida entre os interesses do corpo e as paixões da alma. Os artigos 40, 52, 94 e 147 expressam ainda tal esperança. Mas já mencionamos que, como os *Princípios*, o *Tratado* introduzia uma ruptura tal que o corpo não podia mais servir de princípio para uma classificação das paixões.

Com efeito, é evidente que nossos amores, nossos ódios, nossas alegrias, nossas tristezas e nossos desejos não se medem pela contribuição de um objeto para nossa saúde. Sem dúvida certos desvios – um amor incompreensível pelas jovens vesgas, uma incontrolável aversão por certa carne que antes era consumida com prazer (art. 50) – admitem uma explicação biográfica. Mas essa redução nada tem de universal. O orgulho, a vergonha, as paixões que qualificaríamos de sociais não são objeto de qualquer análise utilitarista. Ademais, o *Tratado* destina-se a Elisabeth. Ora, em 1645, à força de se atormentar por causa da família, ela acabou por contrair uma febre lenta. Escrever-lhe que o amor que sente pelos seus é patológico, e afinal da mesma ordem que a sede do hidrópico, seria uma completa grosseria, que ademais nem mesmo teria a desculpa da veracidade. Há paixões, tais como a ousadia (art. 173) ou a devoção (art. 83), que nos induzem a preferir um outro bem que não o nosso, e mesmo a sacrificar nossa vida, e nem por isso parecem mórbidas. E, mesmo, elas é que são objeto da maior aprovação da alma; ao passo que o medo e a covardia, que talvez expressem mais diretamente os interesses do corpo, são, por uma curiosa inversão, as que Descartes tem mais dificuldade em entrever para que afinal podem servir (art. 175).

Nesse caso uma solução, esboçada na carta a Elisabeth de 15 de setembro de 1645, teria sido opor a caridade, entendida como virtude, ao amor propriamente dito. Então a preocupação com o outro só teria dimensão passional na medida em que corresponde, de maneira menos ou mais mascarada, a um interesse do corpo, ao passo que todo sacrifício deveria ser reportado aos valores próprios da alma. Nessa óptica, a amizade, a ousadia, etc., sem dúvida ainda poderiam ser compreendidas como emoções da alma, mas não como paixões. No entanto essa solução dificilmente é sustentável. A ousadia escapa-nos tanto quanto a covardia. Por ser desinteressada, a amizade – assim como o amor do pai pelos filhos – não se limita a refletir um julgamento prévio sobre o mérito daquele que deve ser seu objeto. Enquanto Cícero pretendia que não podia haver "verdadeira amizade a não ser entre pessoas de bem" (*De l'amitié*, Arléa, p. 24; ver também p. 34), Descartes constata "que não há homem tão imperfeito que não se possa ter por ele uma amizade muito perfeita" (art. 83). Ora, não se trata aí necessariamente de um desvio, explicável em termos de associações orgânicas. Querendo justificar essas amizades que precedem o conhecimento do mérito de uma pessoa, Descartes escreve a Chanut que vê duas explicações. Ora, se uma depende realmente do corpo, a outra depende do espírito e pressupõe tantas coisas sobre a natureza de nossas almas que ele não ousa tentar deduzi-las numa carta (carta a Chanut de 6 de junho de 1647).

* *

Podemos sofrer sem que nossa alma sinta tristeza, podemos julgar que uma coisa é um bem sem propriamente a amar; as paixões não se explicam realmente pelo corpo, nem realmente pela alma. Portanto – escreve J.-M. Beyssade ("La classification cartésienne des passions", in *Revue internationale de philosophie*, 1983, nº 146) – é preciso concluir que nelas se expressa a absoluta originalidade da união entre a alma e o corpo com relação a seus dois componentes. Sem dúvida há ligações entre as paixões e as emoções ou os sentimentos interiores. As emoções da alma podem prolongar-se em paixões e, reciprocamente, estas podem constituir como que os prelúdios ou os esboços daquelas (carta a Chanut de 1 de fevereiro de 1647; *Principes*, IV, 190; carta a Elisabeth de 6 de outubro de 1645). Da mesma forma, as emoções do corpo poderão suscitar paixões e estas influenciarem no estado geral do corpo (cartas a Elisabeth de 18 de maio de 1645 e de maio ou junho de 1645). Mas toda vez se trata apenas de uma possibilidade, e a paixão só parece ocorrer realmente quando o bem e o mal são os do composto inteiro. No entanto, como observa Taylor em resposta a esse artigo de J.-M. Beyssade, o problema é que Descartes nada diz sobre o que é especificamente útil ou prejudicial ao sujeito encarnado e não é possível reconstruir os interesses específicos do composto com base em um meio-termo entre os interesses respectivos de seus componentes.

De fato, a união entre a alma e o corpo apresenta-se menos como uma coisa, da qual se poderia dizer de uma vez por todas que tal situação lhe convém ou não lhe convém, do que como um processo. Ela é ao mesmo tempo o ponto em que todas as mediações parecem possíveis e em que no entanto esbarramos inevitavelmente na ação mecânica do corpo. Dissemos que em última análise o uso natural das paixões praticamente só existia no embrião. Ora, em Descartes o que caracteriza o embrião é a incapacidade para desembaraçar seu pensamento das impressões do corpo. Inversamente, o adulto – pelo menos o adulto verdadeiro, isto é, cartesiano – se distinguirá pela capacidade para desarraigar-se dos preconceitos sensíveis e para conceber o mundo independentemente das impressões produzidas pelo corpo. Esse é um ponto central da doutrina cartesiana, e que explica definitivamente a impossibilidade de estabelecer uma classificação das paixões.

Tratando-se do estado natural do homem, isto é, da situação em que se encontra aquele que não é causa primeira de seus pensamentos, as coisas são relativamente simples. Apenas lhe importa o que importa ao corpo e apenas importa ao corpo – excetuando-se algumas disfunções – o que contribui para sua conservação. Mas, para aquele que começa a pensar, uma ruptura se estabelece. Não se trata de um desdobramento simples, que oponha, de uma forma que poderia ser platônica, o inteligível e o sensível, o cavalo branco e o cavalo preto. Não há de um lado os valores do corpo e do outro os da alma, e um eventual conflito entre os dois, porque, seja como for, só há valores na e pela alma. Portanto é na própria alma que se opera a ruptura: por um lado, não posso encontrar atrativo em uma pessoa afetada pelo estrabismo; por outro lado, não posso impedir-me de a amar. De qualquer ponto de vista que nos coloquemos, é impossível a adesão plena e integral a um julgamento de valor.

Que há em Descartes a clara consciência desse perpétuo desdobramento, dessa desmistificação sempre possível dos julgamentos de valor e ao mesmo tempo da impossibilidade de evitar isso, que é aí que atua definitivamente o sentido da admiração, fica muito claro na análise que ele propõe da cócega. Esta é primeiramente (art. 94) sinônimo de prazer, de acordo com o uso do século XVII que vê na cócega o paradigma da sensação agradável. Como tal, é fonte de alegria e suscita o riso, que constitui um dos principais sinais desta (art. 125). Mas, num segundo momento, restam do processo apenas os dois extremos corporais. "Muitos não poderiam abster-se de rir ao lhes fazerem cócegas, ainda que não tenham nisso prazer algum" (art. 211). Todo valor afetivo desapareceu. A causa do riso já não é a alegria e sim a admiração, compreendida aqui no sentido estritamente fisiológico de surpresa, que encontramos, sempre com o exemplo da cócega, no artigo 72[59]. Entretanto, nesse artigo Descartes acrescenta que o cunho inabitual de um leve toque na planta dos pés torna-o "quase insuportável". Porém não se trata de dor e menos ainda de tristeza. Portanto o que esses dois artigos manifestam é uma ruptura entre a rea-

....
59. Ver também as cartas a Elisabeth de junho de 1645 e maio de 1646.

ção do corpo, ao qual importa o estímulo, e a neutralidade da alma. Assim, através dessa apresentação da admiração, trata-se de destacar, por um lado, a capacidade da alma para libertar-se dos valores do corpo, pois o que era fonte de prazer e de alegria não o é mais; e por outro lado sua incapacidade para abstrair-se totalmente das reações orgânicas, que passam a ser sentidas como puramente mecânicas (art. 74). Correlativamente, se o embrião não admira é porque ele coincide exatamente com as impressões do corpo, ou porque cada reação orgânica tem para ele uma ressonância afetiva.

Por conseguinte o automatismo da reação que ocorre na admiração não deve levar a concebê-la como primeira. No *Tratado do homem*, a atenção à causa do estímulo surgia como uma seqüência direta de nossa organização. A queimadura suscita ao mesmo tempo o recolhimento da mão e o direcionamento do olhar para o fogo (AT XI, 193). Esse exemplo leva J.-M. Beyssade ("Réflexe ou admiration: sur les mécanismes sensori-moteurs selon Descartes", in *La passion de la raison*, 1983) a observar que idêntica reação se encontraria no animal, que se detém ao ouvir um ruído. Por essa razão a admiração é realmente, de acordo com a classificação de P. Mesnard, uma paixão fisiológica, inteiramente tributária das propriedades materiais do objeto. Mas parece que não há a menor necessidade de ser especialista em cinegética para saber que, quando ouve um tiro de fuzil, um cão não volta. Ele foge. Apenas o adestramento pode, por assim dizer, humanizá-lo a ponto de olhar para o caçador, esperando sua ordem (art. 50). Portanto a admiração expressa algo como uma indiferença adquirida da alma pelo que inicialmente podia apresentar-se como vital. O corpo esboça ainda uma reação; mas a alma não se associa a ela e o que poderia vir a ser um movimento se interrompe, perde seu sentido e não tem mais que a realidade mecânica de um reflexo prematuro. A admiração é aquilo pelo qual a alma descobre, por assim dizer, sua alteridade; e talvez não seja um acaso que o tema do espanto apareça de maneira recorrente na experiência da dúvida (*Méditations*, I, AT IX, 15, e II, 18). Cessando de ver para interrogar-se sobre sua própria visão, a *res cogitans* perde a evidência de seu engajamento num mundo que então se revela como alheio a ela.

Mas a admiração não é somente surpresa. Reduzida à sua dimensão fisiológica nas cartas a Elisabeth, no *Tratado* ela se torna uma paixão integral da alma. A ruptura entre a alma e o corpo nunca é consumada e o espírito não deixa de se entregar ou de dar novamente um sentido a essa imobilidade do corpo. A admiração pode então ser investida pelos valores da alma e, de acordo com uma tradição já antiga, age como incitação ao desenvolvimento dos conhecimentos, e mesmo se apresenta como corolário de um julgamento autêntico. Nessa óptica, que reencontramos na primeira definição espinosista do espanto (*Court traité*, II, 3), ela se apresenta como uma paixão intelectual (arts. 53 e 76)[60]. É a marca de nossa destinação para o conhecimento; e apenas os mais embotados e os mais estúpidos não são naturalmente propensos a ela (art. 77). Mas, novamente, a coincidência pode ser rompida, e a admiração que expressava a curiosidade legítima da alma torna-se excesso inspirado pelo corpo,

....
60. Sobre essa concepção da admiração como paixão intelectual, ver F. Alquié, *La découverte métaphysique de l'homme chez Descartes*, I, 2, p. 39.

que se deixa fascinar por algo que tem como único mérito a novidade (arts. 74-76). Reação fisiológica, indício de um julgamento autêntico, expressão de uma afetividade confusa, a admiração não é, de uma certa maneira, nenhum dos três. É nela, se não por ela, que se desenrola a ambivalência de toda paixão – ambivalência que em seguida ela reproduz em seu próprio nível.

Se cada uma das outras paixões é inicialmente o efeito de um movimento do corpo para ter acesso ao que lhe convém ou evitar o que não lhe convém, sempre é possível uma mediação, através da qual o que primeiramente se apresentava como correlato de uma vontade (art. 40) passa a suscitar apenas surpresa. Assim cada paixão pode ser objeto de um tríplice investimento que os desdobramentos cartesianos – sensações do corpo, paixões, emoções da alma – se empenham em reduzir, sem nunca conseguirem suprimir o que mais tarde se chamará de negatividade da consciência. Dentro da própria alma, a reação afetiva ao que nos é importante aparece ou como o efeito de um julgamento ao qual a alma se associa plenamente, ou como a expressão de uma necessidade orgânica à qual é razoável obedecer, ou ainda como uma reação tão insuportável quanto incompreensível. A mesma sede pode ser vivenciada como um desejo propriamente dito, e é assim que as *Meditações* a apresentavam; como uma informação enviada pelo corpo, o que diz a carta a Chanut de 1 de fevereiro de 1647; como uma pulsão irracional, quando continuamos a ter sede sendo que nosso estômago nos atesta que absorveu uma quantidade suficiente de líquido. Como dizíamos, é com o objetivo de explicar a experiência e encontrar uma coincidência da alma com o que ela sente que no *Tratado* Descartes dissocia o que propriamente emana do corpo, a dor, das verdadeiras paixões da alma. Mas definitivamente essa duplicação não resolve o problema. Sentimos às vezes a mesma sensação de estranheza perante certas alegrias ou certas tristezas (art. 93) que Descartes acaba por relacionar com o corpo (art. 94).

A própria coincidência que deveria operar-se no nível da generosidade ou da estima não está totalmente assente. Por certo, a generosidade, como a estima, volta-se para um bem cuja autêntica admirabilidade não se poderia contestar, pois se trata de nossa própria vontade e esta é infinita. Mas também aí há alguma coisa que escapa e torna virtualmente ininteligível essa admiração. A própria virtude, a certeza que posso ter dela, quando me estimo segundo meu justo valor, dependem pelo menos tanto de meu espírito quanto de meu nascimento ou minha educação. Mais exatamente, enquanto se trata de definir o que é a virtude, na medida em que temos uma idéia clara e distinta daquilo pelo que podemos ser louvados ou censurados (art. 152), a dúvida está fora de questão. Ela só se manifesta quando a virtude assume uma dimensão passional (art. 16) e se trata de determinar *o que sentimos* nesse caso. Porque, tornando-se intemporal, o presente, na falta de um sentido descritivo compatível com as mediações de que é capaz uma vontade infinita, adquire o valor de uma norma que evidentemente não poderia explicar a espontaneidade de uma paixão. Por fim, mesmo se tratando dos sentimentos do corpo, Descartes acaba por estabelecer uma ruptura entre o bem-estar, decorrente de uma repleção, e o prazer que – mecanicamente produzido pela irritação de um nervo (art. 94) – apenas quantitativamente se distingue da dor.

Assim, por trás da análise cartesiana das paixões parece desenhar-se novamente a figura do Gênio Mau[61]. Através dessa ficção especulativa descobre-se uma liberdade absoluta, lembrada na carta a Mesland de 9 de fevereiro de 1645, que proíbe definitivamente qualquer retorno à imediatez sensível do homem prático. O que domina então o *Tratado* é a imagem do teatro (art. 147). Em conformidade com a prática estóica[62], nas cartas a Elisabeth de maio e junho de 1645 essa apreensão dos acontecimentos sob luzes diversas era apresentada como fruto de um procedimento voluntário, que nos permite não sofrermos demasiadamente os infortúnios em que as almas vulgares não podem deixar de enredar-se. Mas no *Tratado* esse distanciamento é espontâneo, sempre virtualmente presente. "E embora essas emoções da alma freqüentemente estejam unidas com as paixões que são semelhantes a elas, também freqüentemente podem encontrar-se com outras, e mesmo nascer das que lhes são contrárias" (art. 147). A alma não coincide totalmente com suas paixões, e as lágrimas derramadas à vista do aparato fúnebre são apenas as do corpo.

Mais uma vez a árvore do conhecimento teria, segundo as palavras de Chamfort, causado a morte da alma que, tendo penetrado no fundo das coisas, se desinteressa de tudo o que toca e ocupa os outros homens? Não, o filósofo nem por isso é menos homem. Mas ao procurar compreender o que sente ele vê desagregar-se o que se apresentava como uma evidência. Assim, a carta a Pollot

....

61. H. Lefebvre, "De la morale provisoire à la générosité", in *Cahiers de Royaumont*, 1957, pp. 237 *ss.*; ver também F. Alquié, *op. cit.*, XV, p. 310.

62. Ver por exemplo Du Vair (*op. cit.*, p. 84), que nesse caso retoma numerosas fórmulas do *Manual* de Epicteto.

de meados de janeiro de 1641 apresenta, no espaço de uma página, a mesma tristeza decorrente da morte de um parente: 1) como um efeito natural ("Não sou daqueles que julgam que as lágrimas e a tristeza pertencem apenas às mulheres, e que, para parecer homem de valor, devemos obrigar-nos a mostrar sempre uma fisionomia serena"); 2) como um dever ("Não se afligir em absoluto seria ser bárbaro"); 3) como um efeito do corpo ("todas nossas aflições [...] dependem apenas pouquíssimo das razões às quais as atribuímos, mas somente da emoção e da perturbação interior que a natureza excita em nós mesmos"). Não se trata de desmascarar as miragens da sensibilidade, e sim de sentir a fragilidade evanescente de nossas próprias impressões.

* *

O *Tratado*, que, uma vez estabelecidos os princípios de tudo o que o homem pode conhecer, deveria ter deduzido deles uma moral segura (carta a Chanut de 15 de junho de 1646), fracassa por não poder reatar com a ingenuidade original do homem prático vivendo em sociedade. Pois é aí que se exacerbam nossas afecções, e por conseguinte que se cristaliza a impossibilidade final de uma análise cartesiana das paixões. Sem dúvida Descartes fala da estima, do desprezo, da vergonha, da glória e mesmo do amor; mas basta comparar o que diz a esse respeito com o que poderiam escrever Cícero ou Montaigne, para medir até que ponto nele as relações humanas continuam problemáticas[63]. Vontade infinita ou coisa

---
63. Sobre a misantropia cartesiana, ver F. Alquié, *op. cit.*, V (pp. 97-101).

entre as coisas, bem longe de ter se tornado um interlocutor o outro continuou a ser essa hipótese nunca confirmada, que um chapéu e um casaco entrevistos pela janela dissimulam[64].

Decerto, não se pode desaprovar totalmente Descartes quando ele rejeita as hipérboles do *De amicitia*: a amizade "torna mais leve o peso da desventura, porque permite partilhar seu peso", entusiasmava-se Cícero (*op. cit.*, p. 29). Mais cínico ou simplesmente mais realista, Descartes observa:

> [...] quando nos entristecemos por causa de algum mal que acontece a nossos amigos, nem por isso participamos da falta em que consiste esse mal; e qualquer que seja a tristeza ou o sofrimento que tenhamos em tal ocasião, ele não poderia ser tão grande como a satisfação interior que sempre acompanha as boas ações [...]. (Carta a Elisabeth de 6 de outubro de 1645[65].)

As almas não se misturam. Não poderia ser o caso de formar "apenas um único ser" (Cícero, *op. cit.*, p. 69). O todo de que nos consideramos parte só tem realidade imaginária (art. 80) e procede de um julgamento que permanece singular.

Mas a dissipação das imagens não leva à reconstituição de uma relação humana concreta. Se a piedade não

---

64. *Méditations*, II (AT IX, 25); ver também a carta a Balzac de 5 de maio de 1631: "Vou passear diariamente em meio à confusão de uma grande multidão [...] e ali não considero os homens que vejo de maneira diferente do que consideraria as árvores que existem em vossas florestas, ou os animais que nelas pastam."

65. Descartes chega ao ponto de acrescentar: "Assim, mesmo chorando e fatigando-nos muito, podemos ter mais prazer do que quando rimos e descansamos."

é amarga, é porque a dor de outrem não tem para mim mais realidade que a de um personagem de teatro (art. 187). Cícero ponderava sobre o que convinha fazer quando um amigo nos pedisse para cometer um crime (*op. cit.*, p. 39)[66]. Montaigne enfatizava o cunho puramente convencional das relações baseadas nos laços de sangue ou no casamento, a fim de destacar a natureza da amizade, fundamentada numa convergência de vontades. Observava também que o amor paterno não podia levar a uma verdadeira amizade, por falta de reciprocidade e de livre comunicação[67]. Em Descartes não há nada parecido; e essa ausência é reveladora. Não se trata de submeter-se às vontades do outro, se é que ele pode expressá-las, e sim de "unir a ele voluntariamente as coisas *que acreditamos lhe serem convenientes*" (art. 81; o grifo é meu). Se da mesma forma é mencionada a igualdade ou a desigualdade dos amigos (art. 83; carta a Chanut de 1 de fevereiro de 1647), é apenas na perspectiva de um possível sacrifício. O amor cartesiano procede mais da efusão que de um relacionamento concreto. Já que se pode amar indiferentemente a amante, um prédio, Deus ou os filhos, é difícil ver como a questão da comunicação ou da reciprocidade poderia ser colocada. Em última análise, o *alter ego* é apenas um oxímoro. A relação com o outro reduz-se a uma experiência de pensamento, que oportunamente é redobrada pelo excesso de uma reação epi-

....
66. Ver também Montaigne, *Essais*, I, 28 (Folio, p. 272).

67. "Nem todos os pensamentos secretos dos pais podem ser comunicados aos filhos, para não gerar uma intimidade inconveniente, nem as advertências e correções, que são um dos primeiros ofícios de amizade, poderiam exercer-se dos filhos para os pais." (*Ibid.*, p. 267; ver também II, 8.)

dérmica (art. 164), sem que através dessas duas atitudes o outro chegue a receber um estatuto próprio[68].

* *

O *Tratado* era um verdadeiro desafio, e assim permaneceu. Para aquele a quem a dúvida revelou toda a estranheza do mundo, as paixões tendem a reduzir-se a uma incompreensível tensão, eventualmente mesclada com uma certa nostalgia. Assim, haveria caridade no conselho que Descartes dá à princesa Elisabeth, de, por maior distração que isso lhe possa proporcionar, não dedicar mais que algumas horas por ano à metafísica (carta de 28 de junho de 1643). Com efeito, o elogio final das paixões – nas quais estaria toda a doçura, toda a bem-aventurança desta vida (art. 212; carta a Silhon de março ou abril de 1648) –, se obviamente pode ser compreendido no contexto da reabilitação empreendida pela maioria dos autores no último meio século, contrasta curiosamente com a menção recorrente de seus excessos. É o mesmo Descartes do qual toda a filosofia, segundo as palavras de Henri Gouhier[69], é apenas um "infanticídio", que não cessou de desentocar os preconceitos sensíveis e que escreve a Chanut que sem as paixões "nossa alma não teria motivo para querer permanecer unida a seu corpo nem por

....
68. Descartes reflete aqui uma dificuldade decorrente da evolução da ética amorosa no século XVII. À idealização medieval do ser amado segue-se uma valorização de sua liberdade, que só pode ser controlada pela imaginação. "Em imaginação, dispomos da liberdade do outro, amalgamo-la com nossos próprios desejos, usurpamos a dupla contingência no metaplano que atribui a nosso próprio ego e ao do outro o que nosso próprio ego projeta para um e para o outro." (N. Luhmann, *op. cit.*, V, p. 73.)

69. *La pensée métaphysique de Descartes*, Vrin, 1987 (p. 58).

um único momento" (carta de 1 de novembro de 1646)[70]... Quase se poderia ver aí uma pitada de amargura.

Assim sendo, o leitor que abordava este texto na esperança de encontrar uma explicação racional das paixões não pode deixar de ficar decepcionado. Por que sentimos paixões? Quais são suas causas? O que podemos amar? Como bem viver nosso engajamento no mundo? Em última análise, essas questões permanecem sem resposta. As paixões traduzem os interesses do corpo, exceto quando não o fazem. A dor é causa de tristeza, mas às vezes também de alegria. O amor não é o desejo, mas podemos amar a posse de um objeto. É preciso resguardar-se das paixões, que no entanto constituem toda a doçura desta vida. Sem dúvida a honestidade de Descartes está em não ter se refugiado atrás de um sistema já pronto e de ter, se não explicitado, pelo menos posto em cena a impossibilidade de pretender ao mesmo tempo fazer a pergunta e obter uma resposta.

Anexo – A máquina orgânica

É inútil ficar glosando as aberrações da fisiologia cartesiana. Descartes ignorava tudo da biologia contemporânea. Mais do que apoiar-se em observações anatômicas ou em experimentações, sua teoria atende a necessidades conceptuais. Tudo isso é evidente, e nos limitaremos a uma apresentação geral que permita situar a doutrina cartesiana com relação à de seus predecessores

----
70. Sobre a ambigüidade da posição de Descartes quanto ao suicídio, ver J. Russier, *Sagesse cartésienne et Réligion*, II, 1 (PUF, 1958, pp. 99-113).

e destacar a especificidade do *Tratado* na obra de Descartes.

Menos desenvolvida que a do *Tratado do homem* ou mesmo que a do *Discurso do método*, a fisiologia apresentada no *Tratado das paixões* retoma em ampla medida as explanações anteriores. Aqui como em 1633, a explicação da espontaneidade do ser vivo baseia-se na teoria da circulação do sangue descoberta por Harvey em 1616 e confere ao coração um papel central. O coração, por muito tempo privilegiado como sede da alma pelo menos sensitiva[71], para Descartes não é mais o local da sensibilidade (art. 33). Seu papel é puramente motor e seu funcionamento é inteiramente deduzido dos princípios mecânicos instaurados para explicar a matéria inerte.

De acordo com uma tradição[72] já rejeitada no século XVII, o coração caracteriza-se por seu calor. No entanto, não se deve entender isso como sendo o sentimento que experimentamos e que pertence somente à alma, e sim como o que ocorre objetivamente nos corpos que apreendemos como quentes; ou seja, uma extrema agitação das partes destes (*Principes*, IV, 29; *Le monde*, AT XI, 24).

> Não conheço outro fogo nem outro calor no coração que não unicamente essa agitação das partículas do sangue; nem outra causa que possa servir para alimentar esse fogo, a não ser somente que, quando a maior parte do sangue sai do coração no tempo da diástole, aquelas de suas partículas que nele permanecem entram no interior de sua

....

71. Aristóteles, *De la jeunesse et de la vieillesse, et de la vie et de la mort, et de la respiration*, 3-4; Tomás de Aquino, *op. cit.*, I-II, Q. 24, 2.
72. Platão (*Timée*, 70 b-d), Aristóteles (*Parties des animaux*, 668 b 34) e Galeno (*De l'utilité des parties du corps humain*, VI, II).

carne, onde encontram poros dispostos de tal forma e fibras tão fortemente agitadas que há apenas a matéria do primeiro Elemento que as cerca; e que no tempo da sístole esses poros mudam de configuração porque o coração se alonga, o que faz as partículas do sangue que nele permaneceram como para servir de *fermento* saírem com uma grande velocidade; e assim penetrando facilmente no novo sangue que entra no coração, elas fazem que suas partículas se afastem umas das outras, e que ao se afastarem adquiram a forma do fogo[73]. (*Description du corps humain*, AT XI, 281-282; ver também p. 123.)

A observação revela que o coração é constituído de dois ventrículos[74] e de onze válvulas que obrigam o sangue a seguir um curso determinado. Quando o sangue chega, pela veia cava, ao ventrículo direito, o fogo que se encontra no coração agita suas partes e separa-as umas das outras (*Le monde*, III; *Principes*, IV, 31). Assim dilatado, "rarefeito" (art. 9), o sangue é impulsionado para a *veia arteriosa* (artéria pulmonar), de onde "se exala" (*Traité de l'homme*, AT XI, 123) para os pulmões, enquanto as válvulas impedem que retorne para a veia cava. Do pulmão, tradicionalmente dotado de uma função de resfriamento, o sangue retorna para o ventrículo esquerdo, por intermédio da *artéria venosa* (veia pulmonar). Ali é novamente dilatado e impulsionado, desta vez pela *grande artéria* (aorta), para o restante do corpo, e principalmen-

---

73. Esse modelo da fermentação poderia ter se inspirado em Fernel e em geral nos químicos, antecessores de Van Helmont. Cf. A. Bitbol-Hespériès, *Le principe de vie chez Descartes*, II, I c (Vrin, 1990, p. 68).

74. Como Galeno (*op. cit.*, VI, VII), Descartes assimila os aurículos às extremidades das veias (*Discours de la méthode*, V, AT VI, 48); isso explica que ele identifique apenas uma única veia cava e uma única veia pulmonar.

te para o cérebro pelas carótidas. Em seguida um contacto entre as artérias e as veias permite que o sangue volte ao coração, "de forma que o movimento do sangue não é mais que uma circulação perpétua" (*Traité de l'homme*, AT XI, 127; *Discours de la méthode*, V, AT VI, 51)[75].

Afora o aporte de Harvey, a doutrina cartesiana coincide, pelo menos nos termos, com a tradição que vê no calor do coração o princípio vital por excelência. Mas a concordância de termos dissimula uma divergência profunda. As doutrinas de Aristóteles e de Galeno, assim como as doutrinas materialistas dos estóicos e dos alquimistas[76], desenvolvem-se na perspectiva de uma física que faz do calor uma qualidade objetiva, definindo a natureza de certos elementos que compõem o mundo, e quase sempre fazem distinção entre o calor vital e o fogo comum[77]. Já para Descartes ele se reduz a uma realidade puramente mecânica, de forma que o motor real do organismo é em última análise bem menos o "calor" do que um fenômeno de pressão, análogo ao que atua nos autômatos hidráulicos (*Traité de l'homme*, AT XI, 130).

A mesma intenção de implantar um modelo que nada fique a dever a realidades de essência psíquica está na origem da divergência entre Descartes e Harvey quanto à explicação dos movimentos do coração. Ambos coinci-

....

75. Ver também a carta a Mersenne de 11 de junho de 1640 (AT III, 84).

76. Ver sobretudo Pierre-Jean Fabre, *Manuscriptum ad Fridericum*, IX e XI; publicado por Bernard Joly, *Rationalité de l'alchimie au XVIIe siècle* (Vrin, 1992), de que se devem ler também os comentários (especialmente pp. 89 *ss.*).

77. Aristóteles, *De l'âme* (416 a); Cureau de La Chambre, *Les caractères des passions*: "Deve-se [...] observar que o calor natural [não é] uma simples qualidade como o é o do fogo, e sim uma substância quente e úmida habitualmente chamada de *espíritos*, composta do úmido radical e desse calor que a natureza inspirou com a vida" (II, I, 3, p. 67).

dem ao observar que o momento ativo das pulsações cardíacas, correspondente à propulsão do sangue para as artérias, é aquele durante o qual o coração se enrijece e se encurta. Mas Harvey, que se baseia em diversas experiências que a *Descrição do corpo humano* (*Description du corps humain*, AT XI, 241 *ss*.) se empenha em refutar, compreende esse encurtamento como uma contração, e daí o nome de *sístole* (συστολή); ao passo que Descartes, seguindo "a opinião de todos os médicos[78]", assimila-o a uma dilatação e designa-o pelo termo *diástole* (διαστολή)[79]. Isso porque, além de ser insuficiente, a explicação de Harvey, segundo Descartes, leva a reintroduzir qualidades ocultas:

> Supondo que o coração se mova da forma como Harvey descreve, não somente é preciso imaginar alguma faculdade que cause esse movimento [de pulsação], faculdade cuja natureza é muito mais difícil de se imaginar do que tudo o que Harvey pretende explicar com ela; mas seria preciso supor, além disso, outros fatores que mudassem a qualidade do sangue enquanto ele está no coração. Ao passo que considerando apenas a dilatação desse sangue, que deve necessariamente resultar do calor, que todo mundo reconhece ser maior no coração do que em todas as outras partes do corpo, vê-se claramente que apenas essa dilatação já é suficiente para mover o coração da forma que descrevi, e ao mesmo tempo para mudar a nature-

---

78. Ver principalmente Galeno, *op. cit.*, VI, VIII.

79. Essa divergência de vocabulário leva-nos a compreender, conservando para as palavras um sentido puramente denotativo, que Descartes possa escrever: "[segundo Harvey], na sístole os ventrículos se dilatam para receber o sangue, e [...] na diástole se contraem para expulsá-lo para as artérias." (Carta a Plempius de 15 de fevereiro de 1638.)

za do sangue, tanto quanto a experiência mostra que ela é mudada; e mesmo também tanto quanto se possa imaginar que ela deva ser mudada, para que esse sangue esteja preparado e tenha se tornado mais próprio para servir de alimento a todos os membros, e para ser empregado em todos os outros usos a que ele serve no corpo; de forma que não se deve supor para isso quaisquer faculdades desconhecidas ou alheias a ele. (AT XI, 243-244.)

O princípio da dilatação é aqui puramente mecânico: um corpo animado por um movimento rápido ocupa mais espaço do que um corpo em repouso[80]. A mudança da natureza do sangue consiste tão-somente nessa vivacidade adquirida por simples contacto, de forma que tudo se reduz a fenômenos de pressão.

* *

Portanto, em sua dimensão puramente orgânica, na medida em que são comuns aos homens e aos animais, os movimentos do corpo explicam-se pela força que o sangue assim agitado emprega para prosseguir seu movimento num espaço limitado (*Principes*, IV, 47), e por

----

80. *Principes*, IV, 31. Como sua física não admite o vácuo, Descartes explica que as partículas de formas irregulares que compõem os corpos terrestres não podem estar tão ajustadas quando estão em movimento como quando estão em repouso. Portanto o volume ocupado pelo sangue "em repouso" deve ser menor que o ocupado pelo sangue "agitado", e é preciso supor que os interstícios assim criados são preenchidos por partículas mais finas – no caso as que compõem o fogo sem luz do coração. Mas com isso o problema não está resolvido, pois o espaço ocupado pelo conjunto sangue + fogo deve permanecer o mesmo, quer esse fogo esteja nos poros do coração, que não podem *esvaziar-se* no sentido estrito, quer esteja misturado com o sangue. Portanto, não se compreende como a pressão pode aumentar a ponto de impulsionar o sangue para fora do coração.

um sistema de canais e filetes que dirige o fluxo dos *espíritos animais* (arts. 6-7 e 11). Inspirados numa tradição que remonta aos estóicos[81], esses espíritos são corporais, intermediários entre o ar e o fogo – diz a carta a Voetius de 19 de junho de 1643 – e distinguem-se das outras partículas materiais somente por sua vivacidade, decorrente do pequeno tamanho (art. 10; *Traité de l'homme*, AT XI, 129-130). Portanto, nada impede sua presença nos organismos de todos os animais, onde são produzidos ao cabo de uma tríplice operação que, inspirada em Galeno (*op. cit.*, IV, XIII, e IX, IV), reduz-se em Descartes a um procedimento de seleção e dissolução.

> Sem outra preparação nem mudança, a não ser que [as menores partes do sangue] são separadas das mais grosseiras, e que retêm ainda a extrema velocidade que o calor do coração lhes deu, elas deixam de ter a forma do sangue e se denominam espíritos animais. (*Traité de l'homme*, AT XI, 130.)

Como os pequenos poros situados na entrada do cérebro deixam passar somente as partículas mais vivas e mais sutis, apenas esses espíritos passam para os nervos (*Discours de la méthode*, V, AT VI, 54; *Traité de l'homme*, AT XI, 128-129), enquanto as outras partes do sangue, mais grosseiras, prosseguem seu movimento para as artérias e depois para as veias, e contribuem para o crescimento ou para a nutrição do corpo.

A atividade sensório-motora do corpo baseia-se em seguida numa rede de nervos que converge para o cérebro e cuja distribuição específica basta para explicar a as-

....
81. Diógenes Laércio, *Vies et opinions des philosophes illustres*, VII, 156-160.

sociação entre os diversos estímulos sensíveis e determinadas reações. Os nervos são como pequenos tubos que contêm em si pequenos filetes esticados entre o cérebro e os outros órgãos, e nos quais circulam os espíritos (art. 12). Chegando aos músculos, esses tubos ramificam-se "em vários ramos, compostos de uma pele muito frouxa que pode estender-se, ou alargar e encolher, de acordo com a quantidade de espíritos animais que ali entram ou que saem" (*Traité de l'homme*, AT XI, 134). Quando essa quantidade aumenta, o músculo se infla, "assim como o ar que está dentro de um balão enrijece-o e faz seus invólucros distenderem-se" (*ibid.*, p. 137), e com isso exerce uma tração sobre os pontos a que essas extremidades estão presas, de tal forma que os membros ou o órgão – no *Tratado do homem*, trata-se do olho – se movem num sentido determinado.

* *

Sensibilidade e motricidade passam pelo cérebro. Nesse ponto Descartes endossa uma doutrina comumente aceita[82] e confirmada pela observação: as pessoas cujos nervos foram seccionados perdem toda sensibilidade, embora seus membros estejam intactos, ao passo que os que sofreram amputação sentem dor nos membros que não mais possuem[83]. Mais precisamente, na fisiologia cartesiana o papel principal cabe à glândula pineal, destinada a tornar-se a sede da união entre a alma e o corpo (arts. 31-32).

....
82. Ver sobretudo, no *corpus* hipocrático, *De la maladie sacrée* (Littré, II, 387; Livre de Poche, p. 139); Galeno, *Oeuvres médicales*, VIII, 4.
83. Ver as referências apresentadas na nota 3 do artigo 13.

Como nossa alma não é dupla, e sim una e indivisível, parece-me que a parte do corpo à qual ela está mais imediatamente unida também deve ser una e não dividida em duas iguais, e a única que encontro assim em todo o cérebro é essa glândula. Pois quanto ao *cerebellum* [cerebelo], ele só é uno *superficie et nomine tenus*; e é indiscutível que mesmo seu *processus vermiformis* [*vermis inferior* do cerebelo], o que melhor parece ser apenas um corpo, é divisível em duas metades, e que a medula da espinha das costas é composta de quatro partes [...] e o *septum lucidum* que separa os dois ventrículos anteriores é duplo. (Carta a Mersenne de 30 de julho de 1640[84].)

Esse privilégio da epífise justifica-se pela consideração da natureza da alma, muito mais do que por dados anatômicos. Porém, como a alma comanda os movimentos e recebe impressões de todo o corpo, é indispensável que a glândula pineal possa ser efetivamente identificada como um centro nervoso, para onde convergem todos os filetes provenientes dos sentidos e todos os tubos que chegam aos músculos. Ademais, apesar de desprovidos de alma, os animais também possuem tal glândula, aliás mais fácil de ser encontrada que no homem. Por conseguinte é necessário, ou estabelecer uma ruptura entre a fisiologia humana e a fisiologia animal, ou dotar a glândula pineal de uma função autenticamente orgânica, mostrando como ela atua de forma essencial na distribui-

---

84. Ver também a carta a Meyssonnier de 29 de janeiro de 1640 e as cartas a Mersenne de 1 de abril e 24 de dezembro de 1640. Retomado por Ambroise Paré, Galeno considera que o *vermis* do cerebelo, prolongado pela válvula de Vieussens, devido à sua localização está mais apto do que a glândula pineal para regular a passagem dos espíritos animais pelo aqueduto de Sylvius (*op. cit.*, VIII, XIII).

ção dos espíritos animais, de que dependem todos os movimentos do corpo. A primeira solução está excluída. De fato, dizer que o corpo humano não funciona da mesma maneira que o dos outros animais seria ir contra a observação e sobretudo desistir, por assim dizer, da independência entre a alma e o corpo, compreendida como possibilidade de uma criação separada (*Discours de la méthode*, V, AT VI, 45 s.). O corpo humano não pode ser organizado em intenção da alma que deve estar-lhe unida sem que se corra o risco de dar à alma humana um papel vital, que, reativamente, tornaria no mínimo problemática uma justificativa puramente mecânica do comportamento animal. Resta a segunda solução, e é a que elabora o *Tratado do homem* – a única obra, não publicada, a explicar integralmente o sistema sensório-motor.

Nesse texto, Descartes considera que a glândula pineal está presa ao cérebro por pequenas artérias. Os espíritos animais fluem dela ininterruptamente e mantêm-na em suspensão no centro de uma cavidade entre o *fornix* e os plexos coróides (AT, XI, 173), criada pela pressão que eles exercem sobre o tecido cerebral. Assim a sede da união entre a alma e o corpo possui uma extrema mobilidade, o que ao mesmo tempo reduz – pelo menos para a representação – a dificuldade inerente à interação de duas substâncias essencialmente distintas, e permite que a epífise reaja ao simples movimento dos espíritos animais, sendo que as leis cartesianas do choque geralmente se opõem a que um corpo menor mova um maior (*Principes*, II, 47 ss.)[85].

....

85. Mesmo não tendo sido explicitada, essa teoria já devia estar menos ou mais presente na mente de Descartes em 1633, pois a carta a Mersenne de 28 de outubro de 1640 liga-a ao fenômeno do ricochete, essencial na *Dióptri-*

Quando um objeto atua sobre os sentidos, ele puxa um pequeno filete, que, preso a uma fibra cerebral, comanda a abertura de um interstício no tecido que forra a cavidade central. Essa ação tem dois efeitos. Por um lado, a saída dos espíritos pelo lado correspondente da glândula se vê facilitada, e o que chamamos de percepção é tão-somente a apreensão, pela alma, das figuras formadas sobre a glândula pelos poros que oferecem aos espíritos uma passagem privilegiada (AT, XI, 176). Por outro lado, a abertura de um poro, assim como a de uma eclusa, produz na cavidade central uma corrente que arrasta consigo a glândula pineal (*ibid.*, p. 185) e inclina-a de tal forma que ela envia os espíritos para um nervo motor determinado. Em seguida a descrição do funcionamento cerebral baseia-se essencialmente em dois princípios. Primeiramente, uma referência às leis da perspectiva permite projetar as três dimensões do espaço externo sobre o plano da glândula, segundo um esquema que a *Dióptrica* desenvolve parcialmente e do qual o *Tratado do homem* limita-se a afirmar a aplicabilidade a todas nossas percepções. Quanto mais próximo de nós um objeto estiver, mais sua "representação" está próxima do topo da glândula pineal, que em conseqüência disso se inclina, de tal forma que coincidem por um lado as exigências de uma reprodução fiel do mundo externo, e por outro lado as que estão ligadas a nossos interesses vitais e aumentam na razão inversa da distância. O segundo princípio é antes um pressuposto, pois todo esse esquema baseia-se

....
ca, cuja redação Descartes conclui em 1634 e que cita no *Tratado do homem* (*Traité de l'homme*, AT XI, 187). Note-se, por outro lado, que os *Princípios* (*Principes*, II, 49, 56) conferem maior mobilidade aos corpos em suspensão num líquido, que a menor força basta para mover.

na circulação de fluidos e na criação de correntes na cavidade cerebral, cuja teoria Descartes nunca se deu ao trabalho de fazer e que simplesmente considera assente.

* *

Assim, em 1633 a glândula pineal desempenha um papel fundamental na neurologia cartesiana e, *a contrario*, parece estranhamente ausente dos artigos 7 a 16 do *Tratado das paixões*. Nem a existência de uma referência implícita a obras anteriores nem uma intenção de brevidade podem justificar essa ausência. Entre as obras publicadas, apenas a *Dióptrica* menciona, uma única vez, "uma certa pequena glândula [...] que é propriamente a sede do senso comum" (*Dioptrique*, AT VI, 129), mas nada diz sobre seu funcionamento. Quanto à brevidade, se Descartes fala dos pequenos nervos que se encontram na base do coração, podia igualmente falar dos poros da epífise e das artérias que a ligam à substância cerebral. Portanto, é como se em 1649 Descartes simplesmente tivesse desistido do modelo desenvolvido em 1633 e que, num plano anatômico, revela-se totalmente inverossímil.

"Procura-se em vão uma glândula situada no meio do cérebro de tal maneira que possa ser movida de cá para lá com tanta facilidade e de tantas formas; e nem todos os nervos se prolongam até as cavidades do cérebro." (Spinoza, *Ethique*, V, Prefácio, GF, p. 305.) "Quanto ao que diz o senhor Descartes, que a glândula pode servir para as ações, embora ela se incline ora de um lado ora do outro, a experiência assegura-nos que é totalmente incapaz disso; pois nos mostra que está tão encaixada entre todas as partes do cérebro, e tão presa por todos os lados a essas mesmas partes, que não conseguiríeis dar-lhe o menor movimento sem forçá-la e sem romper as ligações que a mantêm presa." (Esteno, *Discours de Monsieur Sténon sur l'anatomie du cerveau...*, Paris, 1669, p. 20.) Não somente a glândula pineal não pode mover-se, como também não está ligada a qualquer artéria e portanto não poderia encaminhar os espíritos do coração para o cérebro (*ibid.*). E, por fim, ela tampouco se situa no centro de uma cavidade, e isso ainda menos porque a que os Antigos supunham existir entre o *fornix* e os plexos coróides não pode ser produzida sem uma ruptura prévia do crânio (*ibid.*, pp. 16-19).

É difícil pensar que Descartes, que praticou numerosas dissecações, não tenha tomado consciência da dificuldade; e a carta a Mersenne de 1 de abril de 1640 parece querer responder à primeira objeção:

> Quanto à mobilidade dessa glândula, não quero outra prova além de sua situação: pois sendo sustentada apenas por pequenas artérias que a cercam, é indiscutível que é preciso pouquíssima coisa para movê-la; *mas nem por isso creio que ela possa afastar-se muito, nem para cá, nem para lá.* (Os grifos são meus.)

Portanto, nessa época Descartes ainda considera que a glândula pineal está ligada a artérias, o que é confirmado pela carta a Mersenne de 24 de dezembro de 1640, em que ela é apresentada como o receptáculo dos espíritos. Em contrapartida, no *Tratado das paixões* já não se fala mais em artérias: a pequena glândula que é o centro da alma está somente *suspensa de tal forma* que pode ser movida pelos espíritos animais (art. 31). Correlativamente, enquanto anteriormente os espíritos animais *saíam* da glândula pineal (*Traité de l'homme*, AT XI, 171, 173, 178, etc.), em 1649 ela se limita a *impulsioná-los* (art. 34); eles *irradiam-se* para ela (art. 35) e são *refletidos* por ela (art. 36)[86]. E, por fim, a cavidade central desapareceu: a glândula pineal está agora "suspensa acima do conduto" pelo qual se comunicam os espíritos das cavidades anteriores e posteriores (art. 31), o que endossa as observações de Esteno (*op. cit.*, p. 16).

Num plano anatômico, o dispositivo do *Tratado do homem* era totalmente infundado. Tratava-se apenas de uma construção que, se não arbitrária, era destituída de qualquer pretensão científica, no sentido contemporâneo do termo. Sem dúvida a prudência de Descartes, afirmando que somente quis descrever uma máquina que possuísse as mesmas funções que os corpos orgânicos (AT XI, 120), tinha um valor principalmente retórico. Na verdade, ele concluía afirmando que os movimentos da referida máquina "imitam o mais perfeitamente que é possível os de um homem de verdade" (*ibid.*, p. 202). Mas Esteno – embora também nesse caso seja preciso levar em conta a retórica – sem dúvida não está inteiramente errado quando enfatiza esse ponto e especifica que suas críticas se dirigem somente a "aqueles que querem fazer [o *Tratado do homem*] passar por um relato fiel do que há de mais oculto nos domínios do corpo humano" (*op.*

....
86. J.-M. Beyssade, em "Réflexe ou admiration: sur les mécanismes sensori-moteurs selon Descartes" (artigo citado), empenha-se em explicar as fórmulas, sobretudo do artigo 35 do *Tratado das paixões*, afirmando que se trata de *imagens* e não de *espíritos*. Portanto, nada impede que os *espíritos* conservem um movimento centrífugo, ao passo que as *imagens* teriam um movimento centrípeta. No entanto, se essa distinção é legítima, nada no *Tratado das paixões* permite afirmar que Descartes ainda atribua aos espíritos um movimento centrífugo.

cit., p. 14; ver também pp. 21-22). Parece que o dispositivo exposto em 1633 justificava-se menos pela intenção de fornecer uma descrição anatômica precisa, que pudesse servir de base para aplicações médicas por exemplo, do que por razões metafísicas ou epistemológicas. Ele derivava quase necessariamente dos pressupostos do pensamento cartesiano, e por conseguinte o *Tratado das paixões*, que desistiu deles, não pode escapar de esbarrar em dificuldades; ou mais exatamente só as evita porque deixa numa prudente obscuridade os pormenores do funcionamento cerebral. As exigências iniciais são mantidas: a totalidade dos movimentos do corpo explica-se de maneira puramente mecânica, a glândula pineal recebe impressões de todo o corpo e influi na circulação dos espíritos; mas a explicação propriamente dita desapareceu.

Pascale d'Arcy

Circulação do sangue no coração

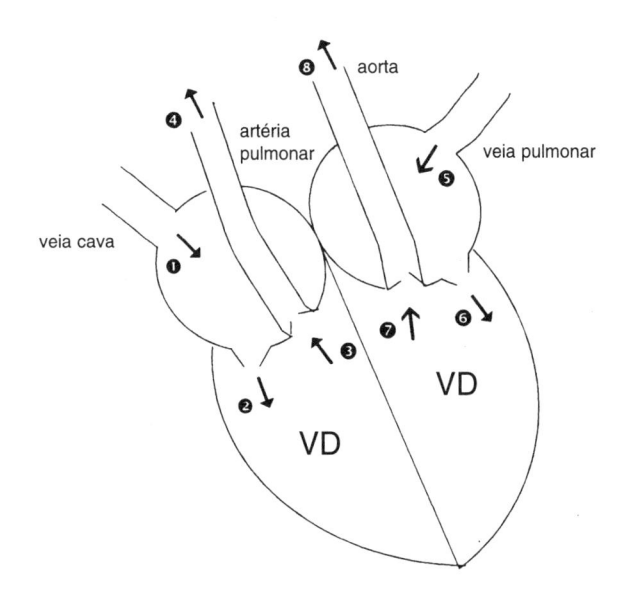

Para Descartes as aurículas são identificadas com as extremidades das veias. Além disso ele conserva as denominações tradicionais:
artéria pulmonar = veia arteriosa;
veia pulmonar = artéria venosa;
aorta = grande artéria.

Cronologia

1596. (31 de março): René Descartes nasce em La Haye, região de Touraine, no centro da França.
1597. Morte de sua mãe.
1604. Henrique IV funda em La Flèche o colégio dos jesuítas. Nele Descartes inicia seus estudos, que durarão oito ou nove anos.
1616. Exames de fim de curso colegial e curso de direito em Poitiers.
1618. Alista-se no exército de Maurício de Nassau, estatuder da Holanda.
(10 de novembro) Encontro com o físico holandês Isaac Beeckman, na cidade holandesa de Breda.
(31 de dezembro) Descartes oferece a Beeckman o *Compendium musicae.*
1619. Início da Guerra dos Trinta Anos. Descartes une-se aos exércitos do duque da Baviera.
(10 de novembro) Sonhos contados nos *Olympica.* Descartes elabora o "método".
1621 (março): Alista-se nas tropas do conde de Bucquoy.
(julho) Retorno à vida civil.
1621-1625. Realiza várias viagens, principalmente à Polônia, Holanda, Itália e França. Redação do *Studium bona mentis* (perdido).

1625-1627. Estadia em Paris, onde conhece o escritor Guez de Balzac, o filósofo e cientista Mersenne e Gibieuf.
1627-1628. Data provável da redação de *Règles pour la direction de l'esprit*, obra que ficará inacabada.
1628-1629. Partida para a Holanda, onde viverá durante vinte anos. Redação de um *Traité de métaphysique* (perdido).
1629-1631. Descartes volta-se para questões de mecânica, fisiologia, etc., e realiza em Amsterdam muitas dissecações. Redação de uma parte das observações anatômicas posteriormente publicadas sob os títulos *Excerpta anatomica* e *Primae cogitationes circa generationem animalium*[1].
1631. Descartes inventa a geometria algébrica.
1632. Resolução do problema de Papos. Descartes desiste de seu tratado sobre a geração dos animais.
1633. Redação do *Traité du monde* ou *De la lumière*, de que o *Traité de l'homme* constitui o último capítulo. (novembro) Ao saber da condenação de Galileu, Descartes desiste de publicar o *Traité du monde*.
1634. Conclui a *Dioptrique* e os *Météores*.
1635. Planos de publicar esses dois tratados com um prefácio: primeiro projeto do *Discours de la méthode*. (julho) Nascimento de Francine, filha de René Descartes e Hélène Jans.
1637 (junho). Na cidade holandesa de Leyde, publicação anônima do *Discours de la méthode pour bien conduire sa raison et chercher la vérité dans les scien-*

----
1. Textos conhecidos por uma cópia de Leibniz e disponíveis em AT XI. Ver ed. F. Alquié, I, pp. 210 e 767.

ces. Plus la *Dioptrique*, les *Météores* et la *Géométrie*, qui sont des essais de cette méthode.
(outubro) A pedido de Constantin Huygens, redige um tratado de mecânica. *Explication des engins par l'aide desquels on peut avec une petite force lever un fardeau fort pesant*. Redige uma parte dos *Excerpta anatomica*. Trabalha em um compêndio de medicina, que não leva avante.

1637-1640. Na esteira da publicação dos *Essais*, Descartes inicia uma correspondência com matemáticos (Fermat, Debeaune, Desargue e Roberval) e médicos (Plempius, Regius).

1639-1640. Redige em latim as *Meditationes de prima philosophia*.

1640 (setembro-outubro): Morte de sua filha Francine e do seu pai, Joachim.
(novembro) Envia a Mersenne uma cópia das *Méditations*, acompanhadas das objeções de Caterus e de suas próprias respostas.

1641. Primeira edição das *Meditationes de prima philosophia, in qua Dei existentia et animae humane a corpore distinctio demonstrantur*, acompanhadas de seis séries de objeções e respostas.

1642. Condenação de Regius e da filosofia cartesiana pelos magistrados de Utrecht, a pedido de Voetius. Segunda edição das *Meditationes*, acompanhadas de sete objeções e respostas e de uma carta ao padre Dinet. Pollot põe em contacto Descartes e a princesa Elisabeth.

1643. Publicação em latim de uma carta contra Voetius. Início da correspondência com Elisabeth.

1644. Viagem à França. Encontro com o duque de Luynes, tradutor das *Méditations*, e com Clerselier, tradutor das *Objections* e das *Réponses*. Descartes liga-se a Chanut. Publicação dos *Principia philosophiae* e da tradução latina, por Etienne de Courcelles, do *Discours de la méthode* e dos dois primeiros *Essais*.

1645. Começa a escrever um tratado sobre as paixões da alma, a pedido da princesa Elisabeth. Chanut fala de Descartes à rainha Cristina da Suécia. Desavença com Regius.

1647. Publicação das *Méditations métaphysiques*, com seis séries de *Objections* e de *Réponses*, traduzidas pelo duque de Luynes e por Clerselier. Publicação dos *Principes de la philosophie*, acompanhados de uma carta-prefácio ao tradutor, o abade Picot. Início da correspondência com Cristina da Suécia. Polêmicas com a Universidade de Leyde. Encontro com Pascal na França e discussões a propósito da questão do vácuo.

1647-1648. Redação de um pequeno tratado sobre a *Description du corps humain*.

1648. Publicação das *Remarques sur un placard*, contra Regius.
(abril) *Entretien avec Burman*.
Redação dos textos do final dos *Excerpta anatomica*.

1649. Publicação em Leyde da tradução latina da *Géométrie*. Partida para a Suécia, a convite da rainha Cristina. Publicação das *Passions de l'âme*, em Paris e Amsterdam.

1650 (11 de fevereiro). Morte de Descartes, em Estocolmo.

AS PAIXÕES DA ALMA

Cartas-prefácio
Advertência de um amigo do autor[1]

Como este livro me foi enviado pelo senhor Descartes, com a permissão de mandá-lo imprimir e de acrescentar-lhe o prefácio que quisesse, propus-me a não fazer outro, senão que colocarei aqui as mesmas cartas que anteriormente lhe escrevi, a fim de obter isso dele, visto que elas contêm várias coisas das quais julgo que o público tem interesse em ser informado.

Primeira carta
Ao senhor Descartes

Senhor:

Eu havia ficado muito contente de ver-vos em Paris neste último verão[2], porque pensava que tivésseis vindo com o propósito de demorar, e que, tendo aqui mais facilidade que em qualquer outro lugar para fazerdes as experiências que declarastes vos serem necessárias para concluir os tratados que prometestes ao público, não deixaríeis de cumprir vossa promessa, e que em breve os veríamos impressos. Porém me privastes inteiramente dessa alegria ao retornardes à Holanda; e não posso deixar de dizer-vos aqui que ainda estou aborrecido convosco porque antes de partirdes não quisestes deixar que eu visse o tratado das Paixões, que me disseram que compusestes; além disso, refletindo sobre as palavras que li em um prefácio que há dois anos foi acrescentado à versão francesa de vossos *Princípios*, onde, depois de falar sucintamente sobre as partes da filosofia que ainda devem ser descobertas antes que possamos colher seus principais frutos, e de dizer que *não duvidais tanto de vossas forças que não ousásseis decidir-vos a explicá-las todas, se tivésseis a oportunidade de realizar as experiências que são necessárias para apoiar e justificar vossos argumentos*[3], acrescentais que *seriam precisas para isso grandes despesas, a que um particular como vós não poderia acudir se não fosse auxiliado pelo público; mas que, não vendo que devêsseis esperar tal auxílio, pensais que deveis contentar-vos em doravante estudar para vossa instrução particular; e que a posteridade vos escusará se de agora em diante deixardes de trabalhar por ela*. Temo que agora seja para valer que quereis recusar ao público o restante de vossas invenções, e que nunca mais teremos outras coisas de vós se vos deixarmos seguir vossa inclinação. Essa é a causa de eu ter me proposto a atormentar-vos um pouco com esta carta, e a vingar-me de me haverdes recusado vosso tratado das Paixões, censurando-vos livremente a negligência e os outros defeitos que julgo impedir-vos de fazerdes valer vosso talento tanto quanto podeis, e a que vosso dever vos obriga. Com efeito, não posso crer que o que vos faz não prosseguir com vossa física seja outra coisa que não vossa negligência e o pouco empenho que tendes em ser útil ao restante dos homens. Pois embora eu compreenda muito bem que vos é impossível concluí-la se não realizardes várias experiências, e que tais experiências devem ser feitas às expensas do público, porque sua utilidade recairá sobre ele e porque os bens de um particular não podem bastar para tanto, no entanto não creio que seja isso que vos detém, porque não poderíeis deixar de obter dos que dispõem dos bens do público tudo o que pudésseis desejar para esse fim, se vos dignásseis fazê-los entender a coisa como ela é e como a poderíeis facilmente representar se assim o quisésseis. Porém tendes vivido sempre de uma forma tão contrária a isso que temos motivo para persuadir-nos de que nem mesmo gostaríeis de receber qualquer auxílio de outrem, ainda que vos oferecessem[4]; e no entanto pretendeis que a posteridade vos desculpará por não quererdes mais trabalhar para ela porque pretextais que tal auxílio vos é necessário e que não o podeis obter. Isso me dá motivo de pensar não apenas que sois demasiado negligente, mas talvez também que não tendes ânimo suficiente para contar concluir aquilo que os que leram vossos escritos esperam de vós; e que no entanto sois bastante leviano para querer persuadir os que virão depois de nós de que deixastes de fazê-lo não por culpa vossa, e sim porque não reconheceram vossa virtude como deviam e recusaram assistir-vos em vossos desígnios. Nisso vejo que vossa ambição acha proveito, porque no futuro os que virem vossos escritos julgarão, pelo que publicastes há mais de doze anos[5], que havíeis descoberto já naquele tempo tudo o que até agora foi visto de vós, e que o que vos resta inventar sobre a física é menos difícil do que o que já explicastes dela; de forma que desde então poderíeis ter-nos dado tudo o que se pode esperar do raciocínio humano quanto à medicina e aos outros usos da vida, se tivésseis tido a oportunidade de fazer as experiências necessárias para isso; e mesmo que sem dúvida não deixastes de descobrir uma grande parte, mas uma justa indignação contra a ingratidão dos homens impediu-vos de participar-lhes vossas invenções. Assim, pensais que doravante, descansando, podereis adquirir tanta reputação quanta se trabalhásseis muito; e talvez mesmo um pouco mais, porque habitualmente o bem que possuímos é menos estimado do que o que desejamos ou então cuja perda lamentamos. Mas quero privar-vos do meio de assim adquirir reputação sem a merecer: e embora não duvide que sabíeis o que deveríeis ter feito se desejásseis ser auxiliado pelo público, mesmo assim quero escrevê-lo aqui; e até mesmo mandarei imprimir esta carta, para que não possais pretender ignorá-la, e para que, se posteriormente deixardes de atender-nos, não possais mais desculpar-vos invocando nossa época atual. Ficai sabendo pois que, para obter algo do público, não basta lançar uma palavrinha de passagem, no prefácio de um livro, sem dizer expressamente que o desejais e esperais nem explicar as razões que podem provar não somente que o mereceis mas também que há grande interesse em vo-lo conceder, e que disso se deve esperar muito proveito. Estamos acostumados a ver que todos os que imaginam valer alguma coisa fazem tanto alarde sobre isso, e com tanta importunidade pedem o que pretendem, e tanto prometem além do que podem, que quando alguém só fala de si com modéstia e não solicita coisa alguma de ninguém, nem promete coisa alguma com segurança, então, seja qual for a prova que dê do que pode fazer, não refletimos a respeito e não pensamos absolutamente nele.

Direis talvez que vossa índole não vos leva a pedir algo nem a falar vantajosamente de vós mesmo, porque uma coisa parece ser sinal de baixeza e a outra de orgulho[6]. Mas afirmo que tal índole deve ser corrigida, e que ela provém de erro e fraqueza e não de honesto pudor e modéstia. Pois, quanto aos pedidos, os únicos de que alguém tem motivo para sentir alguma vergonha são os que faz para sua necessidade pessoal, a pessoas de quem não tem o direito de exigir coisa alguma. E é impensável que deva envergonhar-se dos pedidos que visam à utilidade ou ao proveito daqueles a quem os faz; ao contrário, pode orgulhar-se disso, principalmente quando já lhes deu coisas que valem mais do que as que deseja obter deles. E quanto a falar vantajosamente de si mesmo, é verdade que se trata de um orgulho muito ridículo e muito censurável quando a pessoa diz de si coisas que são falsas; e mesmo que é uma vaidade desprezível, ainda que só diga coisas verdadeiras, quando o faz por ostentação e sem que disso advenha algum bem a quem quer que seja. Mas quando essas coisas são tais que importa aos outros conhecê-las, é indiscutível que só pode não dizê-las por uma humildade viciosa, que é uma espécie de covardia e de fraqueza. Ora, para o público é muito importante ser informado do que descobristes nas ciências, para que, por aí julgando sobre o que ainda podeis descobrir, seja incitado a contribuir o quanto puder para auxiliar-vos nisso, como num trabalho que tem por objetivo o bem geral de todos os homens. E as coisas que já apresentastes – a saber, as verdades importantes que explicastes em vossos escritos – valem incomparavelmente mais do que tudo o que poderíeis solicitar para essa finalidade.

Podeis dizer também que vossas obras falam o bastante sem que preciseis acrescentar-lhes as promessas e as fanfarronices que, sendo habituais aos charlatães que querem lograr, parecem não poder convir a um homem honrado que busca somente a verdade. Mas o que torna censuráveis os charlatães não é que as coisas que dizem de si mesmos são grandes e boas; é apenas que são falsas e que não podem prová-las; enquanto as que pretendo que deveis dizer de vós são tão verdadeiras e tão evidentemente comprovadas por vossos escritos que todas as regras da decência permitem que as afirmeis, e as da caridade vos obrigam a isso[7], porque para os outros é importante conhecê-las. Pois embora vossos escritos falem o suficiente para os que os examinam com cuidado e que são capazes de entendê-los, no entanto isso não basta para o intento que quero que tenhais, porque nem todos podem lê-los e os que manejam os assuntos públicos dificilmente podem ter tempo para isso. Talvez aconteça mesmo que alguém que os tenha lido lhes fale a respeito; mas, seja o que for que lhes possam dizer, o pouco alarde que sabem que fazeis e a excessiva modéstia que sempre observastes ao falar de vós não permitem que reflitam muito a respeito. E mesmo, como junto deles amiúde se recorre a todos os termos mais lisonjeiros imagináveis para louvar pessoas que são apenas medíocres, eles não têm motivo para considerar como verdades exatas os enormes elogios que vos são feitos pelos que vos conhecem. Ao passo que, quando alguém fala de si mesmo e diz coisas muito extraordinárias, é ouvido com mais atenção, principalmente quando é um homem de boa origem, e que sabidamente não tem índole nem condição para querer passar por charlatão. E como ele se tornaria ridículo se utilizasse hipérboles em tal ocasião, suas palavras são tomadas no verdadeiro sentido; e os que não quiserem acreditar nelas pelo menos são instigados pela curiosidade, ou pelo ciúme, a examinar se são verdadeiras. É por isso que sendo muito certo – e tendo o público grande interesse em saber – que além de vós somente nunca houve no mundo alguém (pelo menos de quem tenhamos os escritos) que haja descoberto os verdadeiros princípios e reconhecido as primeiras causas de tudo o que é produzido na natureza, e que, já tendo explicado por esses princípios todas as coisas que aparecem e se observam mais comumente no mundo, precisais somente fazer observações mais específicas para encontrar da mesma forma as razões de tudo o que pode ser útil aos homens nesta vida, e assim dar-nos um conhecimento muito completo da natureza de todos os minerais, das virtudes de todas as plantas, das propriedades dos animais, e em geral de tudo o que pode servir para a medicina e as outras artes[8]. E por fim que, como todas essas observações específicas não podem ser feitas em pouco tempo sem grandes despesas, todos os povos da terra deveriam rivalizar em contribuir para elas, como para a coisa mais importante do mundo e na qual todos eles têm o mesmo interesse – isso digo com toda segurança e pode ser suficientemente provado pelos escritos que já mandastes imprimir –, deveríeis dizê-lo tão alto, publicá-lo com tanto empenho e colocá-lo tão expressamente em todos os títulos de vossos livros, que doravante não pudesse haver quem o ignorasse. Assim faríeis, pelo menos inicialmente, nascer em muitos o desejo de examinar de que se trata; e na medida em que indagassem mais a respeito e lessem com mais atenção vossos escritos, iriam sabendo mais claramente que não vos teríeis vangloriado sem razão.

E há principalmente três pontos que eu gostaria que fizésseis todo mundo compreender bem. O primeiro é que há na física uma infinidade de coisas por descobrir, que podem ser extremamente úteis para a vida; o segundo, que temos muitos motivos para esperar de vós a invenção dessas coisas; e o terceiro, que podereis descobrir tanto mais quanto mais facilidades tiverdes para fazer uma grande quantidade de experiências. Convém que as pessoas sejam informadas do primeiro ponto, porque a maioria dos homens não acredita que se possa encontrar nas ciências algo que valha mais do que o que foi descoberto pelos Antigos, e mesmo porque muitos não imaginam o que é a física nem para que ela pode servir[9]. Porém é fácil provar que o excessivo respeito que se tem pela Antiguidade é um erro que prejudica extremamente o avanço das ciências. Pois vemos que os povos selvagens da América, e também vários outros que habitam lugares menos distantes, têm muito menos facilidades para a vida do que nós, e no entanto são de uma origem tão antiga quanto a nossa, de forma que têm a mesma razão de dizer-nos que se contentam com a sabedoria de seus pais e que não acreditam que alguém possa ensinar-lhes algo melhor do que o que foi sabido e praticado entre eles em todos os tempos. E essa opinião é tão prejudicial que, enquanto não for abandonada, é indiscutível que não se pode adquirir qualquer capacidade nova. Por isso vemos por experiência que os povos em cujo espírito ela está mais enraizada são os que permaneceram mais ignorantes e mais rudes. E como ela ainda é bastante freqüente entre nós, isso pode servir de razão para provar que muito falta para sabermos tudo o que somos capazes de saber. Isso também pode ser claramente provado por várias invenções muito úteis, tais como o uso da bússola, a arte de imprimir, os óculos de alcance[10] e outras semelhantes, que só foram descobertas nos últimos séculos, apesar de agora parecerem bastante fáceis para os que as conhecem. Mas não há coisa alguma em que a nossa necessidade de adquirir novos conhecimentos pareça maior do que no tocante à medicina[11]. Pois, embora não duvidemos que Deus proveu esta terra de todas as coisas que são necessárias aos homens para nela se manterem em perfeita saúde até uma extrema velhice, e embora não haja no mundo algo tão desejável quanto o conhecimento dessas coisas, de forma que ele foi outrora o principal estudo dos reis e dos sábios, no entanto a experiência mostra que ainda estamos tão distantes de possuir todo ele que amiúde ficamos presos ao leito por males sem importância, que todos os médicos mais sábios não podem reconhecer e que conseguem apenas agravar com seus remédios quando tentam expulsá-los. Nisso a falha de sua arte e a necessidade de aperfeiçoá-la são tão evidentes que, para os que não imaginam o que é a física, basta dizer-lhes que é a ciência que deve ensinar a conhecer tão perfeitamente a natureza do homem, e de todas as coisas que lhe podem servir como alimentos ou como remédios, que por meio dela lhe seja fácil livrar-se de todos os tipos de doenças. Pois, sem falar de seus outros usos, esse por si só é bastante importante para obrigar os mais insensíveis a favorecer os desígnios de um homem que já provou, pelas coisas que inventou, que há muitos motivos para esperar dele tudo o que ainda resta a descobrir nessa ciência.

Mas principalmente é preciso que o mundo saiba que provastes tal coisa a vosso respeito. E para isso é necessário que forceis um pouco vossa índole, e que afasteis essa excessiva modéstia que até agora vos impediu de dizer de vós e dos outros tudo o que estais obrigado a dizer. Com isso não pretendo pôr-vos em conflito com os doutos deste século: a maioria daqueles a quem se dá tal nome, ou seja, todos os que cultivam o que se costuma chamar de belas letras, e todos os jurisconsultos, não têm o menor interesse pelo que estou afirmando que deveis dizer. Também os teólogos e os médicos não têm interesse algum, a não ser enquanto filósofos. Pois a teologia não depende absolutamente da física, e tampouco a medicina tal como é praticada hoje pelos mais doutos e mais prudentes nessa arte: eles se contentam em seguir as máximas ou as regras que uma longa experiência ensinou, e não desprezam tanto a vida dos homens a ponto de basear seus julgamentos, dos quais amiúde ela depende, nas incertas argumentações da filosofia da Escola. Portanto restam apenas os filósofos, entre os quais todos os que têm o espírito atilado já são a vosso favor e ficarão muito contentes de ver que produzis a verdade de tal forma que a malignidade dos pedantes não a possa oprimir. De forma que são apenas os pedantes que podem ofender-se com o que tenhais a dizer; e como eles são motivo de riso e de desprezo para todas as pessoas mais honradas, não deveis preocupar-vos muito em agradar-lhes. Além disso vossa reputação já os tornou tão inimigos vossos quanto poderiam ser; e enquanto vossa modéstia faz que agora alguns não hesitem em atacar-vos, estou seguro de que, se vos fizésseis valer tanto quanto podeis e deveis, eles se veriam tão abaixo de vós que não haveria um único que não tivesse vergonha de tentá-lo. Portanto não vejo que haja coisa alguma que vos impeça de publicar corajosamente tudo o que julgardes que possa servir a vosso intento; e nada me parece ser mais útil do que o que já dissestes em uma carta endereçada ao reverendo padre Dinet, a qual mandastes imprimir há sete anos, quando ele era provincial dos jesuítas de França. Falando dos *Ensaios* que havíeis publicado cinco ou seis anos antes, dizíeis: *Non ibi unam aut alteram, sed plus sexcentis quaestionibus explicui, quae sic a nullo ante me fuerant explicatae; ac quamvis multi hactenus mea scripta transversis oculis inspexerint, modisque omnibus refutare conati sint, nemo tamen, quod sciam, quicquam non verum potuit in iis reperire. Fiat enumeratio quaestionium omnium, quae in tot saeculis, quibus aliae philosophiae viguerunt, ipsarum ope salutae sunt: et forte nec tam multae, nec tam illustres invenientur. Quinimo profiteor ne unius quidem quaestionis solutionem, ope principiorum Peripateticae Philosophiae peculiarium, datam unquam fuisse quam non possim demonstrare esse illegitimam et falsam. Fiat periculum; proponantur, non quidem omnes (neque enim operae pretium puto multum temporis ea in re impendere), sed paucae aliquae selectiores, stabo promissis, etc.** Assim, apesar de

....
* "Neles não tratei de apenas uma ou duas questões: tratei de mais de seiscentas que ainda não tinham sido assim explicadas antes de mim. E embora até aqui muitos tenham olhado de través meus escritos, e tenham tentado

toda vossa modéstia, naquela ocasião a força da verdade obrigou-vos a escrever que já havíeis explicado em vossos primeiros *Ensaios* – que contêm praticamente apenas as *Dióptricas* e os *Meteoros* – mais de seiscentas questões de filosofia, que ninguém antes de vós soubera explicar bem; e que embora muitos tivessem olhado de través vossos escritos, e procurado todos os tipos de meios para os refutar, no entanto não sabíeis que alguém já tivesse observado neles algo que não fosse verdadeiro. A isso acrescentais que, se quisermos contar uma por uma as questões que puderam ser resolvidas por todas as outras formas de filosofar que estiveram em curso desde que o mundo existe, talvez descubramos que elas não são em tão grande número nem tão notáveis. Ademais assegurais que, pelos princípios que são específicos da filosofia atribuída a Aristóteles, e que é a única ensinada atualmente nas Escolas, nunca se conseguiu encontrar a verdadeira solução de questão alguma; e desafiais expressamente todos os que ensinam a mencionar alguma que tenham resolvido tão bem que não possais mostrar o menor erro em sua solução. Ora, como essas coisas fo-

....

por todos os meios refutá-los, no entanto, que eu saiba, até agora ninguém conseguiu encontrar-lhes algo que não fosse verdadeiro. Enumerem-se todas as questões que, durante tantos séculos em que as outras filosofias estiveram em curso, tenham sido resolvidas por seu intermédio, e talvez se descubra que elas não são em tão grande número nem tão célebres como as que estão em meus ensaios. E mais ainda, ouso dizer que para qualquer questão nunca se apresentou pelos princípios da filosofia peripatética uma solução que eu não possa demonstrar que é errada ou inaceitável. Faça-se a prova disso: sejam-me propostas, não todas (porque não julgo que valha a pena dispender nisso muito tempo), mas algumas das mais belas e mais célebres, e ouso prometer que não haverá alguém que não concorde com a verdade que afirmo." (*Lettre au père Dinet*, AT VII, 579-580; trad. francesa de F. Alquié.) Esta carta havia sido inserida na segunda edição (1642) das *Meditações*.

ram escritas a um provincial dos jesuítas e publicadas já há mais de sete anos, não há dúvida que alguns dos mais capazes daquela grande corporação teriam tentado refutá-las se não fossem totalmente verdadeiras, ou somente se pudessem ser discutidas com alguma aparência de razão. Pois, não obstante o pouco alarde que fazeis, todos sabem que vossa reputação já é tão grande, e que eles têm tanto interesse em sustentar que o que ensinam não é mau, que não podem dizer que o deixaram de lado. Mas todos os doutores bem sabem que não há na física da Escola algo que não seja duvidoso, e sabem também que em tal matéria ser duvidoso é pouco melhor do que estar errado, porque uma ciência deve ser certa e demonstrativa; de forma que não podem achar estranho que tenhais afirmado que a física deles não contém a verdadeira solução de questão alguma, pois isso significa unicamente que ela não contém a demonstração de qualquer verdade que os outros ignorem. E se algum deles examinar vossos escritos para refutá-los, descobrirá, ao contrário, que contêm apenas demonstrações referentes a matérias que antes eram ignoradas por todo o mundo. É por isso que, sendo prudentes e atilados como são, não me espanta que se calem; mas espanta-me que ainda não vos tenhais dignado tirar alguma vantagem de seu silêncio, porque não poderíeis desejar algo que melhor mostre o quanto vossa física difere da dos outros. E é importante observar a diferença entre elas, para que a má opinião que costumam ter da filosofia os que se dedicaram aos negócios e que obtêm neles o maior sucesso possível não impeça que conheçam o valor da vossa. Pois habitualmente eles julgam sobre o que acontecerá apenas pelo que já viram acontecer; e como nunca perceberam que o público tenha colhido da filosofia da Escola algum outro fruto, exceto que ela tornou pedantes muitos homens, não poderiam imaginar que se devam esperar melhores frutos da vossa, a não ser que se lhes faça considerar que, sendo esta totalmente verdadeira e a outra totalmente falsa, os frutos de ambas devem ser totalmente diferentes[12]. Com efeito, para provar que não há verdade na física da Escola, é um grande argumento dizer que ela é instituída para ensinar todas a invenções úteis à vida, e que no entanto, embora de tempos em tempos tenham sido descobertas várias delas, tal nunca aconteceu por meio dessa física, mas apenas por acaso e por uso[13]; ou então, se alguma ciência contribuiu, foi somente a matemática; e ela é também a única de todas as ciências humanas na qual anteriormente foi possível descobrir algumas verdades que não podem ser postas em dúvida[14]. Bem sei que os filósofos querem reconhecê-la como uma parte de sua física; mas como quase todos eles a ignoram, e como não é verdade que seja uma parte da física, mas, ao contrário, a verdadeira física é uma parte da matemática[15], isso nada pode significar para eles. Mas a certeza que já se reconheceu na matemática muito faz por vós. Pois é uma ciência na qual é tão indiscutível que sois excelente, e nisso suplantastes a inveja de tal forma que mesmo aqueles que têm ciúme do valor que se dá a vós quanto às outras ciências costumam dizer que nesta superais todas as outras, para que, concedendo-vos um elogio que sabem não poder vos ser disputado, sejam menos suspeitos de calúnia quando tentam arrebatar-vos alguns outros. E no que publicastes sobre geometria se vê que determinais de tal forma até onde o espírito humano pode ir e quais são as soluções que podem ser dadas a cada tipo de dificuldade, que pareceis haver feito toda a colheita, da qual os outros que escreveram antes de vós apanharam apenas algumas espigas que ainda não estavam maduras, e todos os que virão depois só podem ser como que respigadores que catarão as que tiverdes desejado deixar-lhes. Além disso mostrastes, pela solução rápida e fácil de todas as questões que vos propuseram os que quiseram tentar-vos, que o método que utilizais para isso é tão infalível que por meio dele nunca deixais de descobrir, no tocante às coisas que examinais, tudo o que o espírito humano pode descobrir. De forma que, para fazer que não se possa duvidar que sois capaz de colocar a física em sua perfeição máxima, é preciso somente que proveis que ela não é senão uma parte da matemática. E já o provastes muito claramente em vossos *Princípios*, quando, explicando todas as qualidades sensíveis, sem nada considerar a não ser as grandezas, as figuras e os movimentos, mostrastes que esse mundo visível, que é todo o objeto da física, contém apenas uma pequena parte dos corpos infinitos, dos quais se pode imaginar que todas as propriedades ou qualidades consistem somente nessas mesmas coisas, ao passo que o objeto da matemática os contém todos. O mesmo também pode ser provado pela experiência de todos os séculos. Pois ainda que em todos os tempos vários dos melhores espíritos tenham se empenhado na busca da física, não se poderia dizer que um dia alguém tenha encontrado algo (isto é, tenha chegado a algum conhecimento verdadeiro quanto à natureza das coisas corporais) por algum princípio que não pertença à matemática. Ao passo que, pelos que lhe pertencem, já se encontrou uma infinidade de coisas muito úteis, a saber, quase tudo o que é conhecido na astronomia, na cirurgia e em todas as artes mecânicas, nas quais, se houver algo mais do que o que pertence a essa ciência, não é extraído de nenhuma outra, mas somente de certas observações cujas verdadeiras causas não são conhecidas, o que não se poderia considerar com atenção sem ser obrigado a confessar que é somente pela matemática que se pode chegar ao conhecimento da verdadeira física. E como não se duvida que sejais excelente naquela, não há o que não se deva esperar de vós nesta. No entanto, resta ainda um pouco de hesitação, quando se vê que nem todos os que adquiriram alguma reputação pela matemática são por isso capazes de descobrir algo na física, e mesmo que alguns deles compreendem menos as coisas que escrevestes sobre ela do que muitos que anteriormente nunca aprenderam ciência alguma. Mas a isso se pode responder que, embora sem dúvida os que têm o espírito mais apropriado para conceber as verdades da matemática são os que mais facilmente entendem vossa física, porque todos os argumentos desta são extraídos da outra, nem sempre acontece que esses mesmos tenham a reputação de ser os mais sábios em matemática; porque para adquirir tal reputação é necessário estudar os livros dos que já escreveram sobre essa ciência, o que a maioria não faz; e freqüentemente os que os estudam tentam obter pela labuta o que a força de sua mente não lhes pode dar, fatigam demasiado a imaginação, e mesmo a ferem, e com isso adquirem vários preconceitos, o que os impede muito mais de conceber as verdades que escreveis do que de passar por grandes matemáticos; porque há tão poucas pessoas que se aplicam a essa ciência que freqüentemente há apenas elas em todo um país; e ainda que às vezes haja outras, não deixam de fazer muito alarde, porque o pouco que sabem lhes custou muito trabalho. De resto, não é difícil conceber as verdades que um outro descobriu; para isso basta ter o espírito desembaraçado de todos os tipos de falsos preconceitos e querer aplicar suficientemente a atenção. Também não é muito difícil encontrar algumas verdades extraídas das outras, tal como fizeram outrora Tales, Pitágoras, Arquimedes, e no nosso século Gilbert, Kepler, Galileu, Harvejus[16] e alguns outros. Por fim se pode, sem muito esforço, imaginar um corpo de filosofia menos monstruoso e apoiado em conjecturas mais verossímeis do que o que se extrai dos escritos de Aristóteles, o que também foi feito por alguns neste século. Mas formar um que contenha apenas verdades, provadas por demonstrações tão claras e tão seguras como as dos matemáticos, é coisa tão difícil e tão rara que, em mais de cinqüenta séculos que o mundo já vem durando, não se encontrou senão a vós somente que mostrastes por vossos escritos que podeis consegui-lo. Mas, assim como depois de um arquiteto ter assentado todas as fundações e erguido as principais muralhas de alguma grande construção não se duvida que ele possa conduzir seu projeto até o final, porque se vê que já fez o que era mais difícil, assim também os que leram com atenção o livro de vossos *Princípios*, ao considerar como nele assentastes as fundações de toda a filosofia natural e como são grandes as sucessões de verdades que daí deduzistes, não podem duvidar que o método que utilizais seja suficiente para fazer-vos acabar de descobrir tudo o que pode ser descoberto na física; porque as coisas que já explicastes – a saber, a natureza do ímã, do ferro, do ar, da água, da terra e de tudo o que aparece nos céus – não parecem ser menos difíceis do que as que ainda podem ser desejadas.

No entanto, é preciso acrescentar aqui que, por mais perito que um arquiteto seja em sua arte, é impossível que conclua a construção que iniciou se lhe faltarem os materiais a ser empregados. E da mesma forma, por mais perfeito que possa ser vosso método, ele não pode fazer-vos avançar na explicação das causas naturais se não realizardes as experiências que são necessárias para determinar seus efeitos. E esse é o último dos três pontos principais que acredito devam ser explicados, porque a maioria dos homens não imagina o quanto essas experiências são necessárias, nem quanta despesa requerem. Aqueles que, sem sair de seu gabinete nem lançar os olhos a outro lugar que não seus livros, tentam discorrer sobre a natureza, bem podem dizer de que forma gostariam de ter criado o mundo, se Deus lhes houvesse dado o encargo e o poder para isso; ou seja, podem escrever quimeras, que têm tanta relação com a fraqueza de seus espíritos quanto a admirável beleza deste universo com o poder infinito de seu autor; mas, a menos que tenham um espírito verdadeiramente divino, não podem assim formar por si mesmos uma idéia das coisas que seja semelhante à que Deus teve para criá-las. E, embora vosso método prometa tudo o que se pode esperar do espírito humano no tocante à busca da verdade nas ciências, no entanto ele não promete ensinar a adivinhar; mas somente a deduzir de certas coisas dadas todas as verdades que podem ser deduzidas, e na física essas coisas dadas só podem ser experiências[17]. E mesmo, como essas experiências são de dois tipos: umas fáceis e que dependem apenas da reflexão que se faz sobre as coisas que se apresentam ao sentido por si mesmas, e as outras mais raras e difíceis, às quais não se chega sem algum estudo e alguma despesa, pode-se observar que já colocastes em vossos escritos tudo o que parece poder ser deduzido das experiências fáceis, e mesmo também daquelas entre as mais raras que pudestes aprender dos livros. Pois além de neles explicardes a natureza de todas as qualidades que movem os sentidos e de todos os corpos que são os mais comuns nesta terra, como o fogo, o ar, a água e alguns outros, também explicastes tudo o que até agora foi observado nos céus, todas as propriedades do ímã e várias observações da química. De forma que não temos razão para esperar de vós nada mais no tocante à física, até fazerdes mais experiências cujas causas possais pesquisar. E não me espanta que não vos decidais a fazer a vossas expensas tais experiências. Pois sei que a pesquisa das menores coisas custa muito; e, sem levar em conta os alquimistas e todos os outros buscadores de segredos, que costumam arruinar-se nesse ofício, ouvi dizer que somente a pedra de ímã levou Gilbert a dispender mais de cinqüenta mil escudos, embora ele fosse homem de muito discernimento, como demonstrou ao ser o primeiro a descobrir as principais propriedades dessa pedra. Vi também a *Instauratio magna* e o *Novus Atlas* do chanceler Bacon[18], que entre todos os que escreveram antes de vós me parece ser o que teve os melhores pensamentos quanto ao método que se deve adotar para conduzir a física à sua perfeição; mas toda a renda de dois ou três dos reis mais poderosos da Terra não bastaria para executar todas as coisas que ele requer para isso. E embora eu não pense que necessiteis de tantos tipos de experiências como Bacon imagina, porque podeis suprir várias tanto com vossa habilidade como com o conhecimento das verdades que já descobristes, no entanto, considerando que o número dos corpos específicos que ainda vos resta examinar é quase infinito; que não há um só deles que não tenha bastantes propriedades diversas, e das quais não se possa fazer uma quantidade de provas bastante grande para empregar todo o tempo e todo o trabalho de vários homens; que, segundo as regras de vosso método, é preciso que examineis ao mesmo tempo todas as coisas que têm entre si alguma afinidade, para observar melhor suas diferenças e fazer enumerações que vos dêem segurança; que assim podeis em um mesmo momento tirar proveito de diferentes experiências em maior número do que o trabalho de muitos e muitos homens hábeis poderia fornecer; e por fim que só à custa de dinheiro poderíeis ter esses homens hábeis, porque, se alguns quisessem fazê-lo gratuitamente, não se sujeitariam suficientemente a seguir vossas ordens e não fariam mais que dar-vos motivo para perder tempo; digo que, considerando todas essas coisas, me é fácil compreender que não podeis concluir dignamente o projeto que iniciastes em vosso *Princípios*, isto é, explicar especificamente todos os minerais, as plantas, os animais e o homem, da mesma forma que nele já explicastes todos os elementos da terra e tudo o que se observa nos céus, a não ser que o público cubra as despesas que são necessárias para esse fim e que, quanto mais liberalmente elas vos forem cobertas, tanto melhor podereis executar vosso projeto.

Ora, como essas mesmas coisas também podem muito facilmente ser compreendidas por qualquer pessoa, e são todas tão verdadeiras que não podem ser postas em dúvida, tenho certeza de que, se as representásseis de tal forma que chegassem ao conhecimento daqueles a quem Deus, tendo dado o poder de comandar os povos da terra, deu também o encargo e a intenção de fazer todos os esforços para favorecer o bem do público, não haveria um só deles que não quisesse contribuir para um projeto tão manifestamente útil ao mundo todo. E embora nossa França, que é vossa pátria, seja um Estado tão poderoso que parece que dela sozinha poderíeis obter tudo o que é necessário para tal, no entanto, como as outras nações não têm menos interesse que ela, estou seguro de que várias seriam bastante generosas para não lhe ceder passo nesse serviço, e que não haveria uma única que fosse tão bárbara a ponto de não querer participar.

Mas, se tudo o que aqui escrevi não basta para fazer-vos mudar de disposição, peço-vos ao menos para comprazer-me a ponto de enviar-me vosso tratado das Paixões e deixar que lhe acrescente um prefácio com o qual seja impresso. Tentarei fazê-lo de tal forma que não contenha coisa alguma que possais desaprovar; e que seja tão conforme com o sentimento de todos os que têm espírito e virtude que não haverá um único que, depois de o ler, não participe do zelo que tenho pelo crescimento das ciências, e por ser, etc.

De Paris, 6 de novembro de 1648.

Resposta à carta anterior

Senhor:

Entre as injúrias e as censuras que encontro na longa carta que tivestes o trabalho de escrever-me, noto nela tantas coisas que me são vantajosas que, se a mandásseis imprimir, como declarais desejar fazer, eu recearia que as pessoas imaginassem que há entre nós mais entendimento do que existe, e que vos pedi para colocardes nela várias coisas que o decoro não permitia que eu próprio desse a conhecer ao público. Por isso não me deterei aqui em respondê-la ponto por ponto; somente vos direi duas razões que a meu ver devem impedir-vos de publicá-la. A primeira é que não tenho a menor impressão de que a intenção que tivestes ao escrevê-la possa obter êxito. A segunda, que não tenho em absoluto a índole que imaginais, não sinto qualquer indignação ou desgosto que me tire o desejo de fazer tudo o que estiver a meu alcance para prestar serviço ao público, do qual me considero grande devedor, porque os escritos que já publiquei foram favoravelmente recebidos por várias pessoas. E anteriormente vos recusei o que havia escrito sobre as Paixões somente para não ser forçado a mostrá-lo a algumas outras pessoas que não teriam tirado proveito disso. Pois, como só o havia composto para ser lido por uma princesa cujo espírito está tão acima do comum que ela concebe sem o menor esforço o que parece ser mais difícil para nossos doutores[1], eu me havia alongado em explicar ali apenas o que julgava ser novo. E, para que não duvideis do que digo, prometo-vos rever esse escrito das paixões e acrescentar-lhe o que considerar necessário para torná-lo mais inteligível[2], e que depois o enviarei a vós, para que façais dele o que vos aprouver. Pois sou, etc.

De Egmont, 4 de dezembro de 1648.

Segunda carta
Ao senhor Descartes

Senhor:

Há tanto tempo me fazeis esperar por vosso tratado das Paixões que começo a não ter mais esperança[1] e a imaginar que só o prometestes para impedir-me de publicar a carta que vos havia escrito anteriormente. Pois tenho motivo para crer que vos aborreceríeis se vos privassem da desculpa que usais para não concluir vossa física, e minha intenção era privar-vos dela com aquela carta; pois as razões que nela havia deduzido são tais que não me parece que possam ser lidas por alguém que tenha um mínimo de estima pela honra e pela virtude sem que o incitem a desejar, como eu, que obtenhais do público o que é preciso para as experiências que dizeis vos serem necessárias; e contava que ela caísse facilmente nas mãos de alguns que tivessem o poder de tornar eficaz esse desejo, seja porque têm acesso aos que dispõem dos bens do público, seja porque dispõem pessoalmente deles. Assim eu me prometia agir de forma que, malgrado vosso, tivésseis ocupação. Pois sei que possuís tanto valor que não gostaríeis de deixar de devolver com juros o que vos fosse dado dessa forma, e que isso vos faria deixar inteiramente da negligência de que neste momento não posso abster-me de acusar-vos, muito embora eu seja, etc.

23 de julho de 1649.

Resposta à segunda carta

Senhor:

Sou inocente do artifício que pretendeis crer que utilizei para impedir a publicação da longa carta que me escrevestes no ano passado. Não tenho a menor necessidade de utilizá-lo. Pois além de não acreditar que possa produzir o efeito que pretendeis, não sou tão propenso à ociosidade que o temor do trabalho a que seria obrigado para examinar várias experiências, se tivesse recebido do público as facilidades para fazê-las, possa prevalecer sobre o desejo que tenho de instruir-me e de colocar por escrito algo que seja útil aos outros homens. Não posso igualmente bem desculpar-me da negligência por que me censurais. Pois confesso que levei mais tempo para rever o pequeno tratado que vos estou enviando do que anteriormente levara para compô-lo, e no entanto só lhe acrescentei poucas coisas[1] e nada mudei do discurso, o qual é tão simples e tão breve que mostrará que minha intenção não foi explicar as paixões como orador, nem mesmo como filósofo moral, mas somente como físico. Assim, prevejo que este tratado não terá melhor sorte que meus outros escritos; e, embora talvez seu título convide um maior número de pessoas a lê-lo, no entanto ele só poderá contentar às que se derem ao trabalho de examiná-lo com atenção. Tal como está, coloco-o em vossas mãos, etc.

De Egmont, 14 de agosto de 1649.

AS PAIXÕES DA ALMA

PRIMEIRA PARTE

Das Paixões em Geral e Oportunamente de Toda a Natureza do Homem

Artigo 1
Que o que é paixão com relação a um sujeito
é sempre ação de qualquer outro ponto de vista

Não há nada que mostre melhor o quanto são defeituosas as ciências que recebemos dos Antigos[1] do que o que eles escreveram sobre as paixões. Pois, embora se trate de uma matéria cujo conhecimento sempre foi muito procurado e embora ela não pareça ser das mais difíceis, porque, cada qual sentindo-as em si mesmo, não se tem necessidade de adotar de alhures qualquer observação para descobrir sua natureza, no entanto o que os Antigos ensinaram a seu respeito é tão pouca coisa, e na maioria tão pouco digna de crédito[2], que não posso ter a menor esperança de me aproximar da verdade a não ser me afastando dos caminhos que eles seguiram. É por isso que aqui serei obrigado a escrever da mesma forma que se estivesse tratando de uma matéria que nunca alguém antes de mim houvesse abordado. E, para começar, considero que tudo o que se faz ou que acontece de novo geralmente é chamado pelos filósofos de paixão com relação ao sujeito ao qual acontece, e de ação com relação ao que faz que aconteça. De forma que, embora muitas vezes o agente e o paciente sejam muito diferentes, a ação e a paixão não deixam de ser sempre uma mesma coisa, que tem esses dois nomes em razão dos dois diversos sujeitos aos quais se pode reportá-la[3].

Artigo 2
Que para conhecer as paixões da alma é preciso distinguir entre suas funções e as do corpo

Depois também considero que não observamos que exista algum sujeito que aja mais diretamente sobre nossa alma do que o corpo ao qual está unida[1]; e que conseqüentemente devemos pensar que aquilo que nela é uma paixão, nele é habitualmente uma ação; de forma que não há melhor caminho para chegar ao conhecimento de nossas paixões do que examinar a diferença que existe entre a alma e o corpo, a fim de saber a qual dos dois se deve atribuir cada uma das funções que existem em nós[2].

Artigo 3
Qual regra se deve seguir para esse fim

Não encontraremos nisso grande dificuldade se observarmos que tudo o que sentimos existir em nós e que vemos que também pode existir em corpos totalmente inanimados deve ser atribuído apenas a nosso corpo; e que, ao contrário, tudo o que existe em nós e que não concebemos de maneira alguma que possa pertencer a um corpo deve ser atribuído à nossa alma[1].

Artigo 4
Que o calor e o movimento dos membros procedem do corpo, e os pensamentos da alma

Assim, como não concebemos que o corpo pense de maneira alguma, temos razão de crer que todos os tipos de pensamentos que existem em nós pertencem à alma; e como não duvidamos que haja corpos inanimados que podem mover-se de tantas diversas maneiras quanto os nossos, ou mais, e que têm tanto ou mais calor (o que a experiência mostra na chama, que sozinha tem muito mais calor e movimentos do que qualquer um de nossos membros[1]), devemos crer que todo o calor e todos os movimentos que existem em nós, na medida em que não dependem do pensamento, pertencem apenas ao corpo.

Artigo 5
Que é um erro acreditar que a alma dê ao corpo movimento e calor

Por esse meio evitaremos um erro muito importante, e no qual vários têm caído, de forma que julgo ser ele a principal causa que tem impedido que até agora se conseguisse explicar bem as paixões e as outras coisas que pertencem à alma. Ele consiste em que, vendo que todos os corpos mortos são privados de calor e em seguida de movimento, imaginou-se que a ausência da alma é que fazia cessar esses movimentos e esse calor[1]. E assim se acreditou, sem razão, que nosso calor natural e todos os movimentos de nossos corpos dependem da alma. Em vez disso se devia pensar, ao contrário, que quando morremos a alma só se ausenta porque esse calor cessa e porque os órgãos que servem para mover o corpo se corrompem.

Artigo 6
Que diferença existe entre um corpo vivo e um corpo morto

Portanto, a fim de evitarmos esse erro, consideremos que a morte nunca ocorre pela falta da alma, mas somente porque alguma das principais partes do corpo se corrompe; e pensemos que o corpo de um homem vivo difere tanto do de um homem morto quanto um relógio ou outro autômato (isto é, outra máquina que se mova por si mesma), quando está montado e tem em si o princípio corporal dos movimentos para os quais é instituído, com tudo que é necessário para sua ação, difere do mesmo relógio, ou outra máquina, quando está quebrado e o princípio de seu movimento cessa de agir[1].

Artigo 7
Breve explicação das partes do corpo e de algumas de suas funções

Para tornar isso mais inteligível, explicarei aqui em poucas palavras exatamente a maneira como a máquina de nosso corpo é composta. Não há quem já não saiba que há em nós um coração, um cérebro, um estômago, músculos, nervos, artérias, veias e coisas semelhantes. Sabemos também que os alimentos que comemos descem para o estômago e as tripas, de onde seu suco, escoando para o fígado e para todas as veias, mistura-se com o sangue que elas contêm, e por esse meio aumenta a quantidade deste[1]. Os que, por menos que seja, ouviram falar da medicina, sabem além disso como o coração é composto, e como todo o sangue das veias pode facilmente escoar da veia cava para seu lado direito, e dali passar para o pulmão pelo vaso a que se dá o nome de veia arteriosa[2], e depois retornar do pulmão[3] para o lado esquerdo do coração pelo vaso denominado artéria venosa, e por fim passar dali para a grande artéria, cujas ramificações se espalham por todo o corpo. Mesmo todos aqueles que a autoridade dos Antigos não cegou inteiramente, e que quiseram abrir os olhos para examinar a opinião de Harveus[4] sobre a circulação do sangue, não duvidam que todas as veias e artérias do corpo sejam como riachos por onde o sangue corre sem cessar e muito rapidamente, seguindo seu curso da cavidade direita do coração pela veia arteriosa, cujas ramificações estão espalhadas em todo o pulmão e unidas às da artéria venosa, pela qual ele passa do pulmão para o lado esquerdo do coração, e depois vai dali para a grande artéria, cujas ramificações espalhadas por todo o restante do corpo estão unidas às ramificações da veia cava, que mais uma vez transportam o mesmo sangue para a cavidade direita do coração; de forma que essas duas cavidades são como eclusas em cada uma das quais passa todo o sangue a cada volta que dá no corpo. Ademais, sabemos que todos os movimentos dos membros dependem dos músculos; e que esses músculos são opostos uns aos outros de tal forma que, quando um deles se encurta, puxa para si a parte do corpo à qual está preso, o que faz alongar-se ao mesmo tempo o músculo que lhe é oposto. Depois, se em outro momento acontece de este último encurtar-se, ele faz que o primeiro se alongue, e torna a puxar para si a parte à qual eles estão presos[5]. Por fim, sabemos que todos esses movimentos dos músculos, como também todos os sentidos, dependem dos nervos, que são como pequenos filetes ou como pequenos tubos que provêm todos do cérebro e, assim como ele, contêm um certo ar ou vento muito sutil, a que se dá o nome de espíritos animais[6].

Artigo 8
Qual é o princípio de todas essas funções

Mas geralmente não se sabe de que maneira esses espíritos animais e esses nervos contribuem para os movimentos e para os sentidos, nem qual é o princípio corporal que os faz agir; assim sendo, embora eu já tenha mencionado alguma coisa disso em outros escritos[1], não deixarei de dizer sucintamente aqui que, enquanto vivemos, há em nosso coração um calor contínuo, que é uma espécie de fogo que o sangue das veias alimenta nele; e que esse fogo é o princípio corporal de todos os movimentos de nossos membros.

Artigo 9
Como se faz o movimento do coração[1]

Seu primeiro efeito é dilatar o sangue de que as cavidades do coração estão cheias. Isso faz que tal sangue, precisando ocupar um lugar maior, passe com impetuosidade da cavidade direita para a veia arteriosa, e da esquerda para a grande artéria. Depois, ao cessar essa dilatação, imediatamente entra sangue novo da veia cava na cavidade direita do coração, e da artéria venosa na esquerda. Pois nas entradas desses quatro vasos há pequenas válvulas, dispostas de tal forma que fazem que o sangue só possa entrar no coração pelos dois últimos, e só possa sair dele pelos dois outros. Imediatamente em seguida o novo sangue que entrou no coração rarefaz-se nele da mesma forma que o anterior. E é apenas nisso que consiste a pulsação ou batimento do coração e das artérias; de forma que esse batimento se reitera tantas vezes quantas entrar sangue novo no coração. Também é apenas isso que dá ao sangue seu movimento e o faz correr sem cessar e muito depressa por todas as artérias e veias; por esse meio ele transporta o calor, que adquire no coração, para todas as outras partes do corpo; e lhes serve de alimento.

Artigo 10
Como os espíritos animais são produzidos no cérebro

Porém o que é mais importante considerar aqui é que todas as mais vivas e mais sutis partes do sangue, que o calor rarefez no coração, entram sem cessar e em grande quantidade nas cavidades do cérebro. E a razão que as faz se dirigirem para ele em vez de qualquer outro lugar é que todo o sangue que sai do coração pela grande artéria encaminha-se em linha reta para aquele lugar e que, não podendo entrar todo, porque há somente passagens muito estreitas, passam apenas aquelas de suas partes que são as mais agitadas e mais sutis, enquanto o restante se espalha por todos os outros locais do corpo[1]. Ora, essas partes muito sutis do sangue compõem os espíritos animais. E para esse fim elas não precisam receber qualquer outra mudança no cérebro, exceto que nele são separadas das outras partes menos sutis do sangue. Pois o que aqui denomino espíritos são apenas corpos, e não têm outra propriedade além de serem corpos muito pequenos e que se movem muito depressa, assim como as partes da chama que sai de uma tocha, de tal forma que eles não se detêm em lugar algum; e à medida que alguns entram nas cavidades do cérebro, também alguns outros saem dele pelos poros que existem em sua substância, poros esses que os conduzem para os nervos e dali para os músculos, por meio do que eles movem o corpo de todas as diferentes formas que este pode ser movido.

Artigo 11
Como se fazem os movimentos dos músculos

Pois a única causa de todos os movimentos dos membros é que alguns músculos se encurtam e seus opostos se alongam, como já foi dito[1]. E a única causa que faz um músculo encurtar-se, e não seu oposto, é que vêm, por pouco que seja, mais espíritos do cérebro para ele do que para o outro. Não que os espíritos que provêm diretamente do cérebro sejam, por si sós, suficientes para mover esses músculos; mas eles determinam os outros espíritos, que já estão nesses dois músculos, a saírem todos muito rapidamente de um deles e passarem para o outro; por esse meio o músculo de onde eles saem torna-se mais longo e mais frouxo; e aquele em que entram, sendo rapidamente inflado por eles, encurta-se e puxa o membro a que está preso. Isso é fácil de imaginar, desde que se saiba que apenas pouquíssimos espíritos animais vêm continuamente do cérebro para cada músculo, mas há sempre uma grande quantidade de outros contidos no mesmo músculo, que ali se movem muito depressa, às vezes apenas girando no lugar em que estão, quando não encontram passagens abertas para saírem, e às vezes escoando para o músculo oposto, pois em cada um desses músculos há pequenas aberturas por onde esses espíritos podem escoar-se de um para o outro, e que estão dispostas de tal forma que, quando os espíritos que provêm do cérebro para um deles têm no mínimo um pouco mais de força do que os que vão para o outro, eles abrem todas as entradas por onde os espíritos do outro músculo podem passar para este, e ao mesmo tempo fecham todas aquelas por onde os espíritos deste podem passar para o outro. Dessa forma todos os espíritos contidos anteriormente nos dois músculos agrupam-se num deles muito rapidamente, e assim o inflam e o encurtam enquanto o outro se alonga e se afrouxa[2].

Artigo 12
Como os objetos externos agem sobre os órgãos dos sentidos

Resta ainda conhecer aqui as causas que fazem os espíritos não escoarem do cérebro para os músculos sempre da mesma forma, e às vezes irem mais deles para uns do que para outros. Pois, além da ação da alma, que realmente é em nós uma dessas causas, conforme direi adiante[1], há ainda duas outras que dependem somente do corpo, para as quais é preciso chamar a atenção. A primeira consiste na diversidade dos movimentos que são excitados nos órgãos dos sentidos por seus objetos, a qual já expliquei bastante amplamente na *Dióptrica*[2]; mas, para que os que virem este escrito não tenham necessidade de ter lido outros, repetirei aqui que há três coisas a considerar nos nervos, a saber: sua medula ou substância interna, que se estende em forma de pequenos filetes a partir do cérebro, onde se origina, até as extremidades dos outros membros a que esses filetes estão presos; depois, as válvulas que os circundam e que, sendo contínuas com as que envolvem o cérebro, compõem pequenos tubos nos quais esses pequenos filetes estão encerrados; e finalmente os espíritos animais que, sendo transportados por esses mesmos tubos desde o cérebro até os músculos, fazem que esses filetes ali permaneçam inteiramente livres e esticados, de tal forma que a menor coisa que mover a parte do corpo em que a extremidade de algum deles estiver presa faz mover pelo mesmo meio a parte do cérebro de onde ele provém, assim como quando puxamos uma das pontas de uma corda fazemos a outra mover-se[3].

Artigo 13
Que essa ação dos objetos de fora pode conduzir diversamente os espíritos para os músculos

E na *Dióptrica*[1] expliquei como todos os objetos da visão se comunicam a nós apenas porque movem localmente, por intermédio dos corpos transparentes que estão entre eles e nós, os pequenos filetes dos nervos ópticos que estão no fundo de nossos olhos, e em seguida os locais do cérebro de onde provêm esses nervos. Digo que eles os movem de tantas diversas maneiras quantas nos fazem ver diversidades nas coisas[2]; e que não são diretamente os movimentos que ocorrem no olho, mas os que ocorrem no cérebro[3], que representam para a alma esses objetos. A exemplo disso, é fácil conceber que os sons, os odores, os sabores, o calor, a dor, a fome, a sede e em geral todos os objetos tanto de nossos outros sentidos externos como de nossos apetites interiores também excitam em nossos nervos algum movimento, que por meio deles passa até o cérebro[4]. E além de esses movimentos diversos do cérebro fazerem nossa alma ter sentimentos diversos, eles também podem, sem ela, fazer que os espíritos se encaminhem para certos músculos e não para outros e assim movam nossos membros. Provarei isso aqui somente com um exemplo. Se alguém estender subitamente a mão para nossos olhos, como para nos bater, embora saibamos que é nosso amigo, que só está fazendo isso por brincadeira e que evitará causar-nos o menor mal, no entanto temos dificuldade em impedirnos de fechar os olhos. Isso mostra que não é por intermédio de nossa alma que eles se fecham, pois é contra nossa vontade, a qual é a única ou pelo menos a principal ação dela; mas é porque a máquina de nosso corpo é composta de tal forma que o movimento dessa mão na direção de nossos olhos excita em nosso cérebro um outro movimento, que conduz os espíritos animais para os músculos que fazem baixar as pálpebras.

Artigo 14
Que a diversidade que existe entre os espíritos também pode diversificar seus cursos

A outra causa que serve para conduzir diversamente os espíritos animais para os músculos é a desigualdade da agitação desses espíritos e a diversidade de suas partes. Pois quando algumas de suas partes são mais grossas e mais agitadas que as outras, elas avançam mais em linha reta para as cavidades e para os poros do cérebro, e dessa forma são conduzidas para músculos diferentes dos que o seriam se tivessem menos força[1].

Artigo 15
Quais são as causas de sua diversidade

E essa desigualdade pode proceder da diversidade das matérias de que eles são compostos; assim, nas pessoas que beberam muito vinho se vê que os vapores desse vinho, entrando prontamente no sangue, sobem do coração para o cérebro, onde se convertem em espíritos que, sendo mais fortes e mais abundantes que os que ali estão habitualmente, conseguem mover o corpo de várias maneiras estranhas. Essa desigualdade dos espíritos também pode proceder das diversas disposições do coração, do fígado, do estômago, do baço e de todas as outras partes que contribuem para a produção deles[1]. Pois é preciso mencionar aqui especialmente certos pequenos nervos inseridos na base do coração, que servem para alargar e estreitar as entradas de suas concavidades; dessa maneira o sangue, dilatando-se menos ou mais fortemente, produz espíritos dispostos diversamente. Também é preciso mencionar que, embora o sangue que entra no coração provenha de todos os outros locais do corpo, no entanto freqüentemente acontece que ele é impelido para lá mais desde algumas partes que desde outras, porque os nervos e os músculos que correspondem àquelas partes o pressionam ou o agitam mais; e, dependendo da diversidade das partes das quais provém mais, o sangue se dilata diversamente no coração, e em seguida produz espíritos que têm qualidades diferentes. Assim, por exemplo, o que provém da parte inferior do fígado, onde fica o fel, dilata-se no coração de forma diferente do que provém do baço; e este diferentemente do que provém das veias dos braços ou das pernas; e por fim este de maneira muito diferente do suco dos alimentos quando, logo após sair do estômago e das tripas, passa imediatamente pelo fígado até o coração[2].

Artigo 16
Como todos os membros podem ser movidos pelos objetos dos sentidos e pelos espíritos, sem auxílio da alma

Por fim é preciso mencionar que a máquina de nosso corpo é composta de tal forma que todas as mudanças que ocorrem no movimento dos espíritos podem fazer que eles abram alguns poros do cérebro mais que os outros; e, reciprocamente, quando algum desses poros é (mesmo que só um pouco) menos ou mais aberto que de costume, pela ação dos nervos que servem aos sentidos, isso muda alguma coisa no movimento dos espíritos e faz que eles sejam conduzidos para os músculos que servem para mover o corpo, da maneira como ele é habitualmente movido durante tal ação. De forma que todos os movimentos que fazemos sem contribuição de nossa vontade (como freqüentemente acontece de respirarmos, andarmos, comermos e enfim fazermos todas as ações que nos são comuns com os animais[1]) dependem apenas da conformação de nossos membros e do curso que os espíritos excitados pelo calor do coração seguem naturalmente no cérebro, nos nervos e nos músculos, da mesma forma que o movimento de um relógio é produzido unicamente pela força de sua mola e pelo andamento de suas rodas[2].

Artigo 17
Quais são as funções da alma

Após ter assim considerado todas as funções que pertencem unicamente ao corpo, é fácil compreender que nada resta em nós que devêssemos atribuir à nossa alma a não ser nossos pensamentos, os quais são principalmente de dois gêneros, a saber: uns são as ações da alma, os outros são suas paixões[1]. Os que denomino suas ações são todas nossas vontades, porque sentimos que provêm diretamente de nossa alma e parecem depender apenas dela². Assim como, ao contrário, podemos em geral chamar de suas paixões todas as espécies de percepções e conhecimentos que se encontram em nós, porque geralmente não é nossa alma que os faz tais como são e sempre os recebe das coisas que são representadas por eles³.

Artigo 18
Da vontade

Mais uma vez nossas vontades são de dois tipos, pois umas são ações da alma, que terminam na própria alma, como quando queremos amar a Deus, ou em geral aplicar nosso pensamento em algum objeto que não é material. As outras são ações que terminam em nosso corpo, como quando, somente porque sentimos vontade de passear, segue-se que nossas pernas se mexem e nós caminhamos.

Artigo 19
Da percepção

Nossas percepções também são de dois tipos; e umas têm como causa a alma e as outras o corpo¹. As que têm como causa a alma são as percepções de nossas vontades e de todas as imaginações ou outros pensamentos que dependem de nossas vontades. Pois é certo que não poderíamos querer coisa alguma que não percebêssemos pelo mesmo meio que a queremos². E embora com relação à nossa alma o querer alguma coisa seja uma ação, pode-se dizer que o perceber que quer é também nela uma paixão. No entanto, como essa percepção e essa vontade são na verdade apenas uma mesma coisa, a denominação se faz sempre pelo que é mais nobre e assim não se costuma denominá-la uma paixão, mas somente uma ação[3].

Artigo 20
Das imaginações e outros pensamentos que são formados pela alma

Quando nossa alma se aplica em imaginar alguma coisa que não existe, tal como em representar-se um palácio encantado ou uma quimera, e também quando se aplica em considerar alguma coisa que é somente inteligível e não imaginável[1], por exemplo em considerar sua própria natureza, as percepções que ela tem dessas coisas dependem principalmente da vontade que a leva a percebê-las; é por isso que se costuma considerá-las como ações e não como paixões.

Artigo 21
Das imaginações que têm como causa unicamente o corpo

Entre as percepções que são causadas pelo corpo, a maioria depende dos nervos; mas também há algumas que não dependem deles e a que se dá o nome de imaginações, assim como as que acabo de mencionar, das quais no entanto elas diferem porque nossa vontade não trabalha para formá-las, o que faz que não possam ser colocadas entre as ações da alma; e elas procedem unicamente de que os espíritos, sendo agitados diversamente e encontrando as marcas de diferentes impressões que ocorreram antes no cérebro, encaminham-se fortuitamente por determinados poros e não por outros. Tais são as ilusões de nossos sonhos, e também os devaneios que temos amiúde quando estamos despertos e nosso pensamento vagueia, indiferentemente, sem se aplicar em algo de si mesmo[1]. Ora, ainda que algumas dessas imaginações sejam paixões da alma, tomando essa palavra em sua significação mais própria e mais específica[2], e ainda que todas elas possam ser assim denominadas se a tomarmos em um sentido mais geral, no entanto, por não terem uma causa tão notável e tão determinada como as percepções que a alma recebe por intermédio dos nervos, e por parecerem ser apenas a sombra e a pintura das mesmas, antes que as possamos distinguir bem, é preciso considerar a diferença que existe entre essas outras.

Artigo 22
Da diferença que existe entre as outras percepções

Todas as percepções que ainda não expliquei chegam à alma por intermédio dos nervos, e há entre elas a seguinte diferença: relacionamos umas com os objetos de fora que atingem nossos sentidos, outras com nosso corpo ou com algumas de suas partes, e outras ainda com nossa alma[1].

Artigo 23
Das percepções que relacionamos com os objetos que estão fora de nós

As que relacionamos com coisas que estão fora de nós, isto é, com os objetos de nossos sentidos, são causadas (pelo menos quando nossa opinião não está errada) por aqueles objetos que, excitando alguns movimentos nos órgãos dos sentidos externos, excitam movimentos também no cérebro por intermédio dos nervos, os quais fazem a alma senti-las[1]. Assim, quando vemos a luz de uma tocha e quando ouvimos o som de um sino, esse som e essa luz são duas ações diferentes que, simplesmente por excitarem dois movimentos diversos em alguns de nossos nervos, e por meio deles no cérebro, dão à alma dois sentimentos diferentes[2], os quais relacionamos de tal forma com os sujeitos que supomos causá-los que acreditamos ver a própria tocha e ouvir o sino, e não somente sentir movimentos que provêm deles.

Artigo 24
Das percepções que relacionamos com nosso corpo

As percepções que relacionamos com nosso corpo, ou com algumas de suas partes, são as que temos da fome, da sede e de nossos outros apetites naturais; às quais podem-se acrescentar a dor, o calor e as outras afecções que sentimos como estando em nossos membros[1], e não como estando nos objetos que existem fora de nós. Assim, podemos sentir ao mesmo tempo, e por intermédio dos mesmos nervos, a frialdade de nossa mão e o calor da chama de que ela se aproxima; ou, ao contrário, o calor da mão e o frio do ar ao qual ela está exposta; isso sem que haja qualquer diferença entre as ações que nos fazem sentir o calor ou o frio que está em nossa mão e as que nos fazem sentir o que está fora de nós; senão que, como uma delas ocorre após a outra, julgamos que a primeira já está em nós e que a que vem depois ainda não está em nós e sim no objeto que a causa.

Artigo 25
Das percepções que relacionamos com nossa alma

As percepções que relacionamos somente com a alma são aquelas cujos efeitos sentimos como estando na própria alma, e das quais habitualmente não conhecemos uma causa próxima à qual possamos atribuí-las[1]. Tais são os sentimentos de alegria, de cólera e outros semelhantes, que às vezes são excitados em nós pelos objetos que movem nossos nervos e às vezes também por outras causas. Ora, ainda que todas nossas percepções – tanto as que atribuímos aos objetos que estão fora de nós como as que atribuímos às diversas afecções de nosso corpo – sejam realmente paixões com relação a nossa alma, quando se toma essa palavra em sua significação mais geral, no entanto costuma-se restringir seu significado apenas às que se relacionam com a própria alma[2]. E são apenas estas últimas que me propus a explicar aqui sob o nome de paixões da alma.

Artigo 26
Que as imaginações que dependem apenas do movimento fortuito dos espíritos podem ser paixões tão verdadeiras como as percepções que dependem dos nervos

Resta destacar aqui que todas as mesmas coisas que a alma percebe por intermédio dos nervos também lhe podem ser representadas pelo curso fortuito dos espíritos, sendo que a única diferença é que as impressões que chegam ao cérebro pelos nervos costumam ser mais vivas e mais expressas do que as que os espíritos excitam nele, o que me levou a dizer no artigo 21 que estas são como a sombra ou a pintura das outras. Também é preciso observar que às vezes acontece de essa pintura ser tão semelhante à coisa que ela representa que podemos ser enganados quanto às percepções que se relacionam com os objetos que estão fora de nós, ou então quanto às que se relacionam com algumas partes de nosso corpo; mas não podemos ser enganados da mesma forma quanto às paixões, porque elas são tão próximas e tão interiores à nossa alma que é impossível que esta as sinta sem que sejam realmente tais como as sente. Assim, freqüentemente quando dormimos, e mesmo às vezes estando acordados, imaginamos certas coisas tão fortemente que acreditamos vê-las diante de nós, ou senti-las em nosso corpo, embora não estejam ali; mas, ainda que estejamos dormindo e que sonhemos, não poderíamos sentir-nos tristes ou abalados por alguma outra paixão se não for muito verdade que a alma tem em si essa paixão[1].

Artigo 27
A definição das paixões da alma

Após ter considerado em que as paixões da alma diferem de todos seus outros pensamentos, parece-me que podemos defini-las em geral: percepções, ou sentimentos, ou emoções da alma, que relacionamos especificamente com ela e que são causadas, alimentadas e fortalecidas por algum movimento dos espíritos[1].

Artigo 28
Explicação da primeira parte dessa definição

Podemos denominá-las percepções quando utilizamos globalmente essa palavra para significar todos os pensamentos que não são ações da alma ou vontades; mas não quando a utilizamos apenas para significar conhecimentos evidentes, pois a experiência mostra que os que são mais agitados por suas paixões não são os que as conhecem melhor, e que elas estão entre as percepções que a estreita aliança que existe entre a alma e o corpo torna confusas e obscuras[1]. Também podemos denominá-las sentimentos, porque são recebidas na alma da mesma forma que os objetos dos sentidos externos e não são conhecidas por ela de outra maneira. Mas podemos ainda melhor denominá-las emoções* da alma, não somente porque esse nome pode ser atribuído a todas as mudanças

....
* O termo "emoção" [*émotion*] designa "um movimento extraordinário que agita o corpo ou o espírito e que lhe perturba o temperamento ou a disposição" (Furetière); da mesma forma, "emocionar" [*émouvoir*] significa "abalar para pôr em movimento" (*id.*).

que nela ocorrem, isto é, a todos os diversos pensamentos que lhe advêm, mas particularmente porque, de todos os tipos de pensamentos que ela pode ter, não há outros que a agitem e a abalem tão fortemente como o fazem essas paixões.

Artigo 29
Explicação de sua outra parte

Acrescento que elas se relacionam especificamente com a alma para distingui-las dos outros sentimentos, alguns dos quais relacionamos com os objetos externos, como os odores, os sons, as cores, e os outros com nosso corpo, como a fome, a sede, a dor. Acrescento também que elas são causadas, alimentadas e fortalecidas por algum movimento dos espíritos a fim de distingui-las de nossas vontades, que podemos denominar emoções* da alma que se relacionam com ela, mas que são causadas por ela própria[1]; e também a fim de explicar sua última e mais próxima causa, que mais uma vez as distingue dos outros sentimentos[2].

Artigo 30
Que a alma está unida a todas as partes do corpo conjuntamente

Porém, para entender mais perfeitamente todas essas coisas, é necessário saber que a alma está realmente

....
* Sobre o sentido deste termo, ver o artigo anterior.

unida a todo o corpo, e não se pode dizer propriamente que esteja em alguma de suas partes com exclusão das outras, porque ele é uno e, de uma certa forma, indivisível, em razão da disposição de seus órgãos, que se relacionam todos um com o outro de uma tal maneira que, quando algum deles é retirado, isso torna defeituoso todo o corpo[1]; e porque ela é de uma natureza que não tem a menor relação com a extensão nem com as dimensões ou outras propriedades da matéria de que o corpo é composto, mas somente com todo o conjunto formado por esses órgãos. Assim o demonstra o fato de que não poderíamos de maneira alguma imaginar a metade ou a terça parte de uma alma nem qual extensão ela ocupa, e de que ela não se torna menor quando se corta fora alguma parte do corpo, mas se separa inteiramente dele quando se desagrega a conjunção de seus órgãos[2].

Artigo 31
Que há no cérebro uma pequena glândula na qual a alma exerce suas funções mais especificamente do que nas outras partes

Também é preciso saber que, embora a alma esteja unida a todo o corpo, no entanto há uma parte na qual ela exerce suas funções mais especificamente que em todas as outras[1]. E habitualmente se acredita que essa parte seja o cérebro, ou talvez o coração: o cérebro porque é com ele que se relacionam os órgãos dos sentidos; e o coração porque é como estando nele que são sentidas as paixões[2]. Mas, examinando a coisa com cuidado, parece-me ter reconhecido de maneira evidente que a parte do corpo na qual a alma exerce diretamente suas funções não é em absoluto o coração; nem tampouco todo o cérebro, mas apenas a mais interna de suas partes, que é uma certa glândula muito pequena, situada no meio de sua substância e suspensa acima do conduto pelo qual os espíritos de suas cavidades anteriores têm comunicação com os da posterior, de uma forma tal que os menores movimentos que acontecem nela muito podem para mudar o curso desses espíritos, e reciprocamente as menores mudanças que ocorrem no curso desses espíritos muito podem para mudar os movimentos dessa glândula[3].

Artigo 32
Como se sabe que essa glândula é a principal sede da alma

O motivo que me persuade de que, além dessa glândula, a alma não pode ter em todo o corpo qualquer outro lugar onde exercer diretamente suas funções, é que considero que as outras partes de nosso cérebro são todas duplas, assim como também temos dois olhos, duas mãos, duas orelhas, e enfim todos os órgãos de nossos sentidos externos são duplos; e como temos apenas um único e simples pensamento de uma mesma coisa no mesmo tempo, é preciso necessariamente que haja algum lugar onde as duas imagens que vêm pelos dois olhos, ou as duas outras impressões que provêm de um único objeto pelos órgãos duplos dos outros sentidos, possam juntar-se em uma antes de chegarem à alma, para que não representem a ela dois objetos ao invés de um. E pode-se facilmente compreender que essas imagens ou outras impressões se reúnem nessa glândula por intermédio dos espíritos que preenchem as cavidades do cérebro; mas não há no corpo qualquer local onde elas possam estar assim unidas, a não ser depois de o serem nessa glândula.

Artigo 33
Que a sede das paixões não está no coração

Quanto à opinião dos que pensam que a alma recebe suas paixões no coração[1], não é digna de consideração, pois se fundamenta apenas em que as paixões provocam nele alguma alteração[2]; e é fácil observar que essa alteração é sentida como sendo no coração somente por intermédio de um pequeno nervo que desce do cérebro até ele, assim como a dor é sentida como sendo no pé por intermédio dos nervos do pé[3], e os astros são percebidos como estando no céu por intermédio de sua luz e dos nervos ópticos; de maneira que não é mais necessário que nossa alma exerça suas funções diretamente no coração para nele sentir suas paixões do que é necessário que esteja no céu para nele ver os astros.

Artigo 34
Como a alma e o corpo agem um sobre o outro

Portanto compreendamos aqui que a alma tem sua sede principal na pequena glândula que existe no meio do cérebro, de onde ela se irradia para todo o restante do corpo por intermédio dos espíritos, dos nervos e mesmo do sangue, que, participando das impressões dos espíritos, pode transportá-los pelas artérias para todos os membros; e lembremos o que foi dito anteriormente sobre a máquina de nosso corpo, isto é, que os pequenos filetes de nossos nervos estão distribuídos de tal forma por todas suas partes que durante os diversos movimentos que são excitados pelos objetos sensíveis eles abrem de maneiras diversas os poros do cérebro, o que faz que os espíritos animais contidos em suas cavidades entrem de diferentes maneiras nos músculos, por meio do que eles podem mover os membros de todas as diversas maneiras que estes são capazes de ser movidos; e também que todas as outras causas que podem mover diversamente os espíritos bastam para conduzi-los a diversos músculos[1]. Acrescentemos aqui que a pequena glândula que é a principal sede da alma está suspensa entre as cavidades que contêm esses espíritos de uma forma tal que ela pode ser movida por eles de tantas diversas maneiras quantas diversidades sensíveis há nos objetos; mas que ela também pode ser diversamente movida pela alma[2], a qual tem uma natureza tal que recebe em si tantas diversas impressões, isto é, tem tantas diversas percepções quantos diversos movimentos ocorrem nessa glândula. Assim também reciprocamente a máquina do corpo é composta de tal maneira que somente pelo fato de essa glândula ser movida diversamente pela alma, ou por qualquer outra causa que possa ser, ela impele os espíritos que a cercam para os poros do cérebro, que os conduzem pelos nervos para os músculos, e por esse meio ela os faz mover os membros[3].

Artigo 35
Exemplo da maneira como as impressões dos objetos se unem na glândula que existe no meio do cérebro

Assim por exemplo, se vemos algum animal vir em nossa direção, a luz refletida de seu corpo pinta dele duas imagens, uma em cada um de nossos olhos; e essas duas imagens formam duas outras, por intermédio dos nervos ópticos, na superfície interior do cérebro, que está voltada para suas concavidades; depois de lá, por intermédio dos espíritos de que tais cavidades estão cheias, essas imagens irradiam-se para a pequena glândula que esses espíritos cercam, de tal forma que o movimento que compõe cada ponto de uma das imagens tende para o mesmo ponto da glândula para o qual tende o movimento que forma o ponto da outra imagem, o qual representa a mesma parte desse animal; e por meio disso as duas imagens que estão no cérebro compõem apenas uma única sobre a glândula, que, agindo diretamente sobre a alma, lhe faz ver a figura desse animal[1].

Artigo 36
Exemplo da forma como as paixões são excitadas na alma

E além disso, se essa figura for muito estranha e muito assustadora, isto é, se tiver muita relação com as coisas que anteriormente foram prejudiciais ao corpo, isso excita na alma a paixão do temor e em seguida a da coragem, ou então a do medo e do pavor, dependendo do diverso temperamento do corpo ou da força da alma, e dependendo de anteriormente nos termos protegido, pela defesa ou pela fuga, contra as coisas nocivas com as quais a impressão atual tem relação. Pois em alguns homens isso torna o cérebro disposto de tal forma que os espíritos refletidos da imagem assim formada sobre a glândula vão dali dirigir-se, uma parte em direção aos nervos que servem para virar as costas e mexer as pernas para fugir, e uma parte em direção aos que esticam ou encolhem de uma forma tal os orifícios do coração ou então que agitam de uma forma tal as outras partes de onde o sangue lhe é enviado que, sendo nele rarefeito de maneira diferente da habitual, esse sangue envia ao cérebro espíritos que são apropriados para alimentar e fortalecer a paixão do medo, isto é, que são apropriados para manter abertos ou para abrir novamente os poros do cérebro que os conduzem para os mesmos nervos. Pois basta que os espíritos entrem nesses poros para excitarem nessa glândula um movimento específico, o qual é instituído da natureza para fazer a alma sentir tal paixão. E como esses poros se relacionam principalmente com os pequenos nervos que servem para estreitar ou alargar os orifícios do coração, isso faz que a alma a sinta principalmente como ocorrendo no coração[1].

Artigo 37
Como se vê que todas elas são causadas por algum movimento dos espíritos

E porque a mesma coisa ocorre em todas as outras paixões, a saber: elas são principalmente causadas pelos espíritos contidos nas cavidades do cérebro, na medida em que eles se encaminham em direção aos nervos que servem para alargar ou estreitar os orifícios do coração, ou para impelir diversamente em sua direção o sangue que está nas outras partes, ou de alguma outra maneira que seja para alimentar a mesma paixão, disso se pode entender claramente por que motivo afirmei anteriormente, na definição delas, que são causadas por algum movimento específico dos espíritos[1].

Artigo 38
Exemplo dos movimentos do corpo que acompanham as paixões e não dependem da alma

De resto, da mesma forma que o curso que esses espíritos tomam em direção aos nervos do coração basta para dar à glândula o movimento pelo qual o medo é colocado na alma, assim também, simplesmente porque alguns espíritos vão ao mesmo tempo em direção aos nervos que servem para mexer as pernas para fugir, eles causam na mesma glândula um outro movimento, por meio do qual a alma sente e percebe essa fuga, a qual pode dessa maneira ser excitada no corpo pela simples disposição dos órgãos e sem que a alma contribua para isso[1].

Artigo 39
Como uma mesma causa pode excitar paixões diversas em homens diversos

A mesma impressão que a presença de um objeto assustador causa na glândula, e que em alguns homens provoca o medo, em outros pode excitar a coragem e a ousadia. A razão disso é que os cérebros não estão todos dispostos da mesma forma[1]; e o mesmo movimento da glândula que em alguns excita o medo, em outros faz que os espíritos entrem nos poros do cérebro, que conduzem parte deles para os nervos que servem para mexer as mãos para se defender, e parte para os que agitam o sangue e o impelem para o coração, da maneira necessária para produzir espíritos apropriados para continuar essa defesa e conservar sua vontade.

Artigo 40
Qual é o principal efeito das paixões

Pois é preciso mencionar que o principal efeito de todas as paixões nos homens é que elas incitam e dispõem sua alma para querer as coisas para as quais lhes preparam o corpo; de forma que o sentimento do medo incita-a a querer fugir, o da ousadia a querer combater, e assim com os outros[1].

Artigo 41
Qual é o poder da alma com relação ao corpo

Mas a vontade é por natureza tão livre que nunca pode ser constrangida[1]; e das duas formas de pensamentos que distingui na alma[2], das quais uns são as ações, isto é, suas vontades, e os outros suas paixões, tomando essa palavra em sua significação mais geral, que compreende todas as espécies de percepções, os primeiros estão absolutamente em seu poder e apenas indiretamente podem ser mudados pelo corpo; e, ao contrário, os últimos dependem absolutamente das ações que os produzem e apenas indiretamente podem ser mudados pela alma, exceto quando ela própria é causa dos mesmos[3]. E toda a ação da alma consiste em que, pelo simples fato de querer alguma coisa, ela faz que a pequena glândula à qual está estreitamente unida se mova da forma que é necessária para produzir o efeito que se relaciona com essa vontade.

Artigo 42
Como encontramos na memória as coisas que desejamos lembrar

Da mesma forma, quando a alma quer lembrar-se de alguma coisa, essa vontade faz que a glândula, inclinando-se sucessivamente para diversos lados, impulsione os espíritos para diversos locais do cérebro, até eles encontrarem aquele onde estão as marcas deixadas pelo objeto do qual queremos nos lembrar. Pois essas marcas são apenas que os poros do cérebro por onde os espíritos anteriormente se encaminharam por causa da presença desse objeto adquiriram assim maior facilidade que os outros para serem abertos de novo da mesma maneira pelos espíritos que se dirigem para eles; de forma que esses espíritos, encontrando tais poros, penetram no interior mais facilmente que nos outros; e por meio disso excitam na glândula um movimento específico, o qual representa para a alma o mesmo objeto e a faz saber que é o objeto de que ela queria lembrar-se[1].

Artigo 43
Como a alma pode imaginar, manter-se atenta e mover o corpo

Assim, quando queremos imaginar alguma coisa que nunca vimos, essa vontade tem a força de fazer que a glândula se mova da forma que é necessária para impelir os espíritos em direção aos poros do cérebro, pela abertura dos quais essa coisa pode ser representada. Da mesma forma, quando queremos aplicar a atenção em considerar por algum tempo o mesmo objeto, tal vontade retém a glândula inclinada para um mesmo lado durante esse tempo. E por fim, também quando desejamos caminhar ou mover o corpo de alguma outra forma, tal vontade faz a glândula impelir os espíritos em direção aos músculos que servem para isso.

Artigo 44
Que cada vontade está naturalmente unida a algum movimento da glândula, mas por habilidade ou por hábito podemos uni-la a outros

Entretanto, não é sempre a vontade de excitar em nós algum movimento, ou algum outro efeito, que pode fazer que o excitemos; isso muda conforme a natureza ou o hábito tenham unido diversamente cada movimento da glândula a cada pensamento. Assim, por exemplo, se quisermos dispor os olhos para olhar um objeto muito distante, essa vontade faz que suas pupilas se alarguem; e se quisermos dispô-los para olhar um objeto muito próximo, essa vontade faz que elas se encolham. Mas se apenas pensarmos em alargar a pupila, por mais que o desejemos nem por isso a alargamos; porque a natureza não uniu o movimento da glândula, que serve para impelir os espíritos em direção ao nervo óptico da forma necessária para alargar ou encolher a pupila, com a vontade de a alargar ou encolher, e sim com a vontade de olhar objetos distantes ou próximos. E quando ao falar pensamos apenas no sentido do que desejamos dizer, isso nos faz mover a língua e os lábios muito mais rapidamente e muito melhor do que se pensássemos em movê-los de todas as formas que são necessárias para proferir as mesmas palavras. Porque o hábito, que adquirimos ao aprender a falar, fez que juntássemos a ação da alma, que por intermédio da glândula pode mover a língua e os lábios, com o significado das palavras que decorrem desses movimentos, e não com os próprios movimentos[1].

Artigo 45
Qual é o poder da alma com relação a suas paixões

Nossas paixões tampouco podem ser diretamente excitadas ou eliminadas pela ação de nossa vontade; mas podem sê-lo indiretamente pela representação das coisas que costumam estar unidas com as paixões que desejamos ter, e que são contrárias às que desejamos rejeitar[1]. Assim, para excitar em nós a audácia e eliminar o medo, não basta termos vontade disso: precisamos aplicar-nos em considerar as razões, os objetos ou os exemplos que persuadem de que o perigo não é grande; que há sempre mais segurança na defesa que na fuga; que teremos a glória e a alegria de haver vencido, sendo que por haver fugido só poderemos esperar tristeza e desonra; e coisas semelhantes.

Artigo 46
Qual é a razão que impede que a alma possa dispor inteiramente de suas paixões

E há uma razão específica que impede a alma de poder mudar ou deter prontamente suas paixões, a qual me deu motivo para afirmar anteriormente, em sua definição, que elas são não apenas causadas como também alimentadas e fortalecidas por algum movimento específico dos espíritos[1]. Essa razão é que quase todas são acompanhadas de alguma emoção que ocorre no coração, e conseqüentemente também em todo o sangue e nos espíritos, de maneira que, até que essa emoção tenha cessado, elas permanecem presentes em nosso pensamento, da mesma forma que os objetos sensíveis estão presentes nele enquanto agem sobre os órgãos de nossos sentidos. E assim como a alma, ao se tornar muito atenta a qualquer outra coisa, pode deixar de ouvir um pequeno ruído ou de sentir uma pequena dor, mas não pode deixar de ouvir o trovão ou de sentir o fogo que queima a mão, assim ela pode facilmente superar as menores paixões, mas não as mais violentas e mais fortes, a não ser depois que a emoção do sangue e dos espíritos acalmar-se. O mais que a vontade poderá fazer, enquanto essa emoção está em seu vigor, é não consentir em seus efeitos, e deter vários dos movimentos para os quais ela dispõe o corpo. Por exemplo, se a cólera faz erguer a mão para bater, a vontade habitualmente pode detê-la; se o medo incita as pernas a fugir, a vontade pode detê-las, e assim com outros[2].

Artigo 47
Em que consistem os combates que costumamos imaginar entre a parte inferior e a parte superior da alma

E é somente na oposição que existe entre os movimentos que o corpo por seus espíritos e a alma por sua vontade tendem a excitar ao mesmo tempo na glândula que consistem todos os combates que costumamos imaginar entre a parte inferior da alma, que denominamos sensitiva, e a superior, que é racional; ou então entre os apetites naturais e a vontade. Pois há em nós apenas uma única alma, e essa alma não tem em si uma diversidade de partes; a mesma que é sensitiva é racional, e todos seus apetites são vontades[1]. O erro que se cometeu fazendo-a desempenhar diversos papéis, que geralmente são contrários uns aos outros, provém apenas de que não se distinguiu bem entre suas funções e as do corpo, o único ao qual se deve atribuir tudo o que pode ser observado em nós que contraria nossa razão. De forma que não há nisso outro combate além de que, como a pequena glândula que está no meio do cérebro pode ser impelida de um lado pela alma e do outro pelos espíritos animais, que são apenas corpos, conforme eu disse acima[2], freqüentemente ocorre que esses dois impulsos são contrários, e que o mais forte impede o efeito do outro. Ora, podemos distinguir dois tipos de movimentos excitados pelos espíritos na glândula: uns representam à alma os objetos que movem os sentidos, ou as impressões que se encontram no cérebro, e não exercem força alguma sobre sua vontade; os outros exercem alguma força, a saber, os que causam as paixões ou os movimentos do corpo que as acompanham. E quanto aos primeiros, ainda que freqüentemente impeçam as ações da alma, ou então sejam impedidos por elas, entretanto, como não são diretamente contrários, não se observa luta. Observa-se luta somente entre os últimos e as vontades que os contrariam; por exemplo, entre a força com que os espíritos impelem a glândula para causar na alma o desejo de alguma coisa, e a força com que a alma a repele pela vontade que tem de evitar a mesma coisa. E o que torna claro esse combate é principalmente que a vontade, não tendo poder para excitar diretamente as paixões, conforme já foi dito[3], é forçada a usar de engenhosidade e aplicar-se em considerar sucessivamente diversas coisas que, se ocorrer que uma tenha força para mudar por um momento o curso dos espíritos, pode acontecer que a seguinte não a tenha, e que eles o retomem logo em seguida, porque a disposição que se manifestou antes nos nervos, no coração e no sangue não mudou; isso faz que a alma se sinta impelida quase simultaneamente a desejar e não desejar uma mesma coisa. E foi isso que levou a imaginar nela duas potências que se combatem. Entretanto podemos ainda imaginar algum combate, pelo fato de freqüentemente a mesma causa que excita na alma alguma paixão também excitar no corpo certos movimentos para os quais a alma não contribui e que ela detém ou tenta deter tão logo os percebe; é o que sentimos quando o que excita o medo também faz os espíritos entrarem nos músculos que servem para mexer as pernas para fugir e a vontade de ser corajoso as detém.

Artigo 48
Como reconhecemos a força ou a fraqueza das almas e qual é o mal das mais fracas

Ora, é pelo resultado desses combates que cada um pode conhecer a força ou a fraqueza de sua alma. Pois aqueles em quem naturalmente a vontade pode vencer com mais facilidade as paixões e deter os movimentos do corpo que as acompanham têm indiscutivelmente as almas mais fortes. Mas há outros que não podem pôr à prova sua força, pois nunca fazem a vontade combater com suas próprias armas, mas somente com as que algumas paixões lhe fornecem para resistir a algumas outras[1]. O que denomino suas próprias armas são julgamentos firmes e determinados quanto ao conhecimento do bem e do mal, de acordo com os quais ela decidiu conduzir as ações de sua vida. E as almas mais fracas de todas são aquelas cuja vontade não se determina assim a seguir certos julgamentos, mas continuamente se deixa arrebatar pelas paixões presentes, as quais, sendo freqüentemente contrárias umas às outras, alternadamente a arrastam para seu partido e, ocupando-a em combater contra si mesma, colocam a alma no mais deplorável estado em que pode ficar. Assim, quando o medo representa a morte como um mal extremo e que só pode ser evitado pela fuga, se por outro lado a ambição representar a infâmia dessa fuga como um mal pior que a morte, essas duas paixões agitam diversamente a vontade, a qual, obedecendo ora a uma, ora à outra, opõe-se continuamente a si mesma e dessa maneira torna a alma escrava e infeliz.

Artigo 49
Que a força da alma não basta sem o conhecimento da verdade

É verdade que há pouquíssimos homens tão fracos e irresolutos que desejem apenas o que sua paixão lhes dita. A maioria tem julgamentos determinados, pelos quais pautam uma parte de suas ações. E embora freqüentemente esses julgamentos estejam errados, e mesmo se fundamentem em algumas paixões pelas quais a vontade anteriormente se deixou vencer ou seduzir, entretanto, como ela continua a segui-los quando a paixão que os causou está ausente, podemos considerá-los como suas próprias armas, e pensar que as almas são tanto mais fracas ou mais fortes quanto menos ou mais conseguirem seguir esses julgamentos e resistir às paixões presentes que lhes são contrárias[1]. Mas há no entanto grande diferença entre as resoluções que procedem de alguma opinião errada e as que se baseiam apenas no conhecimento da verdade; tanto que, se seguirmos estas últimas, estamos seguros de nunca sentirmos pesar nem arrependimento[2], ao passo que sempre os temos por haver seguido as primeiras, quando descobrimos que estão erradas.

Artigo 50
Que não existe alma tão fraca que, sendo bem conduzida, não possa adquirir um poder absoluto sobre suas paixões

E é útil saber aqui que, como já foi dito acima[1], embora cada movimento da glândula pareça ter sido unido pela natureza a cada um de nossos pensamentos, desde o início de nossa vida, no entanto podemos uni-los a outros por hábito. É o que a experiência mostra nas palavras, que excitam na glândula movimentos, os quais segundo a instituição da natureza representam para a alma somente o som delas, quando são proferidas com a voz, ou a figura de suas letras, quando são escritas, e que no entanto, pelo hábito que adquirimos pensando no que elas significam quando ouvimos seu som ou então quando vimos suas letras, costumam levar a conceber esse significado e não a figura de suas letras ou o som de suas sílabas[2]. Também é útil saber que embora os movimentos tanto da glândula como dos espíritos e do cérebro, que representam para a alma certos objetos, estejam naturalmente unidos com os que excitam nela certas paixões, no entanto eles podem por hábito ser separados desses objetos e unidos a outros muito diferentes; e mesmo, que esse hábito pode ser adquirido por uma única ação e não requer um longo uso. Assim, quando inesperadamente encontramos algo muito sujo num alimento que estamos comendo com apetite, a surpresa desse achado pode mudar de tal forma a disposição do cérebro que depois disso só poderemos ver tal alimento com horror, sendo que antes o comíamos com prazer. E pode-se observar a mesma coisa nos animais; pois, ainda que eles não possuam razão nem talvez[3] qualquer pensamento, todos os movimentos dos espíritos e da glândula, que em nós excitam as paixões, não deixam de existir neles, e de servirem para alimentar e fortalecer não as paixões como em nós, mas os movimentos dos nervos e dos músculos que costumam acompanhá-las. Assim, quando um cão vê uma perdiz, é naturalmente levado a correr para ela, e quando ouve um tiro de fuzil esse ruído incita-o naturalmente a fugir; no entanto, habitualmente adestramos os cães perdigueiros de tal forma que a visão de uma perdiz faz que eles se detenham, e o ruído que ouvem depois, quando atiramos, faz que acorram para ela. Ora, essas coisas são úteis de saber para dar a cada um ânimo para interessar-se em regrar suas paixões. Pois, já que com um pouco de habilidade podemos mudar os movimentos do cérebro nos animais desprovidos de razão, é evidente que o podemos ainda melhor nos homens; e que mesmo as pessoas que têm as almas mais fracas poderiam adquirir absoluto domínio sobre todas suas paixões, se empregassem bastante habilidade em treiná-las e dirigi-las.

SEGUNDA PARTE

Do Número e da Ordem das Paixões, e Explicação das Seis Primitivas

Artigo 51
Quais são as primeiras causas das paixões

Pelo que foi dito anteriormente[1], compreende-se que a última e mais próxima causa das paixões da alma é tão-somente a agitação com que os espíritos movem a pequena glândula que existe no meio do cérebro. Mas isso não basta para poder distingui-las umas das outras: é necessário procurar suas origens e examinar suas primeiras causas. Ora, ainda que às vezes elas possam ser causadas pela ação da alma, que se decide a conceber estes ou aqueles objetos, e também pelo simples temperamento do corpo, ou pelas impressões que se encontram fortuitamente no cérebro, como acontece quando nos sentimos tristes ou alegres sem poder mencionar algum motivo disso, no entanto, pelo que foi dito[2] vê-se que todas as mesmas paixões podem também ser excitadas por objetos que movem os sentidos, e que esses objetos são suas causas mais comuns e principais. Segue-se daí que, para encontrá-las todas, basta considerar todos os efeitos desses objetos.

Artigo 52
Qual é sua utilidade e como podemos enumerá-las

Observo, além disso, que os objetos que movem os sentidos não excitam em nós paixões diversas na medida de todas as diversidades que neles existem, mas somente na medida das diversas maneiras como eles nos podem prejudicar ou beneficiar, ou em geral nos ser importantes; e que a utilidade de todas as paixões consiste unicamente em que elas dispõem a alma a querer as coisas que a natureza estipula que nos são úteis e a persistir nessa vontade[1]; como também a mesma agitação dos espíritos, que costuma causá-las, dispõe o corpo para os movimentos que servem para a execução dessas coisas[2]. É por isso que para enumerá-las[3] é preciso apenas examinar metodicamente de quantas diversas maneiras que nos são importantes nossos sentidos podem ser movidos por seus objetos. E farei aqui a enumeração de todas as principais paixões, segundo a ordem em que elas podem assim ser encontradas.

Segunda Parte

A ORDEM E A ENUMERAÇÃO DAS PAIXÕES

Artigo 53
*A admiração**

Quando o primeiro contacto com algum objeto nos surpreende e o consideramos novo ou muito diferente do que conhecíamos antes ou então do que supúnhamos que ele devia ser, isso faz que o admiremos e fiquemos espantados com ele[1]. E como tal coisa pode acontecer antes que saibamos de alguma forma se esse objeto nos é conveniente ou não, a admiração parece-me ser a primeira de todas as paixões[2]. E ela não tem contrário, porque, se o objeto que se apresenta nada tiver em si que nos surpreenda, não somos emocionados** por ele e o consideramos sem paixão[3].

Artigo 54
A estima e o desprezo, a generosidade ou o orgulho e a humildade ou a baixeza

À admiração une-se a estima ou o desprezo[1], dependendo de o que admirarmos ser a grandeza de um objeto ou sua insignificância. E podemos assim estimar-nos ou desprezar a nós mesmos; de onde vêm as paixões e em seguida os hábitos de magnanimidade[2] ou orgulho e de humildade ou baixeza.

....
* No século XVII o termo [*admiration*] não tem conotação positiva. Admirar é "olhar com espanto algo surpreendente ou cujas causas ignoramos" (Furetière).
** Ver nota ao artigo 28, p. 47. (N. do T.)

Artigo 55
A veneração e o desdém

Mas, quando estimamos ou desprezamos outros objetos, que consideramos como causas livres, capazes de fazer o bem ou o mal[1], da estima vem a veneração e do simples desprezo o desdém.

Artigo 56
O amor e o ódio

Ora, todas as paixões anteriores podem ser excitadas em nós sem que percebamos de maneira alguma se o objeto que as causa é bom ou mau. Mas quando uma coisa nos é representada como boa com relação a nós, isto é, como nos sendo conveniente, isso nos faz ter amor por ela; e quando nos é representada como má ou prejudicial, isso nos excita ao ódio[1].

Artigo 57
O desejo

Da mesma consideração do bem e do mal nascem todas as outras paixões; mas para ordená-las distingo os tempos[1]; e, considerando que elas nos levam a olhar bem mais para o futuro do que para o presente ou o passado, começo pelo desejo. Pois não apenas quando desejamos adquirir um bem que ainda não possuímos ou evitar um mal que julgamos poder acontecer, mas também quando apenas desejamos a conservação de um bem ou a ausência de um mal, que é tudo a que pode estender-se essa paixão, é evidente que ela sempre leva em conta o futuro.

Artigo 58
A esperança, o temor, o ciúme, a segurança e o desespero

Basta pensar que é possível a obtenção de um bem ou o evitamento de um mal para ser incitado a desejar isso[1]. Mas quando, ademais, consideramos se há muita ou pouca possibilidade de obtermos o que desejamos, o que nos representa que há muita possibilidade excita em nós a esperança, e o que nos representa que há pouca excita o temor, do qual o ciúme é uma espécie. Quando a esperança é extrema, muda de natureza e denomina-se segurança ou certeza. Ao contrário, o temor extremo se torna desespero.

Artigo 59
A irresolução, a coragem, a ousadia, a emulação, a covardia e o medo

E assim podemos esperar e temer, ainda que a ocorrência do que esperamos não dependa absolutamente de nós; mas, quando ela nos é representada como dependendo de nós[1], pode haver dificuldade na escolha dos meios ou na execução. Da primeira vem a irresolução, que nos dispõe a deliberar e a buscar conselho[2]. À última opõe-se a coragem ou a ousadia, de que a emulação é uma espécie. E a covardia é contrária à coragem, como o medo e o pavor* são contrários à ousadia.

Artigo 60
O remorso

E, se nos tivermos decidido a alguma ação antes que a irresolução tenha sido afastada, isso faz nascer o remorso de consciência**, o qual não considera o tempo por vir, como as paixões anteriores, e sim o presente ou o passado.

Artigo 61
A alegria e a tristeza

E a consideração do bem presente excita em nós alegria; e a do mal, tristeza[1], quando se trata de um bem ou de um mal que nos é representado como pertencendo a nós[2].

Artigo 62
A zombaria, a inveja, a piedade

Mas quando ele nos é representado como pertencente a outros homens, podemos julgá-los dignos ou in-

---

* A etimologia comum aos dois termos [*peur* e *épouvante*] é o latim *pavor*, o que legitima a aproximação entre ambos.

** Ver artigo 177. Os significados dos termos "remorso" [*remords*] e "arrependimento" [*repentir*] (art. 63) estão invertidos com relação ao uso moderno, e também com relação ao do século XVII: segundo o *Dictionnaire* de Furetière, "remorso só se diz da censura que a consciência faz a um criminoso".

dignos dele; e quando os julgamos dignos dele isso não excita em nós outra paixão que não a alegria, na medida em que ver que as coisas acontecem como devem é para nós um bem. Há apenas esta diferença: a alegria que vem do bem é séria, ao passo que a que vem do mal é acompanhada de riso e zombaria. Mas, se os julgarmos indignos dele, o bem excita a inveja[1] e o mal a piedade[2], que são espécies de tristeza. E deve-se notar que as mesmas paixões que se relacionam com os bens ou com os males presentes freqüentemente também podem ser relacionadas com os que estão por vir, na medida em que a opinião que temos de que eles ocorrerão representa-os como presentes[3].

Artigo 63
A satisfação consigo mesmo e o arrependimento

Podemos também considerar a causa do bem ou do mal, tanto presente como passado. E o bem que foi feito por nós mesmos nos proporciona uma satisfação interior, que é a mais doce de todas as paixões; ao passo que o mal excita o arrependimento*, que é a mais amarga.

Artigo 64
O favor e o reconhecimento[1]

Mas o bem que foi feito por outros é causa de sentirmos favor para com eles, ainda que não seja a nós que

....
* Ver artigo 60.

foi feito; e se tiver sido a nós, ao favor acrescentamos o reconhecimento.

Artigo 65
A indignação e a cólera

Da mesma forma, o mal feito por outros, não estando relacionado conosco, faz somente que sintamos indignação contra eles; e quando está relacionado conosco excita também a cólera[1].

Artigo 66
A glória e a vergonha

Ademais, o bem que existe ou existiu em nós, ao ser relacionado com a opinião que os outros podem ter a esse respeito, excita em nós glória; e o mal, vergonha.

Artigo 67
O fastio, o lamento e o regozijo

E algumas vezes o prolongamento do bem causa o tédio[1] ou fastio, ao passo que o do mal diminui a tristeza. Por fim, do bem que passou vem o lamento, que é uma espécie de tristeza; e do mal que passou vem o regozijo[2], que é uma espécie de alegria.

Artigo 68
Por que esta enumeração das paixões é diferente da que é aceita habitualmente

Essa é a ordem que me parece a melhor para enumerar as paixões. Nisso bem sei que me afasto da opinião de todos os que anteriormente escreveram a respeito. Mas não sem um grande motivo. Pois eles extraem sua enumeração do fato de distinguirem na parte sensitiva da alma dois apetites, a que dão os nomes, respectivamente, de *concupiscível* e *irascível*[1]. E como não reconheço na alma qualquer distinção de partes, conforme disse anteriormente[2], isso me parece significar tão-somente que ela tem duas faculdades: uma de desejar, a outra de irritar-se; e como ela possui da mesma forma as faculdades de admirar, amar, esperar, temer, e também de receber em si cada uma das outras paixões ou de praticar as ações a que tais paixões a impelem, não vejo por que quiseram relacioná-las todas com a concupiscência ou com a cólera[3]. Ademais, sua enumeração não abrange todas as principais paixões, como creio que faz esta. Falo somente das principais, porque poderíamos ainda distinguir várias outras mais específicas, e seu número é indefinido.

Artigo 69
Que há apenas seis paixões primitivas

Mas o número das que são simples e primitivas não é muito grande. Pois, passando em revista todas as que enumerei, facilmente se pode observar que há apenas seis que são assim, a saber: a admiração, o amor, o ódio, o desejo, a alegria e a tristeza; e que todas as outras são compostas de algumas dessas seis, ou então são espécies delas[1]. É por isso que, para que seu imenso número não atrapalhe os leitores, tratarei aqui separadamente das seis primitivas; e em seguida mostrarei de que forma todas as outras têm origem nelas.

Artigo 70
Da admiração. Sua definição e sua causa

A admiração é uma súbita surpresa da alma, que a faz aplicar-se em considerar com atenção os objetos que lhe parecem raros e extraordinários. Assim, ela é causada primeiramente pela impressão que se tem no cérebro, que representa o objeto como raro e conseqüentemente digno de ser bem examinado; e em seguida pelo movimento dos espíritos, que essa impressão dispõe a tenderem com grande força para o local do cérebro onde ela está, para ali a fortalecerem e conservarem[1]; como também os dispõe a passar de lá para os músculos que servem para reter os órgãos dos sentidos na mesma situação em que estão, a fim de continuar a ser alimentada por eles, se é por eles que foi formada.

Artigo 71
Que nessa paixão não ocorre a menor mudança no coração nem no sangue

E essa paixão tem isto de particular: não se observa que seja acompanhada de qualquer mudança que ocorra no coração e no sangue, como as outras paixões. A razão disso é que, não tendo por objeto nem o bem nem o mal, mas somente o conhecimento da coisa a que se admira[1], ela não tem relação com o coração e o sangue, dos quais depende todo o bem do corpo, mas somente com o cérebro, onde estão os órgãos dos sentidos que servem para esse conhecimento.

Artigo 72
Em que consiste a força da admiração

Isso não impede que ela tenha muita força, por causa da surpresa, isto é, do surgimento súbito e inopinado da impressão que muda o movimento dos espíritos; surpresa que é própria e particular dessa paixão, de forma que, quando é encontrada em outras, como costuma ser em quase todas[1], e aumentá-las, é porque a admiração está unida a elas[2]. E sua força depende de duas coisas, a saber: da novidade e de que o movimento que ela causa tenha desde o início toda sua força. Pois é indiscutível que um tal movimento tem mais efeito do que os que, sendo fracos inicialmente e aumentando pouco a pouco, podem facilmente ser desviados. Também é indiscutível que os objetos dos sentidos que são novos tocam o cérebro em certas partes em que ele não costuma ser tocado, e que, como essas partes são mais moles ou menos firmes do que as que uma agitação freqüente endureceu, isso aumenta o efeito dos movimentos que eles ali excitam[3]. Não acharemos isso incrível se considerarmos que uma razão semelhante faz que, como as solas de nossos pés estão acostumadas a um contacto bastante rude, devido à gravidade do corpo que sustentam, quase não sintamos esse contacto quando caminhamos; ao passo que um outro muito menor e mais suave, que lhes faça cócegas, nos é quase insuportável[4], somente porque não nos é habitual.

Artigo 73
O que é o espanto

E essa surpresa tem tanto poder para fazer os espíritos que estão nas cavidades do cérebro se encaminharem para o lugar onde está a impressão do objeto que admiramos, que às vezes ela impele todos eles para lá e faz que fiquem tão ocupados em conservar essa impressão que nenhum passa dali para os músculos, nem mesmo se desvia das primeiras marcas que seguiram no cérebro; isso faz que todo o corpo permaneça imóvel como uma estátua, e que não possamos perceber do objeto mais do que a primeira face que se apresentou, nem conseqüentemente adquirir dele um conhecimento mais específico. É a isso que se costuma chamar de ficar espantado[1]; e o espanto é um excesso de admiração, que nunca pode deixar de ser mau.

Artigo 74
Para que servem todas as paixões e a que elas prejudicam

Ora, do que foi dito acima é fácil compreender que a utilidade de todas as paixões consiste apenas em que elas fortalecem e fazem perdurar na alma pensamentos que é bom ela conservar, e que sem isso poderiam facilmente ser apagados[1]. Assim também, todo o mal que elas podem causar consiste em que fortalecem e conservam esses pensamentos mais do que é preciso; ou então fortalecem e conservam outros nos quais não é bom deter-se.

Artigo 75
Para que serve particularmente a admiração

E pode-se dizer especificamente da admiração que ela é útil porque nos faz aprender e reter na memória as coisas que anteriormente ignorávamos[1]. Pois só admiramos o que nos parece raro e extraordinário, e nada pode parecer-nos assim a não ser porque o ignorávamos, ou também porque é diferente das coisas que sabíamos; pois é essa diferença que nos faz chamá-lo de extraordinário. Ora, ainda que uma coisa que nos era desconhecida se apresente de novo a nosso entendimento ou a nossos sentidos, nem por isso a retemos na memória, a não ser que a idéia que temos dela seja fortalecida em nosso cérebro por alguma paixão; ou então também pela aplicação de nosso entendimento, que nossa vontade determina a uma atenção e reflexão específica[2]. E as outras paixões podem servir para fazer-nos observar as coisas que parecem boas ou más; porém pelas que parecem somente estranhas sentimos apenas admiração. Por isso vemos que habitualmente as pessoas que não têm inclinação natural para essa paixão são muito ignorantes.

Artigo 76
Em que ela pode prejudicar; e como se pode suprir-lhe a falta e corrigir-lhe o excesso

Porém com muito maior freqüência acontece de admirarmos demasiado e nos espantarmos ao perceber coisas que pouco ou nada merecem ser consideradas, e não de admirarmos pouco demais. E isso pode suprimir ou perverter inteiramente o uso da razão. Eis por que, embora seja bom ter nascido com alguma inclinação para tal paixão, porque isso nos dispõe à aquisição das ciências[1], no entanto em seguida devemos procurar libertar-nos dela o máximo que for possível[2]. Pois é fácil suprir sua falta por uma reflexão e atenção especial, à qual nossa vontade pode sempre obrigar nosso entendimento, quando julgarmos que a coisa que se apresenta vale a pena. Mas para evitar admirar com excesso o único remédio é adquirir o conhecimento de várias coisas e exercitar-se no exame de todas as que possam parecer mais raras e mais estranhas.

Artigo 77
Que não são nem os mais estúpidos nem os mais capazes que são mais propensos à admiração

De resto, embora apenas aqueles que são embrutecidos e estúpidos não sejam naturalmente propensos à admiração, isso não significa que os que têm mais inteligência sejam sempre os mais inclinados a ela; mas são principalmente os que, embora tenham um senso comum* bastante bom, no entanto não têm grande opinião de sua própria suficiência**.

....
* A expressão não designa aqui a faculdade que sintetiza as informações provenientes dos diversos órgãos dos sentidos (*Dioptrique* IV, AT VI, 109; Aristóteles, *De l'âme*, III, 1-2), e sim o bom senso (carta ao padre Charlet de outubro de 1644).
** De sua capacidade. O termo não tem aqui qualquer conotação pejorativa.

Artigo 78
Que seu excesso pode transformar-se em hábito quando se deixa de corrigi-lo

E embora essa paixão pareça diminuir com o uso, porque quanto mais encontramos coisas raras que admiramos, mais nos acostumamos a cessar de admirá-las e a pensar que todas as que podem apresentar-se depois são vulgares, no entanto, quando é excessiva e nos faz deter a atenção somente na primeira imagem dos objetos que se apresentaram, sem adquirir outro conhecimento a seu respeito, ela deixa após si um hábito que dispõe a alma a deter-se da mesma forma em todos os outros objetos que se apresentarem, desde que lhe pareçam um mínimo novos[1]. E é o que faz perdurar a doença dos que são cegamente curiosos, isto é, que procuram as raridades somente para admirá-las e não para conhecê-las; pois pouco a pouco vão se tornando tão admirativos que coisas de nenhuma importância não são menos capazes de os reter do que aquelas cuja busca é mais útil[2].

Artigo 79
As definições do amor e do ódio

O amor é uma emoção da alma, causada pelo movimento dos espíritos, que a incita a unir-se voluntariamente[1] aos objetos que lhe parecem ser convenientes[2]. E o ódio é uma emoção, causada pelos espíritos, que incita a alma a querer estar separada dos objetos que se apresentam a ela como prejudiciais. Digo que essas emoções* são causadas pelos espíritos a fim de distinguir o amor e o ódio, que são paixões e dependem do corpo, tanto dos julgamentos que também levam a alma a unir-se voluntariamente com as coisas que ela considera boas e separar-se das que considera más, como das emoções que unicamente esses julgamentos incitam na alma[3].

Artigo 80
O que é unir-se ou separar-se voluntariamente

De resto, com o termo vontade não pretendo falar aqui do desejo, que é uma paixão à parte e se refere ao futuro, mas do consentimento pelo qual nos consideramos desde já como unidos com o que amamos; de forma que imaginamos um todo de que pensamos ser somente uma parte, e de que a coisa amada é outra[1]. Ao contrário, no ódio nos consideramos isoladamente como um todo, inteiramente separados da coisa pela qual temos aversão.

Artigo 81
Da distinção que se costuma fazer entre o amor de concupiscência e o de benevolência

Ora, distinguem-se habitualmente dois tipos de amor, um dos quais é denominado amor de benevolência, isto é, que incita a querer o bem ao que se ama; o outro é denominado amor de concupiscência, isto é, que faz

....
* Ver artigo 28.

desejar a coisa a que se ama[1]. Porém me parece que essa distinção leva em conta somente os efeitos do amor, e não sua essência. Pois assim que nos unimos voluntariamente a algum objeto, qualquer que seja sua natureza, temos por ele benevolência, isto é, também unimos a ele voluntariamente as coisas que acreditamos lhe serem convenientes, o que é um dos principais efeitos do amor. E se consideramos que seja um bem possuí-lo[2] ou estarmos associados a ele de outra forma que não voluntariamente, nós o desejamos, o que é também um dos efeitos mais habituais do amor.

Artigo 82
Como paixões muito diferentes coincidem em participar do amor

Também não há necessidade de distinguir tantas espécies de amor quantos são diversos os objetos que podemos amar. Pois, por exemplo, ainda que as paixões que um ambicioso tem pela glória, um avarento pelo dinheiro, um bêbado pelo vinho, um homem bestial por uma mulher a quem quer violar, um homem honrado por seu amigo ou pela mulher amada e um bom pai por seus filhos sejam muito diferentes entre si, entretanto são semelhantes no fato de participarem do amor. Mas os quatro primeiros têm amor apenas pela posse dos objetos a que se refere sua paixão[1] e não o têm pelos objetos propriamente ditos, pelos quais sentem somente desejo, misturado com outras paixões particulares. Ao passo que o amor que um bom pai tem por seus filhos é tão puro que ele não deseja ter nada destes e não quer possuí-los de forma diferente da que o faz, nem estar unido a eles mais estreitamente do que já está; e sim, considerando-os como outros ele-mesmo, procura o bem deles como o seu próprio, ou mesmo com mais empenho, porque, imaginando que ele e os filhos formam um todo, do qual ele não é a melhor parte, freqüentemente prefere os interesses deles aos seus e não hesita em perder-se para salvá-los. A afeição que as pessoas honradas têm por seus amigos é dessa mesma natureza, embora raramente seja tão perfeita; e a que têm pela mulher amada participa muito dessa, mas também participa um pouco da outra[2].

Artigo 83
Da diferença que há entre a simples afeição, a amizade e a devoção

Parece-me que podemos, com maior razão, distinguir o amor em função da estima que temos pelo que amamos, em comparação com nós mesmos[1]. Pois quando estimamos o objeto de nosso amor menos que a nós mesmos, temos por ele apenas uma simples afeição; quando o estimamos tanto quanto a nós mesmos, isso se chama amizade[2]; e quando o estimamos mais, a paixão que temos pode ser denominada devoção*. Assim, podemos ter afeição por uma flor, por um pássaro, por um cavalo; porém, a menos que nosso espírito seja muito desajustado, apenas por seres humanos podemos ter amizade. E de tal maneira eles são objeto dessa paixão que não há

----
* Mesmo fora de qualquer contexto religioso, esse termo [*dévotion*] designa "um devotamento integral ao serviço de alguém" (Furetière).

homem tão imperfeito que não possamos ter por ele uma amizade muito perfeita, quando pensamos que somos amados por ele e quando temos a alma verdadeiramente nobre e generosa[3], conforme será explicado adiante, nos artigos 154 e 156. Quanto à devoção, seu principal objeto é sem dúvida a soberana divindade, da qual não poderíamos deixar de ser devotos quando a conhecemos como se deve conhecer[4]. Mas também podemos ter devoção por nosso príncipe, por nosso país, por nossa cidade, e mesmo por um homem particular quando o estimamos muito mais que a nós mesmos. Ora, a diferença que há entre esses três tipos de amor se manifesta principalmente por seus efeitos; pois, como em todos nos consideramos juntados e unidos à coisa amada, estamos sempre dispostos a abandonar a menor parte do todo que compomos com ela, para conservar a outra. Isso nos leva, na simples afeição, a sempre nos preferirmos ao que amamos; e na devoção, ao contrário, a preferirmos a coisa amada e não a nós mesmos, de tal forma que não hesitamos em morrer para conservá-la. Freqüentemente se viram exemplos disso, nos que se expuseram à morte certa para defender seu príncipe ou sua cidade, e mesmo às vezes pessoas particulares às quais tinham se devotado inteiramente.

Artigo 84
Que não há tantas espécies de ódio quantas de amor

De resto, ainda que o ódio seja diretamente oposto ao amor, no entanto não o distinguimos em tantas espécies, porque não percebemos a diferença que há entre os males dos quais estamos separados voluntariamente tanto como percebemos a que existe entre os bens aos quais estamos unidos.

Artigo 85
Do agrado e do horror

E encontro apenas uma única distinção importante que é igual em um e outro. Consiste em que os objetos tanto do amor como do ódio podem ser representados à alma pelos sentidos externos, ou então pelos internos e por sua própria razão. Pois habitualmente chamamos de bem ou de mal aquilo que nossos sentidos interiores ou nossa razão nos fazem julgar conveniente ou contrário à nossa natureza; mas chamamos de belo ou de feio aquilo que nos é assim representado por nossos sentidos externos, principalmente pelo da visão, o qual por si só é mais considerado que todos os outros[1]. Disso nascem duas espécies de amor, a saber: o que temos pelas coisas boas e o que temos pelas coisas belas, ao qual podemos dar o nome de agrado, para não o confundir com o outro, nem tampouco com o desejo, ao qual freqüentemente atribuímos o nome de amor. E daí nascem da mesma forma duas espécies de ódio, uma das quais se relaciona com as coisas más e a outra com as que são feias; e esta última pode ser chamada de horror ou aversão, a fim de distingui-la. Mas o que há aqui de mais digno de nota é que essas paixões de agrado e horror costumam ser mais violentas que as outras espécies de amor ou de ódio, porque o que chega à alma representado pelos sentidos toca-a mais fortemente do que aquilo que lhe é representado por sua razão; e que no entanto habitualmente elas têm menos veracidade, de forma que, de todas as paixões, são estas que enganam mais e contra as quais devemos nos precaver mais cuidadosamente².

Artigo 86
A definição do desejo

A paixão do desejo é uma agitação da alma, causada pelos espíritos, que a dispõe a querer para o futuro as coisas que ela se representa como convenientes. Assim, não desejamos apenas a presença do bem ausente, mas também a conservação do bem presente¹; e ainda a ausência do mal, tanto do que já temos como do que acreditamos que poderemos sofrer no tempo por vir.

Artigo 87
Que é uma paixão que não tem contrário

Bem sei que na Escola* costuma-se opor a paixão que tende à busca do bem, a única a que se dá o nome de desejo, à que tende ao evitamento do mal, a que se dá o nome de aversão¹. Mas como não há um bem cuja privação não seja um mal, nem um mal considerado como uma coisa positiva cuja privação não seja um bem, e como, por exemplo, procurando as riquezas evitamos necessariamente a pobreza, evitando as doenças buscamos a saúde, e assim por diante, parece-me que sempre um mesmo movimento leva à busca do bem e simultanea-

....
* Trata-se da filosofia escolástica. (N. do T.)

mente ao evitamento do mal que lhe é contrário[2]. Observo somente esta diferença: o desejo que temos quando tendemos para algum bem é acompanhado de amor, e em seguida de esperança e alegria; ao passo que o mesmo desejo, quando tendemos a afastar-nos do mal contrário a esse bem, é acompanhado de ódio, temor e tristeza, o que nos leva a considerá-lo contrário a nós mesmos. Mas se o considerarmos quando ele se relaciona igualmente ao mesmo tempo com algum bem para procurá-lo e com o mal oposto para evitá-lo, podemos ver muito evidentemente que é apenas uma única paixão que faz um e outro[3].

Artigo 88
Quais são suas diversas espécies

Haveria mais razão de distinguir o desejo em tantas diversas espécies quanto são diversos os objetos que procuramos. Pois por exemplo a curiosidade, que é simplesmente um desejo de conhecer, difere muito do desejo de glória, e este do desejo de vingança, e assim por diante. Mas basta saber aqui que há tantos desejos quantas são as espécies de amor ou de ódio, e que os mais dignos de consideração e mais fortes são os que nascem do agrado e do horror.

Artigo 89
Qual é o desejo que nasce do horror

Porém, embora seja apenas um mesmo desejo que tende à procura de um bem e ao evitamento do mal que lhe é contrário, conforme foi dito, o desejo que nasce do agrado não deixa de ser muito diferente do que nasce do horror. Pois esse agrado e esse horror, que realmente são contrários, não são o bem e o mal, que servem de objetos para esses desejos, mas somente duas emoções da alma, que a dispõem a procurar duas coisas muito diferentes. Ou seja, o horror é instituído da natureza para representar à alma uma morte súbita e inesperada[1]; de forma que, embora às vezes o que provoca horror seja apenas o contacto de um verme, ou o ruído de uma folha a tremer, ou sua sombra, sentimos de imediato tanta emoção como se um perigo de morte muito evidente se apresentasse aos sentidos[2]. Isso faz nascer subitamente a agitação que leva a alma a empregar todas suas forças para evitar um mal tão presente. E é a essa espécie de desejo que costumamos chamar de evitamento ou aversão.

Artigo 90
Qual é o que nasce do agrado

Ao contrário, o agrado é particularmente instituído da natureza[1] para representar a fruição do que é aceito como o maior de todos os bens que pertencem ao homem, o que nos faz desejar ardentemente essa fruição. É verdade que há diversos tipos de agrado, e que os desejos que nascem deles não são todos igualmente fortes. Pois por exemplo a beleza das flores incita-nos somente a contemplá-las e a das frutas a comê-las. Mas o principal é aquele que vem das perfeições que imaginamos numa pessoa que julgamos poder tornar-se um outro eu-mesmo; pois, com a diferença de sexos que a natureza colocou nos seres humanos, assim como nos animais sem raciocínio, ela também pôs no cérebro certas impressões que fazem que numa certa idade e num certo tempo nos consideremos como defeituosos e como se fôssemos apenas a metade de um todo, do qual uma pessoa do outro sexo deve ser a outra metade[2]; de forma que a obtenção dessa metade é confusamente representada pela natureza como o maior de todos os bens imagináveis. E ainda que vejamos várias pessoas desse outro sexo, nem por isso queremos a presença de várias delas ao mesmo tempo, porque a natureza não leva a imaginar que necessitemos de mais de uma metade. Mas quando observamos em uma algo que agrada mais do que o que observamos ao mesmo tempo nas outras, isso determina a alma a sentir somente por aquela toda a inclinação que a natureza lhe dá para procurar o bem que ela lhe representa como o maior que podemos possuir. E essa inclinação ou esse desejo que nasce assim do agrado é chamado pelo nome de amor, mais habitualmente do que a paixão de amor que foi descrita anteriormente. Por isso ele tem efeitos mais estranhos e é o que serve de matéria principal para os romancistas e os poetas[3].

Artigo 91
A definição da alegria

A alegria é uma agradável emoção da alma, em que consiste a fruição que ela obtém do bem que as impressões do cérebro lhe representam como sendo seu. Digo que é nessa emoção que consiste a fruição do bem porque de fato a alma não recebe qualquer outro proveito de todos os bens que possui; e enquanto não tiver alegria com eles pode-se dizer que não os desfruta* mais do que se não os possuísse[1]. Acrescento também que se trata do bem que as impressões do cérebro lhe representam como seu, a fim de não confundir essa alegria, que é uma paixão, com a alegria puramente intelectual, que chega à alma unicamente pela ação da alma, e que se pode dizer que é uma agradável emoção nela excitada por ela mesma[2], na qual consiste a fruição que ela obtém do bem que seu entendimento lhe representa como sendo seu. É verdade que, enquanto a alma está unida ao corpo, essa alegria intelectual não pode deixar de ser acompanhada daquela que é uma paixão. Pois tão logo o entendimento percebe que possuímos algum bem, ainda que esse bem possa ser tão diferente de tudo o que pertence ao corpo a ponto de não ser absolutamente imaginável[3], a imaginação não deixa de imediatamente causar no cérebro alguma impressão, da qual resulta o movimento dos espíritos que excita a paixão da alegria.

Artigo 92
A definição da tristeza

A tristeza é uma languidez desagradável, na qual consiste o mal-estar que a alma recebe do mal ou da falta que as impressões do cérebro lhe representam como lhe pertencentes a ela. E há também uma tristeza intelectual, que não é a paixão mas que não deixa de ser acompanhada por ela.

....
* Em francês o termo "alegria" (*joie*, do latim *gaudium*) tem a mesma etimologia de "fruição", "desfrutar" (*jouissance, jouir*, de *gaudentia, gaudere*). (N. do T.)

Artigo 93
Quais são as causas dessas duas paixões

Ora, quando a alegria ou a tristeza intelectual excita assim a que é uma paixão, a causa de ambas é bastante evidente; e de suas definições vê-se que a alegria provém da opinião que temos de possuir algum bem, e a tristeza, da nossa opinião de ter algum mal ou alguma falta. Mas amiúde acontece de nos sentirmos tristes ou alegres sem que possamos assim reconhecer distintamente o bem ou o mal que são as causas disso[1]; a saber, quando esse bem ou esse mal causam suas impressões no cérebro sem a intermediação da alma, às vezes porque eles pertencem somente ao corpo; e às vezes também, embora pertençam à alma, porque ela não os considera como bem e mal, e sim de alguma outra forma, cuja impressão no cérebro está unida com a do bem e do mal[2].

Artigo 94
Como essas paixões são excitadas por bens e males que dizem respeito apenas ao corpo; e em que consistem a cócega e a dor

Assim, quando estamos cheios de saúde e o tempo está mais ameno que de costume, sentimos em nós uma alegria que não provém de qualquer função do entendimento, mas somente das impressões que o movimento dos espíritos causa no cérebro; e da mesma forma nos sentimos tristes quando o corpo está indisposto, ainda que não saibamos que o está. Assim também a cócega dos sentidos é seguida tão de perto pela alegria e a dor pela tristeza que a maioria dos homens não as distinguem. No entanto elas diferem tão fortemente que às vezes podemos sofrer dores com alegria e receber cócegas que desagradam[1]. Mas a causa que faz a alegria habitualmente seguir-se à cócega é que tudo o que denominamos cócega ou sentimento agradável consiste em que os objetos dos sentidos excitam nos nervos algum movimento que seria capaz de prejudicá-los se não tivessem força suficiente para resistir-lhe ou se o corpo não estivesse bem disposto[2], o que causa no cérebro uma impressão que, sendo instituída da natureza para atestar essa boa disposição e essa força, representa-a para a alma como um bem que lhe pertence, na medida em que está unida com o corpo, e assim excita nela a alegria. É quase a mesma razão que nos faz ter naturalmente prazer em nos sentirmos emocionar ante toda espécie de paixões, mesmo ante a tristeza e o ódio, quando essas paixões são causadas apenas pelas aventuras estranhas que vemos representar num teatro[3], ou por outros assuntos semelhantes, que, não podendo prejudicar-nos de maneira alguma, parecem fazer cócegas em nossa alma ao tocá-la. E a causa que faz a dor produzir habitualmente a tristeza é que o sentimento que denominamos dor vem sempre de alguma ação tão violenta que ofende os nervos; de forma que sendo instituída da natureza para mostrar à alma o dano que o corpo recebe por essa ação, e a fraqueza porque não lhe pôde resistir, ele lhe representa uma e outra como males que lhe são sempre desagradáveis, exceto quando causam alguns bens que ela estima mais que eles.

Artigo 95
Como elas podem também ser excitadas por bens e males que a alma não reconhece, ainda que lhe pertençam; tais como o prazer que sentimos em arriscar-nos ou em lembrarmos o mal que passou

Assim, o prazer que freqüentemente os jovens sentem em empreender coisas difíceis e em expor-se a grandes perigos, ainda mesmo que não esperem disso qualquer proveito ou glória, provém do fato de o pensamento de que tal empresa é difícil causar em seu cérebro uma impressão que, somando-se à que poderão formar se pensarem que é um bem o sentir-se bastante corajoso, bastante feliz, bastante hábil ou bastante forte para arriscar-se a tal ponto, faz que tenham prazer nisso. E o contentamento que os velhos sentem quando se lembram dos males que sofreram provém de imaginarem que terem conseguido sobreviver apesar disso é um bem[1].

Artigo 96
Quais são os movimentos do sangue e dos espíritos que causam as cinco paixões anteriores[1]

As cinco paixões que comecei a explicar aqui estão tão unidas ou opostas umas às outras que é mais fácil considerá-las todas juntas do que tratar separadamente de cada uma, como foi tratada a admiração. E, ao contrário da admiração, a causa delas não está apenas no cérebro, mas também no coração, no baço, no fígado e em todas as outras partes do corpo, na medida em que servem para a produção do sangue e em seguida dos espíritos.

Pois, ainda que todas as veias conduzam para o coração o sangue que contêm, no entanto às vezes acontece que o de algumas é impelido para ele com mais força que o de outras; e acontece também que as aberturas por onde ele entra no coração, ou então aquelas por onde sai, estão mais alargadas ou mais estreitadas numa vez do que em outra[2].

Artigo 97
As principais experiências que servem para reconhecer esses movimentos no amor

Ora, considerando as diversas alterações que a experiência mostra em nosso corpo enquanto nossa alma é agitada por diversas paixões, no amor, quando está sozinho, isto é, quando não é acompanhado de intensa alegria nem de desejo nem de tristeza, observo que o batimento do pulso é uniforme e muito maior e mais forte que de costume, que sentimos no peito um doce calor e que a digestão dos alimentos se faz muito rapidamente no estômago; assim sendo, essa paixão é útil para a saúde[1].

Artigo 98
No ódio

No ódio, ao contrário, observo que a pulsação é desigual e menor e freqüentemente mais rápida, que sentimos no peito frialdades entremeadas de não sei que calor áspero e picante, que o estômago pára de fazer seu trabalho e tende a vomitar e rejeitar os alimentos comidos, ou pelo menos a corrompê-los e convertê-los em maus humores.

Artigo 99
Na alegria

Na alegria, observo que a pulsação é uniforme e mais rápida que habitualmente, mas não tão forte nem tão grande como no amor, e que sentimos um calor agradável que não está somente no peito mas se espalha também por todas as partes externas do corpo, com o sangue que vemos chegar a elas com abundância; e que durante esse tempo às vezes perdemos o apetite porque a digestão se faz menos que de costume.

Artigo 100
Na tristeza

Na tristeza, observo que a pulsação é fraca e lenta, e que sentimos em volta do coração algo como amarras que o apertam e pedaços de gelo que o gelam e transmitem sua frialdade para o resto do corpo; e que enquanto isso às vezes não deixamos de ter bom apetite e de sentir que o estômago não falta com seu dever, contanto que mesclado com a tristeza não haja ódio[1].

Artigo 101
No desejo

E por fim no desejo observo isto de particular: que ele agita o coração mais violentamente que nenhuma das outras paixões e fornece ao cérebro mais espíritos, que, passando dele para os músculos, tornam todos os sentidos mais aguçados e todas as partes do corpo mais móveis[1].

Artigo 102
O movimento do sangue e dos espíritos no amor

Essas observações, e várias outras que seria demasiado longo descrever, deram-me motivo para julgar que, quando o entendimento se representa algum objeto de amor, a impressão que esse pensamento causa no cérebro conduz os espíritos animais, pelos nervos do sexto par[1], até os músculos que ficam ao redor dos intestinos e do estômago, da maneira que é necessária para fazer que o suco dos alimentos, que se converte em sangue novo, passe prontamente para o coração sem se deter no fígado, e que sendo impelido para ele com mais força do que das outras partes do corpo, penetre com maior abundância e excite nele um calor mais forte, porque é mais grosseiro do que o que já foi rarefeito várias vezes ao passar e tornar a passar pelo coração. Isso faz que ele também envie espíritos para o cérebro, cujas partes ficam mais grossas e mais agitadas do que habitualmente; e esses espíritos, fortalecendo a impressão que o primeiro pensamento do objeto amável ali causou, obrigam a alma a deter-se em tal pensamento, e é nisso que consiste a paixão do amor.

Artigo 103
No ódio

No ódio, ao contrário, o primeiro pensamento do objeto que causa aversão conduz de tal forma os espíritos que estão no cérebro para os músculos do estômago e dos intestinos que eles impedem que o suco dos alimentos se misture com o sangue, estreitando todas as aberturas por onde este costuma escoar; e também os conduz de tal forma para os pequenos nervos do baço e da parte inferior do fígado, onde está o receptáculo da bile, que as partes do sangue que costumam ser lançadas de volta para aqueles locais saem dali e escoam para o coração, juntamente com o que está nos ramos da veia cava; isso causa muitas desigualdades em seu calor, porque o sangue que vem do baço só a custo se aquece e se rarefaz, e ao contrário o que vem da parte inferior do fígado, onde sempre fica o fel, abrasa e se dilata muito prontamente. Em decorrência disso os espíritos que vão para o cérebro também têm partes muito desiguais e movimentos muito extraordinários; é por isso que fortalecem as idéias de ódio que nele já se encontram impressas e dispõem a alma para pensamentos cheios de azedume e amargura.

Artigo 104
Na alegria

Na alegria, não são tanto os nervos do baço, do fígado, do estômago ou dos intestinos que agem, e sim os que estão em todo o restante do corpo; e especialmente o que fica ao redor dos orifícios do coração, o qual, abrindo e alargando esses orifícios, dá ao sangue que os outros nervos expulsam das veias para o coração meios para entrar nele e dele sair em maior quantidade que de costume. E como o sangue que então entra no coração já passou e repassou várias vezes por ali, tendo vindo das artérias para as veias, ele se dilata muito facilmente e produz espíritos cujas partes, sendo muito iguais e sutis[1], são próprias para formar e fortalecer as impressões do cérebro que dão à alma pensamentos alegres e tranqüilos.

Artigo 105
Na tristeza

Na tristeza, ao contrário, as aberturas do coração estão muito estreitadas pelo pequeno nervo que as cerca, e o sangue das veias não é agitado; isso faz que uma quantidade muito pequena vá para o coração. E enquanto isso as passagens por onde o suco dos alimentos escoa do estômago e dos intestinos para o fígado permanecem abertas; isso faz que o apetite não diminua, exceto quando o ódio, que freqüentemente está unido à tristeza, fecha-as[1].

Artigo 106
No desejo

E por fim a paixão do desejo tem isto de próprio: a vontade que sentimos de obter algum bem, ou de evitar algum mal, envia prontamente os espíritos do cérebro para todas as partes do corpo que podem servir para as ações necessárias para isso; e especialmente para o coração e as partes que lhe fornecem mais sangue, a fim de que, recebendo maior abundância deste que habitualmente, ele envie maior quantidade de espíritos para o cérebro, tanto para nele alimentar e fortalecer a idéia dessa vontade como para passar dali para todos os órgãos dos sentidos e todos os músculos que podem ser empregados para obter o que desejamos.

Artigo 107
Qual é a causa desses movimentos no amor

E deduzo as razões de tudo isso do que foi dito anteriormente: que entre nossa alma e nosso corpo há tal ligação que, depois de termos unido uma vez alguma ação corporal com algum pensamento, posteriormente um dos dois não se apresenta a nós sem que o outro também se apresente. É o que se vê nas pessoas que, estando doentes, ingeriram com grande aversão alguma beberagem, e depois não podem beber nem comer coisa alguma que se assemelhe ao sabor dela sem sentir novamente a mesma aversão. E da mesma forma não podem pensar na aversão que sentem pelos remédios sem que o mesmo gosto lhes volte em pensamento[1]. Pois me parece que as primeiras paixões que nossa alma teve, quando começou a unir-se a nosso corpo, devem ter sido que às vezes o sangue, ou outro suco que entrava no coração, era um alimento mais conveniente que o habitual para nele alimentar o calor que é o princípio da vida[2], o que levava a alma a unir a si voluntariamente esse alimento, isto é, a amá-lo[3]; e ao mesmo tempo os espíritos escoavam do cérebro para os músculos, que podiam apertar ou agitar as partes de onde ele tinha vindo em direção ao coração, para fazer que lhe enviassem mais; e essas partes eram o estômago e os intestinos, cuja agitação aumenta o apetite, ou então também o fígado[4] e o pulmão, que os músculos do diafragma podem apertar. É por isso que desde então esse mesmo movimento dos espíritos sempre acompanhou a paixão de amor[5].

Artigo 108
No ódio

Às vezes, ao contrário, chegava ao coração algum suco estranho, que não era próprio para alimentar o calor ou mesmo que o podia extinguir; isso fazia que os espíritos que subiam do coração para o cérebro excitassem na alma a paixão do ódio. E ao mesmo tempo também esses espíritos iam do cérebro para os nervos, que podiam impelir sangue do baço e das pequenas veias do fígado para o coração, a fim de impedir esse suco nocivo de nele entrar; e ainda para os que podiam impelir de volta esse mesmo suco para os intestinos e para o estômago, ou também às vezes obrigar o estômago a vomitá-lo. Daí vem que esses mesmos movimentos costumem acompanhar a paixão do ódio. E a um simples olhar pode-se ver que há no fígado uma quantidade de veias, ou condutos, bastante largos, por onde o suco dos alimentos pode passar da veia porta para a veia cava e dela para o coração, sem se deter no fígado; mas que há também uma infinidade de outras veias menores onde ele pode se deter, e que sempre contêm sangue de reserva, assim como acontece também com o baço; e esse sangue, sendo mais grosseiro do que o que está nas outras partes do corpo, pode servir melhor de alimento para o fogo que está no coração, quando o estômago e os intestinos deixam de fornecê-lo.

Artigo 109
Na alegria

Também às vezes aconteceu, no início de nossa vida[1], que o sangue contido nas veias era um alimento bastante adequado para alimentar o calor do coração, e que elas continham tal quantidade que não havia a menor necessidade de extrair alimento de outros lugares. Isso excitou na alma a paixão da alegria; e ao mesmo tempo fez que os orifícios do coração se abrissem mais que de costume, e que os espíritos, escoando abundantemente do cérebro não apenas para os nervos que abrem esses orifícios mas também em geral para todos os outros que impelem o sangue das veias para o coração, impedissem que para ele viesse novamente sangue do fígado, do baço, dos intestinos e do estômago. É por isso que esses mesmos movimentos acompanham a alegria.

Artigo 110
Na tristeza

Às vezes, ao contrário, aconteceu que o corpo teve falta de alimento, e é o que deve ter feito a alma sentir sua primeira tristeza, pelo menos a que não se juntou ao ódio. A mesma coisa também fez os orifícios do coração se estreitarem, porque recebem pouco sangue; e que uma considerável parte desse sangue tenha vindo do baço, porque ele é o último reservatório que serve para fornecer sangue ao coração quando não lhe vem o suficiente de alhures. É por isso que os movimentos dos espíritos e dos nervos que servem para estreitar assim os orifícios do coração e para levar-lhe sangue do baço sempre acompanham a tristeza.

Artigo 111
No desejo

Por fim, todos os primeiros desejos que a alma pode ter sentido, quando estava recém-unida ao corpo, foram de receber as coisas que lhe eram convenientes e rejeitar as que lhe eram prejudiciais. E foi para esses mesmos fins que os espíritos começaram desde então a mover todos os músculos e todos os órgãos dos sentidos, de todas as formas que os podem mover. Isso faz que agora, quando a alma deseja alguma coisa, todo o corpo se torne mais ágil e mais disposto a se mover do que costuma ser sem isso[1]. E aliás, quando acontece de o corpo estar assim disposto, isso torna os desejos da alma mais fortes e mais ardentes.

Artigo 112
Quais são os sinais exteriores dessas paixões[1]

O que apresentei aqui explica suficientemente a causa das diferenças de pulsação, e de todas as outras propriedades que acima atribuí a essas paixões, sem que seja preciso deter-me em explicá-las mais. Mas como destaquei em cada uma somente o que se pode observar quando está sozinha, e que serve para reconhecer os movimentos do sangue e dos espíritos que as produzem, resta-me ainda tratar de vários sinais externos que costumam acompanhá-las, e que se observam bem melhor quando várias delas estão misturadas simultaneamente, como costumam estar², do que quando estão separadas. Os principais desses sinais são as ações dos olhos e do rosto, as mudanças de cor, os tremores, a languidez, o desfalecimento, os risos, as lágrimas, os gemidos e os suspiros.

Artigo 113
Das ações dos olhos e do rosto

Não existe paixão que alguma ação específica dos olhos não revele; e em algumas isso é tão manifesto que mesmo os criados mais tolos podem observar, pelos olhos do patrão, se este está zangado com eles ou se não está. Mas embora seja fácil perceber essas ações dos olhos e se saiba o que elas significam, nem por isso é fácil descrevê-las, porque cada uma é composta de várias mudanças que ocorrem no movimento e no aspecto do olho, os quais são tão específicos e tão pequenos que cada um deles não pode ser percebido separadamente, embora o que resulte de sua conjunção seja muito fácil de observar. Pode-se dizer praticamente o mesmo das ações do rosto, que também acompanham as paixões; pois, embora sejam maiores que as dos olhos, no entanto é difícil distingui-las; e são tão pouco diferentes que há homens que quando choram fazem quase a mesma expressão que outros quando riem. É verdade que algumas delas são bastante reconhecíveis, tais como as rugas da testa na cólera ou certos movimentos do nariz e dos lábios na indignação e na zombaria; mas parecem ser mais voluntárias do que naturais. E geralmente todas as ações, tanto do rosto como dos olhos, podem ser mudadas pela alma, quando, querendo ocultar a paixão, imagina fortemente outra contrária; de forma que se pode usá-las tanto para dissimular as paixões como para dar a conhecê-las.

Artigo 114
Das mudanças de cor

Não podemos com a mesma facilidade impedir-nos de enrubescer ou de empalidecer quando alguma paixão dispõe a isso; porque tais mudanças não dependem dos nervos e dos músculos, como as anteriores; e porque elas vêm mais imediatamente do coração, que pode ser chamado de fonte das paixões, na medida em que prepara o sangue e os espíritos para produzi-las. Ora, é certo que a cor do rosto vem apenas do sangue[1], que, correndo continuamente do coração pelas artérias para todas as veias e de todas as veias para o coração, colore menos ou mais o rosto, conforme encha menos ou mais as pequenas veias que existem por sua superfície.

Artigo 115
Como a alegria faz enrubescer

Assim, a alegria torna a cor mais viva e mais rubra, porque, abrindo as eclusas do coração, faz que o sangue corra mais depressa em todas as veias; e que, tornando-se mais quente e mais sutil, infle moderadamente todas as partes do rosto[1], o que lhe dá um aspecto mais risonho e mais alegre.

Artigo 116
Como a tristeza faz empalidecer

Ao contrário, a tristeza, estreitando os orifícios do coração, faz que o sangue corra mais lentamente para as veias e que, tornando-se mais frio e mais espesso, precise ocupar nelas menos espaço; de forma que, retirando-se para as mais largas, que são as mais próximas do coração, ele deixa as mais distantes[1], e como as mais aparentes são as do rosto, isso o faz parecer pálido e descarnado; principalmente quando a tristeza é grande ou sobrevém subitamente, como se vê no pavor, cuja surpresa aumenta a ação que aperta o coração.

Artigo 117
Como freqüentemente enrubescemos estando tristes

Mas freqüentemente acontece que estando tristes não empalidecemos; ao contrário, ficamos corados. Isso deve ser atribuído às outras paixões que se unem à tristeza, a saber: o amor ou o desejo, e às vezes também o ódio. Pois essas paixões, aquecendo ou agitando o sangue que vem do fígado, dos intestinos e das outras partes internas, impelem-no para o coração, e dele pela grande artéria para as veias do rosto, sem que a tristeza que aperta de um lado e de outro os orifícios do coração possa impedir isso, exceto quando é muito excessiva. Mas ainda que seja apenas moderada, ela facilmente impede que o sangue que assim veio para as veias do rosto desça para o coração, enquanto o amor, o desejo ou o ódio impelem para ele o sangue de outra das partes internas. É por isso que, detendo-se na região da face, o sangue a torna rubra; e mesmo mais rubra do que durante a alegria, porque a cor do sangue aparece tanto melhor quanto mais devagar ele correr, e também porque assim pode juntar-se nas veias do rosto maior quantidade de sangue do que quando os orifícios do coração estão mais abertos. Isso se manifesta principalmente na vergonha[1], que é composta pelo amor a si mesmo e por um desejo premente de evitar a infâmia presente, o que faz vir para o coração o sangue das partes internas, e depois, dele para a face pelas artérias; e também por uma tristeza moderada que impede esse sangue de retornar para o coração. O mesmo também se manifesta habitualmente quando choramos; pois, como direi adiante[2], é o amor unido à tristeza que causa a maioria das lágrimas. E o mesmo se manifesta na cólera[3], em que freqüentemente um vivo desejo de vingança está misturado com o amor, o ódio e a tristeza.

Artigo 118
Dos tremores

Os tremores têm duas causas diversas: uma é que às vezes vem uma quantidade pequena demais de espíritos do cérebro para os nervos, e a outra é que às vezes vêm demasiados para poder fechar bem ajustadamente as pequenas passagens dos músculos, que, conforme o que foi dito no artigo 11, devem estar fechadas para determinar os movimentos dos membros. A primeira causa aparece na tristeza e no medo, como também quando trememos de frio. Pois essas paixões, assim como a frialdade do ar, podem espessar tanto o sangue[1] que ele não fornece ao cérebro espíritos suficientes para ser enviados aos nervos. A outra causa manifesta-se com freqüência nos que desejam ardentemente alguma coisa e nos que estão muito tomados pela cólera, como também nos que estão bêbados; pois essas duas paixões, assim como o vinho, por vezes fazem ir ao cérebro tantos espíritos que eles não podem ser conduzidos dali para os músculos, como é de regra.

Artigo 119
Da languidez[1]

A languidez é uma disposição para relaxar-se e não se movimentar, que é sentida em todos os membros. Assim como o tremor, ela provém de não irem para os nervos espíritos suficientes; porém de uma forma diferente. Pois a causa do tremor é que não há no cérebro espíritos suficientes para obedecer às determinações da glândula, quando ela os impele para algum músculo; ao passo que a languidez provém de que a glândula não os determina a ir para certos músculos em vez de para outros.

Artigo 120
Como ela é causada pelo amor e pelo desejo

E a paixão que mais habitualmente causa esse efeito é o amor, unido ao desejo de uma coisa cuja obtenção não é imaginada como possível no tempo presente. Pois o amor tanto ocupa a alma em considerar o objeto amado que ela emprega todos os espíritos que estão no cérebro em representar-lhe a imagem dele, e interrompe todos os movimentos da glândula que não servem para esse fim[1]. E com relação ao desejo é preciso observar que a propriedade que lhe atribuí, de tornar o corpo mais móvel, só lhe convém quando imaginamos que o objeto desejado é tal que podemos desde já fazer alguma coisa que sirva para adquiri-lo. Pois se, ao contrário, imaginarmos que por enquanto é impossível fazer algo que seja útil para isso, toda a agitação do desejo permanece no cérebro, sem passar para os nervos; e, sendo inteiramente empregada em fortalecer nele a idéia do objeto desejado, deixa lânguido o restante do corpo[2].

Artigo 121
Que ela também pode ser causada por outras paixões

É verdade que o ódio, a tristeza, e mesmo a alegria também podem causar alguma languidez, quando são muito violentos; porque ocupam inteiramente a alma em considerar seus objetos, principalmente quando está unido a ela o desejo de uma coisa para cuja obtenção não podemos contribuir no tempo presente. Mas como nos detemos muito mais em considerar os objetos que unimos voluntariamente a nós do que aqueles que separamos[1] e do que qualquer outro, e como a languidez não depende de uma surpresa e sim necessita de algum tempo para se formar, ela é encontrada bem mais no amor do que em todas as outras paixões.

Artigo 122
Do desmaio

O desmaio não está muito distante da morte, pois morremos quando o fogo que existe no coração se extingue totalmente[1]; e apenas desmaiamos quando ele é abafado de forma que ainda permaneçam alguns restos de calor, que podem depois reacendê-lo. Ora, há várias indisposições do corpo que podem fazer-nos desfalecer; mas entre as paixões observa-se que apenas a extrema alegria tem poder para isso. E a forma como creio que ela causa tal efeito é que, abrindo extraordinariamente os orifícios do coração, o sangue das veias entra nele tão bruscamente e em tão grande quantidade que não pode ser rarefeito pelo calor com rapidez suficiente para erguer as pequenas válvulas que fecham as entradas dessas veias; dessa forma ele abafa o fogo[2] a que costuma alimentar quando entra no coração apenas moderadamente[3].

Artigo 123
Por que não desmaiamos de tristeza

Parece que uma grande tristeza que sobrevém inesperadamente deva apertar de tal forma os orifícios do coração que também possa extinguir-lhe o fogo; no entanto não se observa que isso aconteça, ou, se acontece, é muito raramente. Acredito que a razão disso é que dificilmente pode haver no coração tão pouco sangue que não baste para alimentar o calor quando seus orifícios estão quase fechados.

Artigo 124
Do riso

O riso consiste em que o sangue que vem da cavidade direita do coração pela veia arteriosa, inflando os pulmões subitamente e repetidas vezes, faz que o ar que eles contêm seja forçado a sair com impetuosidade pela traquéia, onde forma uma voz inarticulada e estrepitosa; e tanto os pulmões ao inflar-se como esse ar ao sair impelem todos os músculos do diafragma, do peito e da garganta; dessa forma estes fazem mover-se os do rosto que tenham alguma conexão com eles. E o que denominamos riso é simplesmente essa ação do rosto, com essa voz inarticulada e estrepitosa.

Artigo 125
Por que ele não acompanha as maiores alegrias[1]

Ora, apesar de parecer que o riso é um dos principais sinais da alegria, no entanto esta pode causá-lo apenas quando é somente moderada e há junto com ela alguma admiração ou algum ódio. Pois se descobre por experiência que, quando estamos extraordinariamente alegres, nunca o motivo dessa alegria faz que disparemos a rir; e mesmo não podemos tão facilmente ser incitados a isso por qualquer outra causa a não ser quando estamos tristes. A razão é que nas grandes alegrias o pulmão está sempre tão cheio de sangue que não pode ser mais inflado outras vezes.

Artigo 126
Quais são suas principais causas

E posso observar apenas duas causas que fazem inflar assim subitamente o pulmão. A primeira é a surpresa da admiração[1], que estando unida à alegria pode abrir tão prontamente os orifícios do coração que uma grande abundância de sangue, entrando de súbito em seu lado direito pela veia cava, se rarefaz e, passando dali pela veia arteriosa, infla o pulmão. A outra é a mistura de algum líquido que aumente a rarefação* do sangue. E não encontro algum que sirva para isso a não ser a parte mais fluida do sangue que vem do baço, parte essa que, sendo impelida para o coração por alguma leve emoção de ódio, auxiliada pela surpresa da admiração, e nele se misturando com o sangue que vem dos outros locais do corpo e que a alegria faz entrar abundantemente no coração, pode fazer esse sangue dilatar-se nele muito mais do que habitualmente, da mesma forma que se vê uma grande quantidade de outros líquidos, estando sobre o fogo, inflar-se de súbito quando se joga um pouco de vinagre no recipiente onde estão. Pois a parte mais fluida do sangue que vem do baço é de natureza semelhante ao vinagre. A experiência também nos mostra que em todas as circunstâncias que podem produzir esse riso estrepitoso, que vem do pulmão, há sempre algum pequeno motivo de ódio, ou pelo menos de admiração. E as pessoas cujo baço não é muito sadio estão sujeitas a ser não apenas mais tristes como também, por intervalos, mais

....
* Dilatação; ver artigo 9 e *Principes*, II, 6, onde "rarefação" se opõe a "condensação".

alegres e mais dispostas a rir do que as outras; porque o baço envia para o coração duas espécies de sangue: um muito espesso e grosseiro, que causa a tristeza, e o outro muito fluido e sutil, que causa a alegria. E, freqüentemente, depois de rir muito nos sentimos naturalmente propensos à tristeza, porque, estando esgotada a parte mais fluida do sangue do baço, a outra mais grosseira segue-a em direção ao coração[2].

Artigo 127
Qual é sua causa na indignação

Quanto ao riso que às vezes acompanha a indignação, habitualmente ele é artificial e fingido. Mas, quando é natural, parece vir da alegria que sentimos porque vemos que não podemos ser ofendidos pelo mal com o qual estamos indignados, e também porque nos vemos surpreendidos pela novidade ou pela circunstância inesperada desse mal. De forma que a alegria, o ódio e a admiração contribuem para o riso. No entanto quero crer que ele também pode ser produzido sem a menor alegria, somente pelo movimento da aversão[1], que envia sangue do baço para o coração, onde ele é rarefeito e impelido para o pulmão, ao qual infla facilmente quando o encontra quase vazio. E geralmente tudo o que pode subitamente inflar dessa forma o pulmão causa a ação externa do riso, exceto quando a tristeza a transforma na dos gemidos e gritos que acompanham as lágrimas. A propósito disso Vivès escreve sobre si mesmo que, quando havia ficado longo tempo sem comer, os primeiros bocados que punha na boca obrigavam-no a rir; a causa disso podia ser que seu pulmão, vazio de sangue por falta de alimento, era prontamente inflado pelo primeiro suco que passava do estômago para o coração, e que a simples imaginação de comer podia conduzi-lo até ele, antes mesmo que o suco dos alimentos que comia tivesse chegado ali[2].

Artigo 128
Da origem das lágrimas

Como o riso nunca é causado pelas maiores alegrias, assim também as lágrimas não provêm de uma tristeza extrema, mas somente da que é moderada e acompanhada ou seguida de algum sentimento de amor, ou também de alegria. E para bem entender a origem delas é preciso observar que, embora uma grande quantidade de vapores saia continuamente de todas as partes de nosso corpo, no entanto não há outra de onde saia tanto como dos olhos, por causa da grandeza dos nervos ópticos e da infinidade de pequenas artérias por onde eles chegam; e que, assim como o suor é composto apenas dos vapores que saindo das outras partes se convertem em água na sua superfície, também as lágrimas são feitas dos vapores que saem dos olhos[1].

Artigo 129
Da forma como os vapores se transformam em água

Ora, como escrevi nos *Meteoros*[1], explicando de que maneira os vapores do ar se convertem em chuva, e que a causa é eles serem menos agitados ou mais abundantes do que habitualmente, assim também acredito que, quando os que saem do corpo são muito menos agitados que de costume, ainda que não sejam tão abundantes, não deixam de converter-se em água; isso causa os suores frios que às vezes provêm da fraqueza, quando se está doente. E creio que, quando são muito menos abundantes, contanto que além disso não sejam mais agitados, também se convertem em água. Isso causa o suor que surge quando se faz algum exercício. Mas então os olhos não suam, porque, como durante os exercícios do corpo a maior parte dos espíritos vai para os músculos que servem para movê-lo, menos espíritos vão para os olhos pelo nervo óptico. E é somente uma mesma matéria[2] que compõe o sangue, enquanto ela está nas veias ou nas artérias; e os espíritos, quando ela está no cérebro, nos nervos ou nos músculos; e os vapores, quando sai em forma de ar; e finalmente o suor ou as lágrimas, quando se espessa em água sobre a superfície do corpo ou dos olhos.

Artigo 130
Como o que causa dor ao olho excita-o a chorar

E posso observar somente duas causas que fazem os vapores que saem dos olhos se transformarem em lágrimas. A primeira é quando o aspecto dos poros por onde eles passam é mudado, por qualquer acidente que seja; pois, retardando o movimento desses vapores e mudando sua ordem, isso pode fazer que eles se convertam em água. Assim, basta que um argueiro caia no olho para extrair-lhe algumas lágrimas, porque, ao excitar dor nele, muda a disposição de seus poros; de forma que, como alguns se tornam mais estreitos, as pequenas partes dos vapores passam mais lentamente por eles. E ao passo que antes elas saíam a igual distância umas das outras e assim permaneciam separadas, agora vêm a encontrar-se, porque a ordem desses poros está alterada, e por isso elas se juntam e assim se convertem em lágrimas.

Artigo 131
Como se chora de tristeza

A outra causa é a tristeza, seguida de amor ou de alegria, ou em geral de alguma causa que faz o coração impelir muito sangue pelas artérias. A tristeza é necessária para isso, porque esfriando todo o sangue ela estreita os poros dos olhos. Mas como à medida que os estreita diminui também a quantidade de vapores a que eles devem dar passagem, isso não basta para produzir lágrimas, se a quantidade desses vapores não for simultaneamente aumentada por alguma outra causa. E nada a aumenta mais do que o sangue que é enviado para o coração na paixão do amor. Por isso vemos que as pessoas que estão tristes não derramam lágrimas continuamente, mas somente por intervalos, quando fazem alguma nova reflexão sobre os objetos que as afetam.

Artigo 132
Dos gemidos que acompanham as lágrimas

E então às vezes os pulmões também são subitamente inflados pela abundância do sangue que entra neles e que expulsa o ar que continham, o qual, saindo pela traquéia, engendra os gemidos e os gritos que costumam acompanhar as lágrimas. E habitualmente esses gritos são mais agudos do que os que acompanham o riso, apesar de produzidos praticamente da mesma forma; a causa é que, como os nervos que servem para alargar ou estreitar os órgãos da voz[1] a fim de torná-la mais grossa ou mais aguda estão unidos aos que abrem os orifícios do coração durante a alegria e os estreitam durante a tristeza, eles fazem que nesse mesmo tempo esses órgãos se alarguem ou se estreitem.

Artigo 133
Por que as crianças e os velhos choram com facilidade

As crianças e os velhos são mais propensos a chorar do que os de idade intermediária, mas por razões diferentes. Os velhos freqüentemente choram de afeição e de alegria, pois essas duas paixões unidas no mesmo momento enviam muito sangue para o coração, e dele muitos vapores para os olhos; e a agitação desses vapores é tão retardada pela frialdade de sua índole que eles se convertem facilmente em lágrimas, embora nenhuma tristeza tenha ocorrido antes. E se alguns velhos também choram muito facilmente de tristeza, o que os dispõe a isso não é tanto o temperamento de seu corpo como o de seu espírito. E isso acontece somente aos que estão tão fracos que se deixam vencer inteiramente por pequenos motivos de dor, de medo ou de piedade. O mesmo acontece com as crianças, que dificilmente choram de alegria, e sim muito mais de tristeza, mesmo quando esta não é acompanhada de amor. Pois elas sempre têm sangue suficiente para produzir muitos vapores, e como seu movimento é retardado pela tristeza eles se convertem em lágrimas.

Artigo 134
Por que algumas crianças empalidecem em vez de chorar

No entanto, há algumas que, quando são contrariadas, empalidecem em vez de chorar, o que pode atestar que há nelas um julgamento, e uma coragem extraordinária[1], a saber: quando isso provém de elas considerarem a magnitude do mal e se prepararem para uma forte resistência, da mesma forma que os que têm mais idade. Porém mais habitualmente é um sinal de má índole, a saber: quando provém de elas serem propensas ao ódio ou ao medo, pois são paixões que diminuem a matéria das lágrimas. E, ao contrário, vê-se que as que choram com muita facilidade são propensas ao amor e à piedade.

Artigo 135
Dos suspiros

A causa dos suspiros é muito diferente da das lágrimas, ainda que, como estas, eles pressuponham a tristeza[1]. Pois, ao passo que somos incitados a chorar quando os pulmões estão cheios de sangue, somos incitados a suspirar quando estão quase vazios e alguma imaginação de esperança ou de alegria abre o orifício da artéria venosa, que a tristeza havia estreitado; porque então, como o pouco sangue que resta nos pulmões cai subitamente no lado esquerdo do coração pela artéria venosa e é impelido pelo desejo de conseguir tal alegria, desejo esse que simultaneamente agita todos os músculos do diafragma e do peito, o ar é imediatamente impelido pela boca para os pulmões, para nele preencher o espaço vago que esse sangue deixou. E é isso que se denomina suspirar.

Artigo 136
De onde vêm os efeitos das paixões que são particulares a certos homens

De resto, para com poucas palavras abranger aqui tudo que poderia ser acrescentado sobre os diversos efeitos ou as diversas causas das paixões, contentar-me-ei em repetir o princípio em que se baseia tudo o que escrevi a respeito, a saber: que entre nossa alma e nosso corpo há tal ligação que, uma vez que tivermos unido alguma ação corporal a algum pensamento, posteriormente um dos dois não se apresenta a nós sem que o outro também se apresente[1]; e que não são sempre as mesmas ações que unimos aos mesmos pensamentos. Pois isso basta para explicar tudo o que cada um pode observar de particular em si ou em outros que não tenha sido explicado aqui, no tocante a essa matéria. E, por exemplo, é fácil pensar que as estranhas aversões de alguns, que os impedem de tolerar o odor das rosas ou a presença de um gato ou coisas parecidas[2], provêm somente de que no começo de sua vida eles foram muito ofendidos por algum objeto semelhante, ou então que compartilharam do sentimento de sua mãe, que foi ofendida assim quando grávida[3]. Pois é certo que há relação entre todos os movimentos da mãe e os da criança que está em seu ventre, de forma que aquilo que é contrário a um prejudica o outro. E o odor das rosas pode ter causado uma grande dor de cabeça a uma criança quando ainda estava no berço; ou então um gato pode tê-la apavorado muito, sem que ninguém percebesse nem que depois ela tenha qualquer lembrança disso, embora a idéia da aversão que teve então por aquelas rosas ou por aquele gato permaneça impressa em seu cérebro até o fim da vida.

Artigo 137
Do uso das cinco paixões aqui explicadas, na medida em que se relacionam com o corpo

Após apresentar as definições do amor, do ódio, do desejo, da alegria, da tristeza, e tratar de todos os movimentos corporais que os causam ou os acompanham, só nos resta aqui considerar seu uso. Quanto a isso deve-se observar que segundo a instituição da natureza todas elas se relacionam com o corpo e só são dadas à alma na medida em que está unida a ele[1]; de forma que sua utilidade natural é incitar a alma a consentir e auxiliar nas ações que possam servir para conservar o corpo ou para torná-lo mais perfeito de alguma forma. E nesse sentido a tristeza e a alegria são as duas primeiras a serem empregadas. Pois a alma só é imediatamente alertada sobre as coisas que prejudicam o corpo por meio do sentimento que ela tem da dor, o qual lhe causa primeiro a paixão da tristeza, em seguida o ódio pelo que provoca essa dor e em terceiro lugar o desejo de livrar-se dela. Assim também a alma só é imediatamente advertida das coisas úteis ao corpo por meio de alguma espécie de cócega que, excitando nela alegria, em seguida faz nascer o amor pelo que acreditamos causá-la, e por fim o desejo de obter o que pode fazer que continuemos nessa alegria, ou então que depois venhamos a desfrutar de uma semelhante. Isso mostra que todas as cinco são muito úteis com relação ao corpo; e mesmo, que de alguma forma a tristeza é a primeira e mais necessária do que a alegria, e o ódio do que o amor, porque é mais importante afastar as coisas que prejudicam e podem destruir do que adquirir as que acrescentam alguma perfeição sem a qual podemos sobreviver[2].

Artigo 138
De seus defeitos e dos meios de corrigi-los

Mas embora esse uso das paixões seja o mais natural que elas possam ter, e embora todos os animais sem raciocínio conduzam sua vida apenas por movimentos corporais semelhantes aos que em nós costumam acompanhá-las e para os quais elas incitam nossa alma a contribuir, no entanto nem sempre ele é bom, porque há várias coisas nocivas ao corpo que no começo não causam a menor tristeza ou mesmo dão alegria, e outras que lhe são úteis embora inicialmente sejam desagradáveis[1]. E além disso elas quase sempre fazem que tanto os bens como os males que representam pareçam muito maiores e mais importantes do que o são; de forma que nos incitam a procurar uns e evitar os outros com mais ardor e mais empenho do que é conveniente[2], assim como vemos também que os animais freqüentemente são enganados por iscas e que para evitar pequenos males se precipitam em males maiores. É por isso que devemos servir-nos da experiência e da razão para distinguir entre o bem e o mal, e conhecer o justo valor deles para não tomarmos um pelo outro e não nos entregarmos a coisa alguma com excesso.

Artigo 139
Do uso das mesmas paixões, na medida em que pertencem à alma; e primeiramente do amor

Isso seria suficiente, se tivéssemos em nós apenas o corpo ou se ele fosse nossa melhor parte[1]; mas como ele é apenas a menor, devemos principalmente considerar as paixões na medida em que pertencem à alma, com relação à qual o amor e o ódio provêm do conhecimento e precedem a alegria e a tristeza, exceto quando estas ocupam o lugar do conhecimento, do qual são espécies[2]. E quando esse conhecimento é verdadeiro, isto é, quando as coisas que ele nos leva a amar são verdadeiramente boas e as que nos leva a odiar são verdadeiramente más, o amor é incomparavelmente melhor que o ódio[3], não poderia ser demasiado grande e nunca deixa de produzir a alegria. Digo que esse amor é extremamente bom porque, unindo a nós bens verdadeiros, ele nos aperfeiçoa proporcionalmente. Digo também que não poderia ser demasiado grande porque tudo o que o mais excessivo pode fazer é unir-nos com esses bens tão perfeitamente que o amor que temos particularmente por nós mesmos não faça nisso a menor distinção[4], o que acredito que nunca pode ser mau. E é necessariamente seguido da alegria porque ela nos representa o que amamos como um bem que nos pertence[5].

Artigo 140
Do ódio

O ódio, ao contrário, não pode ser tão pequeno que não prejudique; e nunca existe sem tristeza. Digo que não poderia ser pequeno demais porque não somos incitados a qualquer ação pelo ódio ao mal sem que o pudéssemos ser ainda melhor pelo amor ao bem, do qual ele é contrário; pelo menos quando esse bem e esse mal são suficientemente conhecidos. Pois confesso que o ódio ao mal que se manifesta somente pela dor é necessário com relação ao corpo; mas falo aqui apenas do que vem de um conhecimento mais claro, e relaciono-o apenas com a alma. Digo também que ele nunca existe sem tristeza porque, sendo o mal apenas uma privação[1], não pode ser concebido sem um sujeito real no qual exista, e não há nada real que não tenha em si alguma bondade; de forma que o ódio que nos afasta de um mal qualquer afasta-nos simultaneamente do bem a que ele está unido; e a privação desse bem, sendo representada à nossa alma como uma falta que lhe diz respeito, excita nela a tristeza. Por exemplo, o ódio que nos afasta dos maus costumes de alguém simultaneamente nos afasta de sua convivência, na qual, se não fosse assim, poderíamos encontrar algum bem, cuja privação nos desgosta. E assim em todos os outros ódios pode-se observar algum motivo de tristeza.

Artigo 141
Do desejo, da alegria e da tristeza

Quanto ao desejo, é evidente que, quando procede de um verdadeiro conhecimento, ele não pode ser mau, contanto que não seja excessivo e que esse conhecimento o regule[1]. É evidente também que, com relação à alma, a alegria não pode deixar de ser boa nem a tristeza de ser má; porque é nesta última que consiste todo o desconforto que a alma recebe do mal, e é na primeira que consiste toda a fruição do bem que lhe pertence. De forma que, se não tivéssemos corpo, eu ousaria dizer que não poderíamos entregar-nos demais ao amor e à alegria, nem evitar demais o ódio e a tristeza. Mas todos os movimentos corporais que os acompanham podem ser prejudiciais à saúde quando são muito violentos[2], e, ao contrário, ser-lhe úteis quando são apenas moderados.

Artigo 142
Da alegria e do amor, comparados com a tristeza e o ódio

De resto, como o ódio e a tristeza devem ser rejeitados pela alma, mesmo quando procedem de um verdadeiro conhecimento, com mais forte razão devem sê-lo quando provêm de alguma falsa opinião. Mas podemos perguntar-nos se o amor e a alegria são bons ou não, quando são tão mal fundamentados; e me parece que, se os considerarmos precisamente apenas o que são em si mesmos, com relação à alma, podemos dizer que, embora a alegria seja menos sólida e o amor menos vantajoso do que quando têm um melhor fundamento, eles não deixam de ser preferíveis à tristeza e ao ódio igualmente mal fundamentados; de forma que, nas circunstâncias da vida, onde não podemos evitar o risco de sermos enganados, fazemos sempre muito melhor inclinando-nos para as paixões que tendem ao bem do que para as que se ocupam do mal, ainda que seja apenas para evitá-lo; e mesmo freqüentemente uma falsa alegria vale mais que uma tristeza cuja causa é verdadeira[1]. Mas não ouso dizer o mesmo do amor em comparação com o ódio, pois quando é justo o ódio nos afasta somente do sujeito que contém o mal do qual é bom estarmos separados; ao passo que o amor que é injusto nos une a coisas que podem prejudicar, ou pelo menos que não merecem ser tão consideradas por nós como o são, o que nos avilta e nos rebaixa[2].

Artigo 143
Das mesmas paixões, na medida em que se relacionam com o desejo

E é preciso observar com atenção que o que acabo de dizer sobre essas quatro paixões só ocorre quando elas são consideradas precisamente em si mesmas e não nos levam a qualquer ação. Pois na medida em que excitam em nós o desejo, por intermédio do qual regram nossos costumes, é certo que todas aquelas cuja causa é errada podem prejudicar, e que ao contrário todas aquelas cuja causa é justa podem ser úteis; e mesmo, quando são igualmente mal fundamentadas a alegria costuma ser mais nociva que a tristeza, porque esta, dando contenção e temor, dispõe de alguma forma à prudência, ao passo que a outra torna irrefletidos e temerários os que se entregam a ela[1].

Artigo 144
Dos desejos cujo resultado depende apenas de nós

Mas como essas paixões não nos podem levar a alguma ação a não ser por intermédio do desejo que excitam, é particularmente esse desejo que devemos ter empenho em regrar, e é nisso que consiste a principal utilidade da moral. Ora, como eu disse há pouco[1], que ele é sempre bom quando segue um verdadeiro conhecimento, assim também não pode deixar de ser mau quando se fundamenta em algum erro. E me parece que o erro que cometemos mais habitualmente, no tocante aos desejos, é que não distinguimos suficientemente entre as coisas que dependem inteiramente de nós e as que não dependem[2]. Pois quanto às que dependem apenas de nós, isto é, de nosso livre-arbítrio, basta saber que são boas para não poder desejá-las com excessivo ardor; porque fazer as coisas boas que dependem de nós é seguir a virtude, e é certo que não poderíamos ter um desejo excessivamente ardente pela virtude[3]; e ademais, como o que desejamos dessa forma não pode deixar de ser obtido, pois isso depende apenas de nós, sempre recebemos daí toda a satisfação que havíamos esperado. Mas o erro que costumamos cometer nunca é desejarmos excessivamente; é somente que desejamos pouco demais. E o soberano remédio contra isso é, na medida do possível, libertar o espírito de todos os tipos de outros desejos menos úteis, e depois tentar conhecer bem claramente e considerar com atenção a bondade da coisa a ser desejada.

Artigo 145
Dos que dependem apenas das outras causas;
e o que é a fortuna*

Quanto às coisas que absolutamente não dependem de nós, nunca devemos desejá-las com paixão, por melhores que possam ser[1]; não apenas porque podem não acontecer, e dessa forma afligir-nos tanto mais quanto mais as tivermos desejado[2]; mas principalmente porque, ocupando nosso pensamento, elas nos impedem de dirigir nossa afeição para outras coisas cuja obtenção depende de nós. E há dois remédios gerais contra esses desejos vãos: o primeiro é a generosidade, da qual falarei mais adiante[3]; o segundo é que devemos refletir freqüentemente sobre a Providência Divina, e representarnos que é impossível alguma coisa acontecer de maneira diferente da que essa Providência determinou por toda a eternidade[4]; de forma que ela é como uma fatalidade ou uma necessidade imutável, que é preciso opor à fortuna para destruí-la, como a uma quimera que pro-

....
* No original francês, *fortune* (sorte, acaso), conceito de grande importância nos séculos XVI e XVII, trabalhado por autores como Maquiavel, Montaigne e Pascal. (N. do R. T.)

vém apenas do erro de nosso entendimento. Pois só podemos desejar o que de alguma forma consideramos possível[5]; e não podemos considerar possíveis as coisas que não dependem de nós, a não ser na medida em que pensarmos que elas dependem do acaso, isto é, em que julgarmos que elas podem acontecer e que coisas semelhantes aconteceram antes[6]. Ora, essa opinião fundamenta-se apenas em que não conhecemos todas as causas que contribuem para cada efeito. Pois quando uma coisa que pensávamos depender do acaso não acontece, isso atesta que alguma das causas que eram necessárias para produzi-la faltou, e portanto que ela era absolutamente impossível; e que nunca aconteceu coisa semelhante, isto é, para cuja ocorrência uma causa igual também tenha faltado; de forma que, se anteriormente não tivéssemos ignorado isso, nunca a teríamos considerado possível, e portanto não a teríamos desejado.

Artigo 146
Dos que dependem de nós e de outrem

Portanto, é preciso rejeitar inteiramente a opinião comum de que existe fora de nós um acaso que faz as coisas acontecerem ou não acontecerem, a seu bel-prazer; e saber que tudo é conduzido pela Providência Divina, cujo desígnio eterno é tão infalível e imutável que, excetuadas as coisas que esse mesmo desígnio quis subordinar a nosso livre-arbítrio[1], devemos pensar que com relação a nós nada acontece que não seja necessário e como que fatal, de forma que não podemos, sem erro, desejar que aconteça de outra maneira[2]. Mas como a maioria de nossos desejos se estendem a coisas que não dependem inteiramente de nós nem inteiramente de outrem, devemos distinguir nelas exatamente o que depende apenas de nós, a fim de apenas a isso estendermos nosso desejo. E quanto ao mais, ainda que devêssemos considerar seu resultado como inteiramente fatal e imutável, para que nosso desejo não se ocupe disso, não devemos deixar de levar em conta as razões que o fazem esperar menos ou mais, a fim de que elas sirvam para regrar nossas ações[3]. Pois, por exemplo, se tivermos afazeres em algum lugar aonde poderíamos ir por dois caminhos diferentes, um dos quais costuma ser muito mais seguro que o outro, embora talvez o desígnio da Providência seja tal que, se formos pelo caminho que consideramos mais seguro não deixaremos de ser assaltados, e que ao contrário poderemos passar pelo outro sem o menor perigo, nem por isso devemos ser indiferentes ao escolher um ou outro, nem nos apoiarmos na fatalidade imutável desse desígnio, mas a razão quer que escolhamos o caminho que costuma ser o mais seguro; e nosso desejo quanto a isso deve ter se cumprido, quando o tivermos seguido, qualquer que seja o mal que disso nos tenha advindo; porque, como de nosso ponto de vista esse mal foi inevitável, não tivemos qualquer motivo para desejar ficar isentos dele, mas somente para fazer o melhor que nosso entendimento pôde reconhecer, como suponho que fizemos. E é certo que, quando nos empenhamos em distinguir assim entre a fatalidade e o acaso, acostumamo-nos facilmente a regrar nossos desejos de tal forma que, como sua realização depende apenas de nós, eles podem sempre nos dar total satisfação.

Artigo 147
Das emoções interiores da alma

Acrescentarei aqui apenas mais uma consideração, que me parece ser muito útil para impedir-nos de receber das paixões alguma contrariedade: é que nosso bem e nosso mal dependem principalmente das emoções interiores, que são excitadas na alma somente pela própria alma[1]; no que diferem daquelas paixões, que dependem sempre de algum movimento dos espíritos. E embora essas emoções da alma freqüentemente estejam unidas com as paixões que são semelhantes a elas[2], também freqüentemente podem encontrar-se com outras, e mesmo nascer das que lhes são contrárias. Por exemplo, quando um marido chora a esposa morta, que (como acontece às vezes) ele ficaria contrariado de ver ressuscitada, pode acontecer que seu coração esteja constrangido pela tristeza nele excitada pelo aparato dos funerais e pela ausência de uma pessoa com cuja convivência estava acostumado; e pode acontecer que alguns restos de amor ou de piedade que se apresentem à sua imaginação arranquem de seus olhos lágrimas verdadeiras, apesar de enquanto isso ele sentir no mais íntimo da alma uma alegria secreta, cuja emoção tem tanto poder que a tristeza e as lágrimas que a acompanham não podem diminuir sua força[3]. E quando lemos em um livro aventuras estranhas, ou as vemos representar num teatro, isso às vezes excita em nós a tristeza, às vezes a alegria, ou o amor, ou o ódio, e em geral todas as paixões, de acordo com a diversidade dos objetos que se oferecem à nossa imaginação; mas com isso temos prazer em senti-las excitar em nós, e esse prazer é uma alegria intelectual, que pode tanto nascer da tristeza como de todas as outras paixões[4].

Artigo 148
Que o exercício da virtude é um soberano remédio contra as paixões

Ora, como essas emoções interiores nos tocam mais de perto, e conseqüentemente têm muito mais poder sobre nós do que as paixões de que diferem, que se encontram com elas, é certo que, contanto que nossa alma tenha sempre com que se contentar em seu interior, todas as perturbações que vêm de fora não têm o menor poder de prejudicá-la, mas antes servem para aumentar sua alegria[1], porque, vendo que não pode ser ofendida por elas, isso lhe revela sua perfeição. E para que nossa alma tenha assim com que ficar contente, ela precisa apenas seguir exatamente a virtude. Pois quem tiver vivido de tal forma que sua consciência não o possa censurar por ter alguma vez deixado de fazer todas as coisas que julgou ser as melhores (que é o que chamo aqui de seguir a virtude[2]), recebe disso uma satisfação que é tão poderosa para torná-lo feliz[3] que os mais violentos esforços das paixões nunca têm poder suficiente para perturbar a tranqüilidade de sua alma.

TERCEIRA PARTE

Das Paixões Específicas

Artigo 149
Da estima e do desprezo

Após haver explicado as seis paixões primitivas, que são como que os gêneros de que todas as outras são espécies[1], destacarei aqui sucintamente o que há de particular em cada uma dessas outras, e conservarei a mesma ordem em que as enumerei anteriormente[2]. As duas primeiras são a estima e o desprezo. Pois embora esses nomes habitualmente signifiquem apenas as opiniões que sem paixão temos sobre o valor de cada coisa, no entanto, como dessas opiniões freqüentemente nascem paixões às quais não demos nomes particulares, parece-me que estes lhes podem ser atribuídos. E a estima, na medida em que é uma paixão, é uma inclinação que a alma tem para se representar o valor da coisa estimada, inclinação que é causada por um movimento particular dos espíritos, conduzidos para o cérebro de tal forma que nele fortalecem as impressões que servem para isso. Assim como, ao contrário, a paixão do desprezo é uma inclinação que a alma tem para considerar a baixeza ou a pequenez do que ela despreza, causada pelo movimento dos espíritos que fortalece a idéia dessa pequenez.

Artigo 150
Que essas duas paixões são simplesmente espécies de admiração

Assim, essas duas paixões são apenas espécies de admiração. Pois quando não admiramos a grandeza nem a pequenez de um objeto, não as levamos em consideração nem menos nem mais do que a razão nos dita que devemos levar; de forma que então o estimamos ou o desprezamos sem paixão. E embora freqüentemente a estima seja excitada em nós pelo amor[1] e o desprezo pelo ódio, isso não é universal, e provém apenas de sermos menos ou mais propensos a considerar a grandeza ou a pequenez de um objeto na proporção em que somos menos ou mais afetados por ele.

Artigo 151
Que podemos estimar ou desprezar a nós mesmos

Ora, essas duas paixões geralmente podem estar relacionadas com todos os tipos de objetos; mas são dignas de nota principalmente quando as relacionamos com nós mesmos, ou seja, quando é nosso próprio mérito que estimamos ou desprezamos. E então o movimento dos espíritos que causa isso é tão manifesto que chega a mudar a expressão, os gestos, o andar, e em geral todas as ações dos que concebem de si mesmos uma opinião melhor ou pior do que habitualmente[1].

Artigo 152
Por qual causa podemos estimar a nós mesmos

E como uma das principais partes da sabedoria é saber de que forma e por qual causa cada um deve estimar-se ou desprezar-se, procurarei dizer aqui minha opinião a respeito. Observo em nós apenas uma única coisa que pode nos dar justa razão para nos estimarmos, a saber: o uso de nosso livre-arbítrio e o domínio que temos sobre nossas vontades. Pois as ações que dependem desse livre-arbítrio são as únicas pelas quais podemos com razão ser louvados ou censurados, e ele nos torna de alguma forma semelhantes a Deus[1] ao fazer-nos senhores de nós mesmos, desde que por covardia[2] não percamos os direitos que nos dá.

Artigo 153
Em que consiste a generosidade*

Assim, creio que a verdadeira generosidade, que faz um homem estimar a si mesmo no mais alto grau em que

....
* O latim *generosus* designa o homem ou animal que é de boa raça. Portanto, "generoso" é antes de tudo aquele que é de raça nobre e, no sentido figurado ou moral, aquele que demonstra grandeza de alma; o sentido de liberalidade (o único a se conservar modernamente) constitui apenas um aspecto. Ver também artigo 161.

pode legitimamente estimar-se, consiste somente, por uma parte, em que ele sabe que não há algo que realmente lhe pertença a não ser essa livre disposição de suas vontades, nem por que ele deva ser louvado ou censurado a não ser porque faz bom ou mau uso dela; e, por outra parte, em que ele sente em si mesmo uma firme e constante resolução de fazer bom uso dela, isto é, de nunca deixar de ter vontade para empreender e executar todas as coisas que julgar serem as melhores. Isso é seguir perfeitamente a virtude[1].

Artigo 154
Que ela impede que desprezemos os outros

Os que têm esse conhecimento e esse sentimento de si mesmos facilmente se persuadem de que cada um dos outros homens também pode tê-los de si mesmo, porque nisso não há coisa alguma que dependa de outrem. É por isso que nunca desprezam quem quer que seja; e embora freqüentemente vejam que os outros cometem erros que tornam evidente sua fraqueza, no entanto são mais propensos a desculpá-los do que a censurá-los[1], e a acreditar que é mais por falta de conhecimento do que por falta de boa vontade que os cometem. E como não se julgam muito inferiores aos que têm mais bens, ou honras, ou mesmo mais espírito, mais saber, mais beleza, ou em geral que os suplantam em algumas outras perfeições, assim também não se consideram muito acima daqueles a quem suplantam; porque todas essas coisas lhes parecem pouco dignas de consideração, em comparação com a boa vontade pela qual, unicamente, se estimam, e que supõem também existir ou pelo menos poder existir em cada um dos outros homens[2].

Artigo 155
Em que consiste a humildade virtuosa

Assim os mais generosos costumam ser os mais humildes[1]; e a humildade virtuosa consiste somente em que a reflexão que fazemos sobre a fraqueza de nossa natureza, e sobre os erros que podemos ter cometido outrora ou somos capazes de cometer, que não são menores do que os que podem ser cometidos por outros, leva-nos a não nos preferirmos a ninguém, e a pensarmos que os outros, tendo seu livre-arbítrio tanto quanto nós, também podem usá-lo bem.

Artigo 156
Quais são as propriedades da generosidade; e como ela serve de remédio contra todos os desregramentos das paixões

Os que são assim generosos são naturalmente levados a fazer grandes coisas, e no entanto a não empreender coisa alguma de que não se sintam capazes. E como consideram que nada é maior do que fazer o bem aos outros homens e por esse motivo desprezar seu próprio interesse[1], eles são sempre perfeitamente corteses, afáveis e prestativos para com todos. E também são inteiramente senhores de suas paixões; especialmente dos desejos, do ciúme e da inveja[2], porque não há coisa alguma, cuja obtenção não dependa deles, que julguem valer o bastante para merecer ser muito desejada; e do ódio contra os homens, porque estimam a todos eles[3]; e do medo, porque a confiança que têm em sua virtude os tranqüiliza; e por fim da cólera, porque, valorizando pouquíssimo todas as coisas que dependem de outrem, jamais dão a seus inimigos tanta vantagem a ponto de reconhecerem que são ofendidos por eles[4].

Artigo 157
Do orgulho

Todos os que concebem boa opinião de si mesmos por qualquer outra causa, seja ela qual for, não têm uma verdadeira generosidade, mas somente um orgulho que é sempre muito vicioso, ainda que o seja tanto mais quanto mais injusta é a causa pela qual nos estimamos. E a mais injusta de todas é quando somos orgulhosos sem motivo algum, isto é, sem que para isso pensemos que há em nós algum mérito pelo qual devamos ser prezados; mas somente porque não levamos em consideração o mérito e porque, imaginando que a glória[1] é apenas uma usurpação, acreditamos que aqueles que se atribuem mais glória têm mais dela. Esse vício é tão desarrazoado e tão absurdo que me custaria crer que houvesse homens que se deixassem levar por ele, se nunca pessoa alguma fosse louvada injustamente; mas a bajulação é tão comum em toda parte que não há homem com tantos defeitos que freqüentemente não se veja estimado por coisas que não merecem o menor louvor, ou mesmo que merecem censura. Isso dá aos mais ignorantes e aos mais estúpidos ocasião de cair nessa espécie de orgulho.

Artigo 158
Que seus efeitos são contrários aos da generosidade

Mas, qualquer que possa ser a causa pela qual nos estimamos, se for outra que não a vontade que sentimos em nós mesmos de fazer sempre bom uso de nosso livre-arbítrio, da qual eu disse que vem a generosidade, ela sempre produz um orgulho muito censurável, e tão diferente dessa verdadeira generosidade que tem efeitos inteiramente contrários. Pois, porque todos os outros bens, como a inteligência, a beleza, as riquezas, as honras, etc., costumam ser mais estimados na medida em que se encontram em menos pessoas, e mesmo porque quase todos são de tal natureza que não podem ser transmitidos a muitos, isso faz que os orgulhosos procurem rebaixar todos os outros homens, e que, sendo escravos de seus desejos, tenham a alma incessantemente agitada por ódio, inveja, ciúme ou cólera[1].

Artigo 159
Da humildade viciosa

Quanto ao rebaixamento ou humildade viciosa, ela consiste principalmente em que nos sentimos fracos ou pouco decididos e que, como se não tivéssemos o uso total de nosso livre-arbítrio, não podemos deixar de fazer coisas de que sabemos que nos arrependeremos posteriormente[1]; e ainda também em que acreditamos não podermos sobreviver por nós mesmos nem nos privarmos de várias coisas cuja obtenção depende de outrem. Assim, ela é diretamente oposta à generosidade; e é comum acontecer que os que têm o espírito mais baixo sejam os mais arrogantes e soberbos, da mesma forma que os mais generosos são os mais modestos e mais humildes. Mas, enquanto os que têm o espírito forte e generoso não mudam de humor pelas prosperidades ou adversidades que lhes acontecem, os que têm o espírito fraco e desprezível são conduzidos apenas pelo acaso; e a prosperidade não os infla* menos do que a adversidade os torna humildes. E mesmo freqüentemente vemos que eles se rebaixam vergonhosamente ante aqueles de quem esperam algum proveito ou temem algum mal, e ao mesmo tempo erguem-se insolentemente acima daqueles de quem não esperam nem temem coisa alguma[2].

Artigo 160
Qual é o movimento dos espíritos nessas paixões

De resto, é fácil reconhecer que o orgulho e o rebaixamento não são somente vícios[1] mas também paixões, porque sua emoção muito transparece externamente, naqueles que são subitamente inflados ou abatidos por alguma circunstância nova. Mas podemos perguntar-nos se a generosidade e a humildade, que são virtudes, podem também ser paixões, porque seus movimentos transparecem menos e porque parece que a virtude não combina tanto com a paixão como o faz o vício. Entretanto não vejo razão que impeça que o mesmo movi-

....
* No século XVII emprega-se correntemente *enfler* ["inflar", "inchar"] no sentido de "tornar mais vão, mais ousado" (Furetière), especialmente na expressão *enfler d'orgueil* [inflar de orgulho] (daí a fábula de La Fontaine sobre a rã e o boi).

mento dos espíritos que serve para fortalecer um pensamento quando ele tem um fundamento que é mau não o possa fortalecer também quando tem um fundamento que é justo[2]. E como o orgulho e a generosidade consistem apenas na boa opinião que temos de nós mesmos, e diferem apenas em que essa opinião é injusta num e justa na outra[3], parece-me que podemos relacioná-los com uma mesma paixão, que é excitada por um movimento composto dos da admiração, da alegria e do amor, tanto do que temos por nós mesmos como do que temos pela coisa que faz que nos estimemos. Ao contrário, o movimento que excita a humildade, seja virtuosa ou viciosa, é composto dos da admiração, da tristeza e do amor que temos por nós mesmos, misturado com o ódio que temos pelos defeitos que fazem que nos desprezemos. E a única diferença que observo nesses movimentos é que o da admiração tem duas propriedades: a primeira é que a surpresa o torna forte já desde seu começo; e a outra, que ele é uniforme em sua continuação, isto é, os espíritos continuam a mover-se com um mesmo teor no cérebro[4]. Dessas propriedades, a primeira é encontrada muito mais no orgulho e no rebaixamento do que na generosidade e na humildade virtuosa; e a última, ao contrário, se observa melhor nestas que nos dois outros. A razão disso é que habitualmente o vício provém da ignorância[5], e os que se conhecem menos é que estão mais sujeitos a orgulhar-se e a humilhar-se mais do que devem, porque tudo que lhes acontece de novo surpreende-os e faz que, atribuindo-o a si mesmos, eles se admirem, e que se estimem ou se desprezem conforme julguem que o que lhes acontece lhes é vantajoso ou não. Mas como freqüentemente após uma coisa que os deixou orgulhosos sobrevém outra que os humilha, o movimento da paixão deles é variável. Ao contrário, não há na generosidade nada que não seja compatível com a humildade virtuosa, nem nada alhures que as possa mudar; isso faz que os movimentos de ambas sejam firmes, constantes e sempre muito semelhantes a si mesmos. Mas eles não provêm tanto de surpresa, porque os que se estimam dessa forma sabem suficientemente quais são as causas que os levam a se estimar. No entanto pode-se dizer que essas causas são tão maravilhosas[6] (a saber, o poder de usar de seu livre-arbítrio, que faz prezar-se a si mesmo, e as fraquezas do sujeito em que existe esse poder, que levam a não se estimar demasiado) que todas as vezes que as imaginamos de novo elas sempre causam uma nova admiração.

Artigo 161
Como a generosidade pode ser adquirida

E é preciso observar que o que habitualmente denominamos virtudes são na alma hábitos[1] que a dispõem para determinados pensamentos, de forma que elas são diferentes desses pensamentos mas podem produzi-los e reciprocamente ser produzidas por eles. É preciso observar também que tais pensamentos podem ser produzidos pela alma apenas, mas freqüentemente acontece que algum movimento dos espíritos os fortalece e nesse caso eles são ações de virtude e ao mesmo tempo paixões da alma. Assim, embora não haja virtude para a qual parece que a boa origem contribua tanto como para a que leva a nos estimarmos somente segundo nosso justo valor; e embora seja fácil acreditar que nem todas as almas que

Deus coloca em nossos corpos são igualmente nobres e fortes (o que me levou a dar a essa virtude o nome de generosidade, segundo o uso de nossa língua, em vez de magnanimidade, segundo o uso da Escola[2], onde ela não é muito conhecida), mesmo assim é certo que a boa educação muito serve para corrigir as falhas do nascimento; e que se nos ocuparmos com freqüência em considerar o que é o livre-arbítrio, e como são grandes as vantagens que vêm de termos uma firme resolução de fazer bom uso dele, e por outro lado como são vãos e inúteis todos os cuidados que fatigam os ambiciosos, podemos excitar em nós a paixão e em seguida adquirir a virtude da generosidade; e sendo esta como que a chave de todas as outras virtudes e um remédio geral contra todos os desregramentos das paixões, parece-me que tal consideração bem merece ser levada em conta.

Artigo 162
Da veneração

A veneração ou respeito é uma inclinação da alma não somente para estimar o objeto a que reverencia, mas também para se submeter a ele com algum temor, a fim de tentar torná-lo favorável a si. De forma que temos veneração apenas pelas causas livres, que[1] julgamos capazes de nos fazer bem ou mal, sem que saibamos qual dos dois elas farão. Pois temos amor e devoção, mais do que uma simples veneração, por aquelas de que esperamos apenas o bem, e temos ódio por aquelas de que esperamos apenas o mal[2]; e se não julgarmos que a causa desse bem ou desse mal é livre não nos submetemos a ela para tentar tê-la favorável. Assim, quando os pagãos tinham veneração por bosques, fontes ou montanhas, o que eles reverenciavam não era propriamente essas coisas mortas e sim as divindades que acreditavam ali presidir. E o movimento dos espíritos que excita essa paixão é composto do que excita a admiração e do que excita o temor, de que falarei adiante[3].

Artigo 163
Do desdém

Exatamente da mesma forma, o que denomino desdém é a inclinação que a alma tem para desprezar uma causa livre, julgando que, embora por sua natureza ela seja capaz de fazer o bem e o mal, no entanto está tão abaixo de nós que não pode fazer-nos nem um nem outro. E o movimento dos espíritos que o excita é composto dos que excitam a admiração e a segurança ou a audácia.

Artigo 164
Do uso dessas duas paixões

E é a generosidade e a fraqueza do espírito, ou baixeza, que determinam o bom e o mau uso dessas duas paixões. Pois quanto mais nobre e mais generosa temos a alma, tanto mais inclinação sentimos para dar a cada um o que lhe pertence; e assim não somente temos uma humildade muito profunda com relação a Deus, como também prestamos sem relutância toda honra e respeito que é devido aos homens, a cada um de acordo com a posição e com a autoridade que tem no mundo[1], e desprezamos tão-somente os vícios. Ao contrário, os que têm o espírito baixo e fraco estão sujeitos a pecar por excesso, às vezes reverenciando e temendo coisas que são dignas apenas de desprezo, e às vezes desdenhando insolentemente as que mais merecem ser reverenciadas. E com freqüência passam muito rapidamente da extrema impiedade para a superstição, e em seguida da superstição para a impiedade, de forma que não há um só vício ou desregramento de espírito de que não sejam capazes[2].

Artigo 165
Da esperança e do temor

A esperança é uma disposição da alma para se persuadir de que aquilo que deseja acontecerá; é causada por um movimento particular dos espíritos, ou seja, pelos da alegria e do desejo misturados simultaneamente. E o temor é uma outra disposição da alma, que a persuade de que aquilo não acontecerá. E deve-se notar que, embora essas duas paixões sejam contrárias, mesmo assim podemos ter ambas simultaneamente, quando nos representamos ao mesmo tempo diversas razões, das quais umas levam a julgar que a realização do desejo é fácil e as outras fazem-na parecer difícil.

Artigo 166
Da segurança e do desespero

E nunca uma dessas paixões acompanha o desejo sem deixar algum lugar para a outra. Pois quando a esperança é tão forte que expulsa inteiramente o temor, ela muda de natureza[1] e se denomina segurança. E quando estamos seguros de que aquilo que desejamos acontecerá, apesar de continuarmos a querer que aconteça deixamos de ser agitados pela paixão do desejo[2], que fazia buscar com inquietude sua realização. Exatamente da mesma forma, quando o temor é tão extremo que elimina todo motivo para esperança, ele se converte em desespero; e esse desespero, representando a coisa como impossível, extingue inteiramente o desejo, que só se volta para as coisas possíveis[3].

Artigo 167
Do ciúme

O ciúme é uma espécie de temor, que se relaciona com o desejo de conservarmos a posse de algum bem[1]; e não provém tanto da força das razões que levam a julgar que podemos perdê-lo, como da grande estima que temos por ele, a qual nos leva a examinar até os menores motivos de suspeita e a tomá-los por razões muito dignas de consideração[2].

Artigo 168
Em que essa paixão pode ser honesta

E como devemos empenhar-nos mais em conservar os bens que são muito grandes do que os que são menores, em algumas ocasiões essa paixão pode ser justa e honesta. Assim, por exemplo, um chefe de exército que defende uma praça de grande importância tem o direito de ser zeloso dela, isto é, de suspeitar de todos os meios pelos quais ela poderia ser assaltada de surpresa; e uma mulher honesta não é censurada por ser zelosa de sua honra, isto é, por não apenas abster-se de agir mal como também evitar até os menores motivos de maledicência[1].

Artigo 169
Em que ela é censurável

Mas zombamos de um avarento quando ele é ciumento de seu tesouro, isto é, quando o devora com os olhos e nunca quer afastar-se dele, de medo que lhe seja furtado; pois o dinheiro não vale o trabalho de ser guardado com tanto cuidado. E desprezamos um homem que é ciumento de sua mulher, pois isso é uma prova de que não a ama da maneira certa e tem má opinião de si ou dela. Digo que ele não a ama da maneira certa porque se lhe tivesse um amor verdadeiro não teria a menor inclinação para desconfiar dela[1]. Mas não é à mulher propriamente que ama: é somente ao bem que ele imagina consistir em ser o único a ter a posse dela; e não temeria perder esse bem se não julgasse que é indigno dele, ou então que sua mulher é infiel. De resto, essa paixão refere-se apenas às suspeitas e às desconfianças; pois tentar evitar algum mal quando se tem motivo justo para temê-lo não é propriamente ter ciúmes[2].

Artigo 170
Da irresolução[1]

A irresolução também é uma espécie de temor que, mantendo a alma hesitante entre várias ações que pode praticar, faz que não execute nenhuma e assim tenha tempo para escolher antes de decidir-se. Nisso realmente ela tem algum uso que é bom. Mas quando dura mais do que deve e leva a empregar em deliberação o tempo que é necessário para agir, é muito má. Ora, digo que ela é uma espécie de temor, não obstante possa acontecer, quando temos escolha entre várias coisas cuja bondade parece muito igual, que fiquemos incertos e irresolutos, sem por isso estarmos sentindo o menor temor. Pois esse tipo de irresolução provém somente do motivo que se apresenta, e não de alguma emoção dos espíritos; é por isso que não é uma paixão, a não ser que o temor que temos de errar na escolha aumente sua incerteza. Mas em algumas pessoas esse temor é tão habitual e tão forte que freqüentemente, ainda que não tenham de escolher e vejam apenas uma única coisa a pegar ou largar, ele as retém e faz que se detenham inutilmente a procurar outras. E então é um excesso de irresolução, que vem de um desejo excessivo de agir bem e de uma fraqueza do entendimento, o qual, não tendo noções claras e distintas, tem somente muitas noções confusas[2]. É por isso que o remédio contra tal excesso é acostumar-se a formar julgamentos certos e determinados com relação a todas as coisas que se apresentarem, e a acreditar que sempre cumprimos nosso dever quando fazemos o que julgamos ser o melhor, ainda que talvez julguemos muito mal.

Artigo 171
Da coragem e da ousadia

A coragem, quando é uma paixão e não um hábito ou uma inclinação natural[1], é um certo calor ou agitação que dispõe a alma a aplicar-se intensamente na execução das coisas que quer fazer, qualquer que seja a natureza delas. E a ousadia é uma espécie de coragem que dispõe a alma para a execução das coisas que são as mais perigosas.

Artigo 172
Da emulação

E a emulação também é uma espécie de coragem[1], mas em outro sentido. Pois podemos considerar a coragem como um gênero, que se divide em tantas espécies quantos objetos diferentes houver, e em tantas outras quantas causas houver[2]; na primeira forma a ousadia é uma espécie, na outra a emulação. E esta é tão-somente um calor que dispõe a alma a empreender coisas em que espera poder ser bem sucedida, porque vê outros serem bem sucedidos nelas; e assim, é uma espécie de coragem cuja causa externa é o exemplo. Digo causa externa porque além dela deve haver sempre uma causa interna, que consiste em ter o corpo disposto de tal maneira que o desejo e a esperança têm mais força para fazer uma grande quantidade de sangue dirigir-se ao coração do que o temor ou o desespero têm força para impedir isso.

Artigo 173
Como a ousadia depende da esperança

Pois deve-se notar que, embora o objeto da ousadia seja a dificuldade, da qual resulta habitualmente o temor ou mesmo o desespero, de forma que é nos assuntos mais perigosos e mais desesperados que empregamos mais ousadia e coragem, no entanto é preciso que tenhamos esperança ou mesmo que estejamos seguros de que o fim a que nos propomos será alcançado, para nos opormos com vigor às dificuldades que encontrarmos. Mas esse fim é diferente desse objeto, pois não poderíamos estar ao mesmo tempo seguros e desesperançados de uma coisa. Assim, quando os Decius[1] se lançavam no meio dos inimigos e se precipitavam para uma morte certa, o objeto de sua ousadia era a dificuldade de conservar a vida durante essa ação, dificuldade pela qual só sentiam desespero, pois tinham certeza de morrer; mas a finalidade era animar com seu exemplo os soldados e fazê-los ganhar a vitória, da qual tinham esperança; ou então também sua finalidade era alcançar a glória após a morte, da qual tinham certeza.

Artigo 174
Da covardia e do medo

A covardia é diretamente oposta à coragem, e é uma languidez ou frialdade que impede a alma de aplicar-se na execução das coisas que faria se estivesse isenta dessa paixão. E o medo ou pavor*, que é contrário à ousa-

---
* Sobre esses dois termos, ver nota ao artigo 59.

dia, não é somente uma frialdade mas também uma perturbação e uma estupefação da alma, que lhe tiram o poder de resistir aos males que julga estarem próximos.

Artigo 175
Da utilidade da covardia

Ora, ainda que eu não possa me persuadir de que a natureza tenha dado aos homens alguma paixão que seja sempre viciosa e não tenha qualquer uso bom e louvável, no entanto me é muito difícil adivinhar em quê essas duas podem servir. Parece-me somente que a covardia tem alguma utilidade quando faz que fiquemos isentos dos esforços que poderíamos ser incitados a fazer por razões plausíveis, se outras razões mais seguras, que os fizeram ser julgados inúteis, não houvessem excitado essa paixão. Pois além de isentar a alma desses esforços, ela então serve também para o corpo, porque, retardando o movimento dos espíritos, impede que dissipemos nossas forças[1]. Mas habitualmente é muito nociva, porque desvia das ações úteis a vontade. E como provém apenas de não termos esperança ou desejo suficientes, para corrigi-la basta aumentar em nós essas duas paixões.

Artigo 176
Da utilidade do medo

Quanto ao medo ou pavor, não vejo que ele possa jamais ser louvável nem útil; porque não é uma paixão específica, mas somente um excesso de covardia, de estupefação e de temor, o qual é sempre vicioso, assim como a ousadia é um excesso de coragem, que é sempre bom[1], contanto que o fim proposto seja bom. E como a principal causa do medo é a surpresa, nada é melhor para evitá-lo do que usar de premeditação[2] e preparar-se para todos os acontecimentos cujo temor pode causá-lo.

Artigo 177
Do remorso

O remorso de consciência é uma espécie de tristeza que provém da suspeita que temos de que uma coisa que estamos fazendo ou que fizemos não é boa. E ele pressupõe necessariamente a dúvida, pois se estivéssemos inteiramente seguros de que o que fazemos é mau nos absteríamos de fazê-lo, porque a vontade só se se aplica nas coisas que têm alguma aparência de bondade. E se estivéssemos seguros de que o que já fizemos foi mau, teríamos arrependimento e não somente remorso*. Ora, a utilidade dessa paixão é fazer que examinemos se a coisa de que duvidamos é boa ou não, e impedir que a façamos novamente enquanto não estivermos seguros de que é boa. Mas, como tal paixão pressupõe o mal, o melhor seria que nunca tivéssemos motivo para senti-la; e podemos preveni-la pelos mesmos meios pelos quais podemos evitar a irresolução[1].

....
* Sobre esses termos, ver nota ao artigo 60.

Artigo 178
Da zombaria

A derrisão ou zombaria é uma espécie de alegria misturada com ódio, que provém de percebermos algum pequeno mal numa pessoa que pensamos ser merecedora dele. Sentimos ódio por esse mal, e sentimos alegria por vê-lo em alguém que o merece. E quando isso sobrevém inesperadamente, a surpresa da admiração faz que disparemos a rir, segundo o que foi dito anteriormente sobre a natureza do riso[1]. Mas esse mal deve ser pequeno; pois se for grande não podemos acreditar que a pessoa que o sofre seja merecedora dele, a não ser que sejamos de índole muito má ou que lhe tenhamos muito ódio.

Artigo 179
Por que os mais imperfeitos costumam ser os mais zombeteiros

E vê-se que os que têm defeitos muito aparentes, por exemplo que são coxos, caolhos, corcundas, ou que receberam em público alguma afronta, são particularmente inclinados à zombaria. Pois, desejando ver todos os outros tão desfavorecidos quanto eles, ficam muito contentes com os males que lhes acontecem e os consideram merecedores deles[1].

Artigo 180
Da utilidade da zombaria

Quanto à zombaria moderada, que retoma utilmente os vícios fazendo-os parecer ridículos, sem que no entanto nós mesmos ríamos deles nem demonstremos ódio contra as pessoas, ela não é uma paixão, mas uma qualidade de homem de bem, a qual mostra a jocosidade de seu humor e a tranqüilidade de sua alma, que são marcas de virtude; e freqüentemente também a habilidade de sua mente, pois sabe dar uma aparência agradável às coisas de que zomba.

Artigo 181
Da utilidade do riso na zombaria

E não é desonesto rir quando ouvimos as zombarias de outra pessoa; inclusive, podem ser tais que não rir delas equivaleria a ser rabugento. Mas quando nós mesmos zombamos, é mais conveniente abster-nos de rir[1], para não parecer que estamos surpresos com as coisas que dizemos nem admirando a habilidade que temos em inventá-las. E isso faz que elas surpreendam ainda mais os que as ouvem.

Artigo 182
Da inveja

O que habitualmente se denomina inveja é um vício que consiste em uma perversidade de natureza, que faz certas pessoas ficarem contrariadas com o bem que vêem acontecer aos outros homens[1]. Mas aqui estou utilizando essa palavra para significar uma paixão que nem sempre é viciosa. Portanto a inveja, na medida em que é uma paixão, é uma espécie de tristeza misturada com ódio, que provém de vermos acontecer o bem aos que pensamos ser indignos dele. Só se pode pensar isso com razão dos bens de fortuna. Pois quanto aos da alma, ou mesmo do corpo, na medida em que os temos de nascimento, para ser digno deles basta tê-los recebido de Deus antes de ser capazes de cometer qualquer mal[2].

Artigo 183
Como ela pode ser justa ou injusta

Mas quando a fortuna envia a alguém bens de que ele é verdadeiramente indigno, e a inveja só é excitada em nós porque amando naturalmente a justiça ficamos contrariados que ela não seja observada na distribuição desses bens, trata-se de um zelo que pode ser desculpável; principalmente quando o bem que invejamos de outros é de tal natureza que pode converter-se em mal nas mãos deles, como se for algum cargo ou ofício em cujo exercício eles possam comportar-se mal[1]. Mesmo quando desejamos para nós o mesmo bem e somos impedidos de tê-lo, porque outros que são menos merecedores o possuem, isso torna mais violenta tal paixão; e ela não deixa de ser desculpável, contanto que o ódio que contém se relacione somente com a má distribuição do bem que se inveja, e não com as pessoas que o possuem ou o distribuem. Mas há poucos que sejam tão justos, e tão generosos a ponto de não ter ódio por aqueles que os precederam na obtenção de um bem que não é comunicável a várias pessoas e que eles haviam desejado para si mesmos, embora os que os obtiveram sejam tanto ou mais merecedores. E o que habitualmente é mais invejado é a glória, pois embora a dos outros não impeça que possamos almejá-la, no entanto às vezes torna seu acesso mais difícil e encarece-lhe o valor.

Artigo 184
De onde vem que os invejosos estejam sujeitos a ter a tez plúmbea

De resto, não há um vício que prejudique tanto a ventura dos homens como o da inveja. Pois, além de se afligirem a si mesmos, os que são maculados por ele também perturbam o mais que podem o prazer dos outros. E habitualmente têm a tez acinzentada, isto é, pálida, misturada de amarelo e negro, e como de sangue pisado. Vem daí que em latim a inveja se denomine *livor**. Isso concorda muito bem com o que foi dito anteriormente sobre os movimentos do sangue na tristeza e no ódio. Pois este faz que a bile amarela, que vem da parte inferior do fígado, e a negra, que vem do baço, se espalhem do coração pelas artérias em todas as veias; e a tristeza faz o sangue das veias ter menos calor e correr mais lentamente que de hábito, o que basta para tornar lívida a cor[1]. Mas como a bile, tanto a amarela como a negra, também pode ser enviada para as veias por várias outras causas, e como a inveja não as impele em quantidade bastante grande para mudar a cor da tez, a não ser que seja grande e de longa duração, não se deve pensar que todos que apresentam essa cor sejam propensos à inveja.

....
* Lividez, palidez.

Artigo 185
Da piedade

A piedade é uma espécie de tristeza, misturada com amor ou boa vontade para com aqueles que vemos sofrer algum mal do qual os consideramos não merecedores. Assim, ela é contrária à inveja, em razão de seu objeto, e à zombaria, porque o considera de outra forma[1].

Artigo 186
Quem são os mais propensos à piedade

Os que se sentem muito fracos e muito sujeitos às adversidades da sorte parecem ser mais inclinados a essa paixão que os outros, porque se representam o mal de outrem como passível de acontecer a eles; e assim são movidos à piedade, mais pelo amor que dedicam a si mesmos do que pelo que sentem para com os outros.

Artigo 187
Como os mais generosos são atingidos por essa paixão

Mas mesmo assim os que são mais generosos e que têm o espírito mais forte, de forma que não temem mal algum para si mesmos e se mantêm além do poder da sorte, não estão isentos de compaixão, quando vêem a fraqueza dos outros homens e ouvem suas queixas. Pois é uma parte da generosidade ter boa vontade para com todos. Mas a tristeza dessa piedade não é amarga[1]; e, assim como a causada pelas ações funestas que vemos representar num teatro, está mais no exterior e nos sentidos do que no interior da alma, que porém tem a satisfação de pensar que ao compadecer-se dos aflitos está fazendo o que é seu dever. E há nisso a diferença que, ao passo que o vulgo tem compaixão pelos que se lamentam, porque pensa que os males que sofrem são muito penosos, o principal objeto da piedade dos maiores homens é a fraqueza dos que vêem lamentar-se; porque não consideram que qualquer contratempo que possa acontecer seja um mal tão grande como a covardia dos que não o podem suportar com firmeza. E, embora odeiem os vícios, nem por isso odeiam os que vêem sujeitos a eles; têm-lhes somente piedade[2].

Artigo 188
Quem são os que ela não atinge

Mas são insensíveis à piedade apenas os espíritos malignos e invejosos, que odeiam naturalmente todos os homens; ou então os que estão tão embrutecidos, e tão cegados pela boa sorte ou tão desesperados pela má sorte que não pensam que mais algum mal lhes possa acontecer.

Artigo 189
Por que essa paixão excita a chorar

De resto, nessa paixão se chora com grande facilidade, porque o amor, enviando muito sangue para o coração, faz que saiam pelos olhos muitos vapores; e porque a frialdade da tristeza, retardando a agitação desses vapores, faz que eles se transformem em lágrimas, conforme foi dito anteriormente[1].

Artigo 190
Da satisfação consigo mesmo

A satisfação que sempre têm aqueles que seguem constantemente a virtude é em sua alma um hábito, que se denomina tranqüilidade e paz de consciência. Mas a que adquirimos recentemente, quando há pouco fizemos alguma ação que consideramos boa, é uma paixão, a saber: uma espécie de alegria, que acredito ser a mais doce de todas, porque sua causa depende apenas de nós mesmos[1]. No entanto, quando essa causa não é justa, isto é, quando as ações de que se obtém muita satisfação não são de grande importância, ou mesmo são viciosas, ela é ridícula e serve apenas para produzir um orgulho e uma arrogância impertinente. Isso se pode observar particularmente naqueles que, acreditando ser devotos, são somente carolas e supersticiosos[2], isto é, que, sob pretexto de que vão amiúde à igreja, de que recitam muitas orações, de que usam os cabelos curtos, de que jejuam, de que dão esmola, acreditam ser totalmente perfeitos e imaginam que são tão grandes amigos de Deus que não poderiam fazer nada que lhe desagrade, e que tudo que sua paixão lhes dita constitui bom fervor religioso, embora às vezes ela lhes dite os maiores crimes que podem ser cometidos por homens, como trair cidades, matar príncipes, exterminar populações inteiras apenas porque não seguem suas opiniões[3].

Artigo 191
Do arrependimento

O arrependimento é diretamente contrário à satisfação consigo mesmo; e é uma espécie de tristeza, que provém de acreditarmos que fizemos alguma ação má; e é muito amarga, porque sua causa provém somente de nós. No entanto isso não impede que seja muito útil, quando é verdade que a ação de que nos arrependemos é má e que temos disso um conhecimento seguro, porque nos incita a agir melhor numa próxima vez[1]. Mas freqüentemente acontece que os espíritos fracos se arrependem das coisas que fizeram, sem saber com certeza se elas são más; e persuadem-se disso somente porque o temem, e se tivessem feito o contrário se arrependeriam da mesma forma, o que é neles uma imperfeição digna de piedade. E os remédios contra esse defeito são os mesmos que servem para eliminar a irresolução[2].

Artigo 192
Do favor

O favor é propriamente um desejo de ver acontecer o bem a alguém para com quem temos boa vontade; mas me sirvo aqui dessa palavra para significar tal vontade na medida em que é excitada em nós por alguma boa ação daquele para com quem a temos. Pois somos naturalmente levados a amar os que fazem coisas que consideramos boas, ainda que delas não nos advenha bem algum. O favor, nessa significação, é uma espécie de amor, não de desejo, ainda que o acompanhe sempre o desejo de ver o bem para aquele que favorecemos[1]. E habitualmente está unido à piedade, porque os infortúnios que vemos acontecer aos infelizes levam-nos a refletir mais sobre seus méritos.

Artigo 193
Do reconhecimento

O reconhecimento também é uma espécie de amor, excitado em nós por alguma ação da pessoa por quem o temos, e pelo qual acreditamos que ela nos fez algum bem ou pelo menos teve intenção disso. Assim, ele contém exatamente o mesmo que o favor, sendo que ademais é fundamentado numa ação que nos diz respeito e que temos desejo de retribuir. É por isso que ele tem muito mais força, principalmente nas almas que sejam pelo menos um pouco nobres e generosas.

Artigo 194
Da ingratidão

Quanto à ingratidão, ela não é uma paixão, pois a natureza não colocou em nós qualquer movimento dos espíritos que a excite; mas é somente um vício diretamente oposto ao reconhecimento, na medida em que este é sempre virtuoso e um dos principais laços da sociedade humana. É por isso que esse vício pertence apenas aos homens embrutecidos e tolamente arrogantes, que pensam que todas as coisas lhes são devidas; ou aos estúpidos, que não fazem qualquer reflexão sobre os benefícios que recebem; ou aos fracos e desprezíveis, que sentindo sua fraqueza e sua necessidade procuram baixamente o socorro dos outros, e depois de o terem recebido os odeiam, porque, não tendo vontade de retribuir-lhes ou desesperando de podê-lo, e imaginando que todo o mundo é mercenário como eles e que só se faz algum bem com a esperança de ser recompensado, julgam tê-los enganado.

Artigo 195
Da indignação[1]

A indignação é uma espécie de ódio ou de aversão que sentimos naturalmente contra os que fazem algum mal, de qualquer natureza que seja. E freqüentemente ela está misturada com a inveja ou com a piedade; no entanto tem um objeto totalmente diferente. Pois só nos indignamos contra os que fazem o bem, ou o mal, às pessoas que não são merecedoras dele; mas temos inveja dos que recebem esse bem, e temos piedade dos que recebem esse mal. É verdade que possuir um bem de que não se é digno é de alguma forma fazer o mal. Essa pode ser a causa por que Aristóteles e seus seguidores, supondo que a inveja é sempre um vício, chamaram pelo nome de indignação a que não é viciosa[2].

Artigo 196
Por que às vezes ela está unida à piedade e às vezes à zombaria

Fazer o mal também é de alguma forma receber o mal; vem daí que alguns juntem à sua indignação a piedade e alguns outros a zombaria, conforme sejam movidos de boa ou de má vontade para com aqueles que vêem cometer faltas[1]. E é assim que o riso de Demócrito e as lágrimas de Heráclito podem ter procedido da mesma causa[2].

Artigo 197
Que freqüentemente ela é acompanhada de admiração e não é incompatível com a alegria

Freqüentemente a indignação também é acompanhada de admiração. Pois costumamos supor que todas as coisas serão feitas da forma como julgamos que devam ser, isto é, da forma que consideramos boa[1]; é por isso que, quando acontece diferentemente, isso nos surpreende e nos admiramos. Ela também não é incompatível com a alegria, embora mais habitualmente esteja unida à tristeza. Pois quando o mal com que ficamos indignados não pode prejudicar-nos e consideramos que não gostaríamos de fazer uma coisa semelhante, isso nos dá algum prazer; e essa é talvez uma das causas do riso que às vezes acompanha tal paixão[2].

Artigo 198
De sua utilidade

De resto, a indignação destaca-se muito mais nos que querem parecer virtuosos do que nos que verdadeiramente o são[1]. Pois embora os que amam a virtude não possam ver sem alguma aversão os vícios dos outros, eles só se apaixonam contra os maiores e extraordinários. Ter muita indignação por coisas de pouca importância é ser difícil e rabugento; ter indignação pelas que não são censuráveis é ser muito injusto; e é ser impertinente e absurdo não restringir essa paixão às ações dos homens e estendê-la até as obras de Deus ou da natureza, como fazem os que, nunca estando contentes de sua condição nem de sua sorte, ousam achar o que censurar na condução do mundo e nos desígnios da Providência[2].

Artigo 199
Da cólera

A cólera é também uma espécie de ódio ou de aversão, que sentimos contra os que fizeram algum mal ou tentaram prejudicar não a qualquer pessoa indiferentemente, mas particularmente a nós. Assim, ela contém exatamente o mesmo que a indignação, e ademais fundamenta-se em uma ação que nos atinge[1] e da qual temos desejo de vingar-nos. Pois esse desejo a acompanha quase sempre; e ela é diretamente oposta ao reconhecimento, assim como a indignação ao favor. Mas é incomparavelmente mais violenta que essa três outras paixões, porque o desejo de afastar de nós as coisas prejudiciais e de vingar-nos é o mais premente de todos[2]. É o desejo, unido ao amor que temos por nós mesmos, que fornece à cólera toda a agitação do sangue que a coragem e a ousadia podem causar; e o ódio faz que seja principalmente o sangue bilioso que vem do baço e das pequenas veias do fígado que receba essa agitação e entre no coração, onde, por causa de sua abundância e da natureza da bile com a qual está misturado, excita um calor mais áspero e mais ardente do que o que pode ser excitado pelo amor ou pela alegria[3].

Artigo 200
Por que os que ela faz enrubescer são menos temíveis do que os que ela faz empalidecer

E os sinais externos dessa paixão são diferentes de acordo com os diversos temperamentos das pessoas e com a diversidade das outras paixões que a compõem ou se unem a ela. Assim, vêem-se pessoas que empalidecem, ou que tremem, quando ficam encolerizadas; e vêem-se outras que enrubescem ou mesmo que choram. E habitualmente se julga que a cólera dos que empalidecem é mais temível do que a cólera dos que enrubescem. A razão disso é que, quando não querem ou não podem vingar-se de outra forma a não ser pela expressão e por palavras, empregam todo seu calor e toda sua força tão logo começam a ficar emocionados, o que os torna vermelhos; além de que às vezes a tristeza e a piedade que têm de si mesmos, porque não podem vingar-se de outra forma, leva-os a chorar. E, ao contrário, os que se contêm e se determinam a uma vingança maior tornam-se tristes, porque pensam ser obrigados a isso pela ação que os encoleriza; e às vezes também sentem temor, pelos males que podem decorrer da resolução que tomaram, o que primeiro os torna pálidos, frios e trêmulos. Mas, quando depois vêm a executar sua vingança, se reaquecem tanto mais quanto mais frios estiveram no começo, assim como se vê que as febres que começam pelo frio costumam ser as mais fortes.

Artigo 201
Que há dois tipos de cólera; e que os mais bondosos são os mais sujeitos ao primeiro[1]

Isso nos adverte de que podemos distinguir duas espécies de cólera: uma que é muito súbita e se manifesta muito no exterior, mas mesmo assim tem pouco efeito e pode facilmente ser apaziguada; e outra que inicialmente não aparece tanto, porém corrói mais o coração e tem efeitos mais perigosos. Os que têm muita bondade e muito amor são os mais sujeitos à primeira. Pois ela não provém de um ódio profundo, e sim de uma súbita aversão que os surpreende, porque, sendo levados a imaginar que todas as coisas devem desenrolar-se da forma como julgam ser a melhor[2], tão logo acontece de forma diferente eles ficam admirados e freqüentemente se ofendem com isso, mesmo que a coisa não os atinja pessoalmente, porque, tendo muita afeição, se interessam por aqueles a quem amam, da mesma forma que por si mesmos[3]. Assim, o que para outra pessoa seria apenas um motivo de indignação é para eles um motivo de cólera. E como a inclinação que têm para amar faz que tenham muito calor e muito sangue no coração, a aversão que os surpreende não pode impelir para este tão pouca bile que isso não cause inicialmente uma grande emoção no sangue[4]. Mas tal emoção pouco dura, porque a força da surpresa não se prolonga e porque, tão logo percebem que o motivo que os contrariou não devia emocioná-los tanto, arrependem-se disso[5].

Artigo 202
Que as almas fracas e baixas são as que mais se deixam arrebatar pela outra

A outra espécie de cólera, em que predominam o ódio e a tristeza, não é tão aparente no início, a não ser talvez fazendo o rosto empalidecer. Mas pouco a pouco sua força é aumentada pela agitação que um ardente desejo de vingar-se excita no sangue, que, estando misturado com a bile que é impelida da parte inferior do fígado e do baço para o coração, excita nele um calor muito áspero e muito picante[1]. E, assim como as almas mais generosas são as que sentem mais reconhecimento, assim as que têm mais orgulho, e que são mais baixas e mais fracas, são as que mais se deixam arrebatar por essa espécie de cólera; pois as injúrias parecem tanto maiores quanto mais o orgulho faz que nos estimemos[2]; e também na medida em que mais estimamos os bens que elas arrebatam, os quais tanto mais estimamos quanto mais fraca e mais baixa tivermos a alma, porque eles dependem de outrem[3].

Artigo 203
Que a generosidade serve de remédio contra seus excessos

De resto, ainda que essa paixão seja útil para dar-nos vigor para repelir as injúrias, no entanto não há outra cujos excessos devamos evitar com mais cuidado[1]; porque, perturbando o julgamento[2], eles freqüentemente levam a cometer faltas das quais depois nos arrependemos, e mesmo porque às vezes nos impedem de repelir essas injúrias tão bem como poderíamos se sentíssemos menos emoção. Mas como não há nada que a torne mais excessiva do que o orgulho, assim creio que a generosidade é o melhor remédio que se pode encontrar contra seus excessos; porque, fazendo que estimemos muito pouco todos os bens que podem ser arrebatados e ao contrário estimemos muito a liberdade e o domínio absoluto sobre nós mesmos, que cessamos de ter quando podemos ser ofendidos por alguém, ela faz que sintamos apenas desprezo ou no máximo indignação pelas injúrias com as quais os outros costumam ficar ofendidos.

Artigo 204
Da glória

O que chamo aqui pelo nome de glória é uma espécie de alegria, fundamentada no amor que temos por nós mesmos e que provém da opinião ou da esperança que temos de ser louvados por alguns outros. Assim, ela é diferente da satisfação interior, que provém da opinião que temos de haver feito alguma boa ação. Pois às vezes somos louvados por causa de coisas que não acreditamos serem boas, e censurados pelas que acreditamos serem melhores[1]. Mas tanto uma como outra são espécies da estima que temos por nós mesmos, assim como espécies de alegria; pois ver que somos estimados pelos outros é um motivo para nos estimarmos[2].

Artigo 205
Da vergonha

A vergonha, ao contrário, é uma espécie de tristeza, fundamentada também no amor por nós mesmos, e que provém da opinião ou do temor que temos de ser censurados[1]. Além disso ela é uma espécie de modéstia ou humildade, e desconfiança de nós mesmos. Pois quando alguém estima tanto a si mesmo que não pode imaginar que é desprezado por quem quer que seja, não pode envergonhar-se com facilidade.

Artigo 206
Da utilidade dessas duas paixões

Ora, a glória e a vergonha têm a mesma utilidade, na medida em que nos incitam à virtude, uma pela esperança e a outra pelo temor. Precisamos somente instruir nosso julgamento quanto ao que é verdadeiramente merecedor de censura ou de louvor, a fim de não nos envergonharmos de agir bem e não nos envaidecermos de nossos vícios, como acontece com muitos. Mas não é bom despojar-nos inteiramente dessas paixões, como faziam outrora os cínicos[1]. Pois ainda que o povo julgue muito mal, no entanto, como não podemos viver sem ele e é importante que nos estime, freqüentemente devemos seguir suas opiniões, ao invés das nossas, no tocante ao exterior de nossas ações[2].

Artigo 207
Da impudência

A impudência ou descaramento, que é um desprezo pela vergonha e freqüentemente também pela glória, não é uma paixão, porque não há em nós um movimento particular dos espíritos que a excite; mas é um vício oposto à vergonha, e também à glória, na medida em que uma e outra são boas, assim como a ingratidão é oposta ao reconhecimento e a crueldade à piedade. E a principal causa do descaramento provém de termos recebido várias vezes grandes afrontas. Pois não há ninguém que, quando jovem, não imagine que o louvor é um bem e a infâmia um mal muito mais importantes para a vida do que descobrimos por experiência que são, quando, tendo recebido algumas afrontas de vulto, vemo-nos inteiramente privados de honra e desprezados por todos. É por isso que se tornam descarados aqueles que, medindo o bem e o mal apenas pelos confortos do corpo, vêem que após essas afrontas desfrutam deles tão bem como antes, ou mesmo às vezes muito melhor, porque são aliviados de várias injunções a que a honra os obrigava; e porque, se à sua desgraça somou-se a perda dos bens, existem pessoas caridosas que lhos dão.

Artigo 208
Do fastio

O fastio é uma espécie de tristeza, que provém da mesma causa de que proveio antes a alegria. Pois somos compostos de tal forma que a maioria das coisas de que desfrutamos só nos parecem boas por um tempo, e depois se tornam incômodas[1]. Isso se manifesta principalmente na bebida e na comida, que só são úteis enquanto temos apetite e são nocivas quando não o temos mais[2]; e como então elas deixam de ser agradáveis ao paladar, damos a essa paixão o nome de fastio*.

Artigo 209
Do lamento

O lamento é também uma espécie de tristeza, que tem uma amargura particular por estar sempre unida a algum desespero e à lembrança do prazer que a fruição nos proporcionou. Pois sempre só nos lamentamos dos bens de que já desfrutamos, e que estão tão perdidos que não temos a menor esperança de recuperá-los no momento e na forma em que os lamentamos[1].

Artigo 210
Do regozijo

Por fim, o que denomino regozijo é uma espécie de alegria na qual há isto de particular: sua doçura é aumentada pela lembrança dos males que sofremos e dos quais nos sentimos aliviados, da mesma forma como se nos sentíssemos desembaraçados de algum fardo pesado que por muito tempo tivéssemos carregado nos ombros[1].

....
* Jogo de palavras intraduzível entre *goût* ("paladar", "gosto") e *dégoût* ("fastio", ou literalmente "des + gosto"). (N. do T.)

E não vejo coisa alguma muito digna de nota nessas três paixões; por isso só as coloquei aqui para seguir a ordem da enumeração que fiz anteriormente. Porém me parece que essa enumeração foi útil para mostrar que não omitíamos nenhuma que fosse digna de alguma consideração particular.

Artigo 211
Um remédio geral contra as paixões

E agora que conhecemos todas elas temos muito menos motivo para temê-las do que tínhamos antes. Pois vemos que todas são boas por natureza[1] e que precisávamos apenas evitar seus maus usos e seus excessos[2], contra os quais os remédios que expliquei[3] poderiam bastar, se cada qual tivesse suficiente empenho em praticá-los. Mas como coloquei entre esses remédios a premeditação[4], e a engenhosidade com que podemos corrigir os defeitos de nossa índole aperfeiçoando-nos em separar em nós os movimentos do sangue e dos espíritos e os pensamentos a que eles costumam estar unidos[5], reconheço que há poucas pessoas que tenham se preparado suficientemente dessa forma contra todos os tipos de circunstâncias; e que esses movimentos excitados no sangue pelos objetos das paixões seguem-se tão rapidamente às simples impressões que ocorrem no cérebro e à disposição dos órgãos, ainda que a alma não contribua de forma alguma para isso, que não há sabedoria humana que seja capaz de resistir-lhes quando não estamos suficientemente preparados para isso. Assim, muitos não poderiam abster-se de rir ao lhes fazerem cócegas, ainda que não sintam prazer nisso[6]. Pois sendo despertada em sua fantasia a impressão da alegria e da surpresa que outrora os fez rir pelo mesmo motivo, ela faz que o pulmão, independentemente da vontade deles, seja subitamente inflado pelo sangue que o coração lhe envia. Assim, aqueles que por índole são muito propensos às emoções da alegria, ou da piedade, ou do medo, ou da cólera, não podem impedir-se de desmaiar, ou de chorar, ou de tremer, ou de ter o sangue totalmente agitado, como se estivessem com febre, quando sua fantasia é fortemente atingida pelo objeto de alguma dessas paixões. Mas o que sempre podemos fazer em tal ocasião, e que penso poder colocar aqui como o remédio mais geral e mais fácil de se praticar contra todos os excessos das paixões, é que, quando sentirmos o sangue assim agitado, devemos ficar prevenidos e lembrar-nos de que tudo o que se apresentar à imaginação tende a enganar a alma e a fazer que as razões que servem para persuadi-la a aceitar o objeto de sua paixão lhe pareçam muito mais fortes do que o são; e as que servem para dissuadi-la, muito mais fracas[7]. E quando a paixão persuade a aceitar apenas coisas cuja execução sofre algum atraso, é preciso abster-se de fazer no momento qualquer julgamento a esse respeito e distrair-se com outros pensamentos, até que o tempo e a tranqüilidade tenham acalmado inteiramente a emoção que está no sangue[8]. E, por fim, quando ela incita a ações com relação às quais é necessário tomar uma resolução imediatamente, é preciso que a vontade se aplique principalmente em considerar e em seguir as razões que são contrárias às que a paixão representa, ainda que pareçam menos fortes. Assim, quando somos inopinadamente atacados por algum inimigo, a ocasião não permite que empreguemos tempo algum em deliberar; mas o que me parece que os que estão acostumados a refletir sobre suas ações sempre podem fazer, quando se sentirem tomados pelo medo, é tentarem desviar o pensamento da consideração do perigo, representando-se as razões pelas quais há muito mais segurança e mais honra na resistência do que na fuga[9]; e, ao contrário, quando sentirem que o desejo de vingança e a cólera os incitam a precipitar-se impensadamente para os que os atacam, lembrarem-se de pensar que é imprudência nos perdermos quando podemos, sem desonra, salvar-nos; e que, se a partida for muito desigual, mais vale fazer uma retirada honesta ou pedir clemência do que nos expormos brutalmente a uma morte certa.

Artigo 212
Que é apenas delas que dependem todo o bem e todo o mal desta vida

De resto, a alma pode ter seus prazeres à parte. Mas quanto aos que lhe são comuns com o corpo, dependem inteiramente das paixões, de forma que os homens que elas mais podem emocionar são capazes de desfrutar de mais doçura nesta vida[1]. É verdade que também podem encontrar mais amargura, quando não sabem empregá-las bem e quando o acaso lhes é adverso. Mas a sabedoria é útil principalmente no ponto em que ensina a dominá-las tão bem e a manejá-las com tanta habilidade que os males que causam são muito suportáveis e até mesmo se obtém alegria de todos eles[2].

Notas

Cartas-prefácio

Primeira carta:

1. Baillet atribui estas cartas a Clerselier, mas tal hipótese é pouco compatível com a carta que Descartes envia a este em 23 de abril de 1649 (ver a nota da segunda carta). Charles Adam julga que sejam de Picot, invocando por um lado o imenso número de referências à carta que, inserida como prefácio na tradução francesa dos *Princípios*, lhe fora inicialmente dirigida; e por outro lado o fato de, como atestam as cartas de 4 de dezembro de 1649 e 15 de janeiro de 1650, Picot também ter sido encarregado de zelar pela edição das *Paixões da alma* (AT XI, 294-297). Monnoyer, que desiste de reproduzir essas cartas, considera que não há razão para atribuí-las a Picot (*Les passions de l'âme*, "Introduction", p. 149); e de fato a carta que Descartes lhe envia em 7 de dezembro de 1648 não faz a menor alusão a essa longuíssima carta de 6 de novembro. Já S. de Sacy, em sua edição do *Tratado* (Gallimard, col. Idées, 1969), considera o suposto "amigo do autor" como puramente fictício.

2. Depois de receber a carta de concessão de uma nova pensão, Descartes resignara-se a vir a Paris em maio de 1648, para descobrir que se tratava de um logro. No entanto, em consideração a seus amigos, ele permanecera na França e só vol-

tara à Holanda no início do mês de setembro (Baillet, *La vie de Monsieur Descartes*, La Table Ronde, 1946, pp. 241-242; ed. de 1691, II, pp. 302-303).

3. "Lettre au traducteur des *Principes*" (AT IX, B 17). Ver também *Principes*, IV, 188.

4. O testemunho de Baillet diz a mesma coisa: "[Descartes] nunca quis aceitar de particulares o socorro que lhe ofereciam para atender às grandes despesas que suas experiências exigiam. Recusou polidamente uma considerável soma em dinheiro que o conde de Avaux lhe enviara para a Holanda. Escusou-se da mesma maneira junto do sr. de Montmor, que lhe oferecera insistentemente o uso total de uma casa de campo de 4 mil libras de renda. Outras pessoas da maior consideração haviam lhe franqueado seus tesouros, mas sempre sem resultado." (*Op. cit.*, 1946, pp. 280-281; 1691, pp. 461-462.)

5. O *Discurso do método* e os *Ensaios* foram publicados em 1637. Na "Carta ao tradutor dos *Princípios*", datada de 1647, Descartes havia escrito: "Mandei imprimir, há dez ou doze anos, alguns ensaios das coisas que me parecia haver aprendido" ("Lettre au traducteur des *Principes*", AT IX, B 15).

6. Todas as considerações aqui desenvolvidas correspondem exatamente ao que Descartes disse sobre o orgulho e a humildade viciosa nos artigos do *Tratado* a esse respeito (arts. 157-160).

7. Ver *Discours de la méthode*, VI (AT VI, 66) e a carta a Elisabeth de 15 de setembro de 1645.

8. Na "Carta ao tradutor dos *Princípios*", Descartes especificava: "Entende-se por sabedoria não somente a prudência nos negócios como um perfeito conhecimento de todas as coisas que o homem pode saber, tanto para a condução de sua vida como para a conservação de sua saúde e a invenção de todas as artes." ("Lettre au traducteur des *Principes*", AT IX, B 2.) Ver também *Discours de la méthode*, VI (AT VI, 61-62).

9. Toda esta passagem parafraseia a "Carta ao tradutor dos *Princípios*": "Em seguida eu teria feito considerar a utilidade

dessa filosofia e mostrado que, como ela se estende a tudo o que o espírito humano pode saber, deve-se acreditar que é somente ela que nos distingue dos mais selvagens e bárbaros, e que toda nação é tanto mais civilizada e bem-educada quanto melhor os homens nela filosofarem; e assim, que o maior bem que pode existir em um Estado é possuir verdadeiros filósofos." ("Lettre au traducteur des *Principes*", AT IX, B 3; ver também p. 5.)

10. A bússola só foi utilizada para navegação a partir do século XI. A invenção dos caracteres móveis de imprensa data, no Ocidente, de meados do século XV e evidentemente se deve a Gutenberg. O primeiro óculo-de-alcance foi fabricado na Itália em 1590, mas Descartes atribui sua invenção a Jacques (Jacob) Metius e data-a de 1608 (*Dioptrique*, I, AT VI, 82).

11. Os *Princípios* deviam conter inicialmente uma quinta e uma sexta partes, dedicadas aos animais e à natureza do homem (*Principes*, IV, 188), e assim possibilitar a constituição de uma medicina ("Lettre au traducteur des *Principes*", AT IX, B 17; ver também p. 14). O *Discurso do método* também mencionava que era nesse âmbito que a aplicação do método devia mostrar-se mais benéfica (*Discours de la méthode*, VI, AT VI, 62).

12. Ver "Lettre au traducteur des *Principes*" (AT IX, B 18-19). Sobre o pedantismo gerado pela filosofia da Escola, ver também *Discours de la méthode*, I (AT VI, 10) e II (p. 17).

13. O papel do acaso na invenção (neste caso, dos óculos-de-alcance) é estigmatizado por Descartes na *Dióptrica* (*Dioptrique*, I, AT VI, 81-82). Ver também *Règles pour la direction de l'esprit*, III (AT X, 366) e IV (p. 371).

14. *Discours de la méthode*, II (AT VI, 19); ver também *Règles pour la direction de l'esprit*, II (AT X, 363).

15. Ver *Principes*, II, 64, e *Règles pour la direction de l'esprit*, II (AT X, 365), IV (p. 377) e XII (pp. 413, 418-419).

16. William Gilbert (1540-1603) publica em 1600 em Londres uma obra intitulada *De magnete, magneticisque corporibus*. É citada nos *Princípios* (*Principes*, IV, 166, 168); e Descartes, sem retomar sua explicação, inspira-se nela para enumerar as propriedades do ímã. Sobre William Harvey, ver artigo 7, nota 4.

17. Apesar de geométrica, a física cartesiana não procede de uma dedução *a priori*. Em meio ao possível matemático, ele volta à experiência de extrair o que existe realmente no espaço e no tempo. Ver *Discours de la méthode*, VI (AT VI, 64-65).

18. A *Instauratio magna*, principal obra de F. Bacon, compõe-se de duas partes: *De dignitate et augmentis scientiarum* (publicada em 1623) e *Novum Organum* (publicada em 1620). *Nova Atlantis*, publicada após sua morte em 1627, foi traduzida para o francês em 1631 e publicada com o título de *Atlas nouveau*.

Resposta à carta anterior:

1. Um elogio semelhante a este à princesa Elisabeth é encontrado na carta-dedicatória que lhe é dirigida no início dos *Princípios* (*Principes*, AT IX, B 22-23). Sobre as condições de redação do *Tratado*, ver a Introdução.

2. "Ante as instâncias que seus amigos lhe haviam feito para entregar [o *Tratado das paixões*] ao público, [Descartes] decidira-se a revê-lo e a corrigir as falhas observadas pela Princesa Filósofa, sua discípula. Em seguida mostrara-o ao sr. Clerselier, que primeiro achou-o muito acima do comum e que obrigou o autor a acrescentar-lhe o que o tornasse inteligível para todo tipo de pessoas. Ele acreditou ouvir a voz do público na do sr. Clerselier, e os acréscimos que fez para agradar-lhe aumentaram a obra em um terço." (Baillet, *op. cit.*, 1946, p. 260; 1691, II, p. 394.) Ver também a carta a Clerselier de 23 de abril de 1649, citada em nota da segunda carta de Descartes.

Segunda carta:

1. Portanto o autor destas cartas não pode ser Clerselier, que nessa data já havia recebido uma versão do *Tratado* (ver o texto citado em nota da carta seguinte).

Resposta à segunda carta:

1. Na carta a Clerselier de 23 de abril de 1649, Descartes também se acusa de negligência, mas afirma ter aumentado o *Tratado* em um terço: "Quanto ao tratado das Paixões [...] fui negligente em revê-lo e acrescentar-lhe as coisas que julgastes faltarem-lhe, as quais o aumentarão em um terço; pois ele conterá três partes, a primeira das quais será sobre as paixões em geral e oportunamente sobre a natureza da alma, etc., a segunda sobre as seis paixões primitivas e a terceira sobre todas as outras."

Primeira Parte

Artigo 1:

1. Sobre a crítica geral aos Antigos em Descartes, ver principalmente *Règles pour la direction de l'esprit*, II (AT X, 362 ss.), *Discours de la méthode*, I (AT VI, 6) e "Lettre au traducteur des *Principes*" (AT IX, B 5 ss.). Sobre os limites da inovação cartesiana no *Tratado das paixões*, ver J. Deprun, "Qu'est-ce qu'une passion de l'âme?" in *Revue philosophique*, nº 4, e M. Gueroult, *Descartes selon l'ordre des raisons*, cap. XIX, § 7 (t. II, pp. 237 s.).

2. Talvez se trate de uma alusão aos tratados de inspiração estóica, estigmatizados também por N. Coeffeteau: "Aquelas pessoas [partidários do estoicismo] pintam-nos um homem sábio, tão perfeito, tão eminente e tão firme na virtude que todos os golpes do destino, mesmo os mais violentos, os naufrágios, os suplícios e as infâmias, não conseguem causar em sua alma a menor impressão, de forma que ele permanece imóvel e sem mesmo mudar de expressão no meio das chamas, das rodas de tortura e dos patíbulos, e de todos os horrores mais pavorosos da morte e da desonra." (*Tableau des passions humaines*, I, 3; Paris, 1630, p. 64.) Ver também Malebranche, *Recherche de la vérité*, V, 2 (Pléiade, pp. 493 ss.).

3. "Quanto a mim, sempre acreditei que a ação e a paixão não são mais que uma única e mesma coisa a que se deram dois nomes diferentes, conforme ela possa ser reportada ora ao termo de que parte a ação, ora àquele em que ela termina ou no qual é recebida; de forma que é inaceitável que haja durante o menor momento uma paixão sem ação." (Carta a Hyperaspistes de agosto de 1641.) Ver também a carta a Regius de dezembro de 1641.

Artigo 2:

1. Sobre a união entre a alma e o corpo, ver a Introdução.

2. "Há no homem apenas uma única *alma*, ou seja, a *racional*; pois só devem ser contadas como ações humanas as que dependem da razão. Com relação à *força vegetativa e motora do corpo* a que se dá o nome de alma vegetativa e sensitiva nas plantas e nos animais brutos, elas também existem no homem; mas nele não devem ser chamadas de *almas*, porque não são o primeiro princípio de suas ações e são de um gênero totalmente diferente da alma racional." (Carta a Regius de maio de 1641, trad. francesa de F. Alquié.)

Artigo 3:

1. O objetivo aqui não é tanto fundamentar a distinção metafísica entre a alma e o corpo – como é o caso nos *Princípios* (*Principes*, I, 63), nas *Meditações* (*Méditations*, VI, AT IX, 62) ou nas "Respostas às primeiras objeções" ("Réponses aux premières objections", *ibid.*, p. 95) – quanto definir um princípio metodológico que possibilite a elaboração do conceito de paixão.

Artigo 4:

1. Sobre o calor vital e a fisiologia cartesiana em geral, ver o Anexo.

Artigo 5:

1. Esse argumento é encontrado em Aristóteles (*Des parties des animaux*, 640 b 30 ss.) e mais sub-repticiamente em Tomás de Aquino (*Somme théologique*, I, Q. 75, 1). Em 1645, Cureau de La Chambre escreverá ainda: "É preciso acreditar que a alma e o coração aumentam o calor natural quando é necessário, e que esforçando-se e excitando-se para produzi-lo eles o fazem sair dos princípios onde existia em potência." (*Les caractères des passions*, II, I, 4, p. 101.)

Artigo 6:

1. O modelo do autômato é recorrente em Descartes: ver *Traité de l'homme* (AT XI, 119, 130-131, 165-166, 202, etc.), *Discours de la méthode*, V (AT VI, 45, 50, 55, 59), *Méditations*, VI (AT IX, 67-68), *Description du corps humain* (AT XI, 224-225), as cartas a Newcastle de 23 de novembro de 1646 e a Morus de 5 de fevereiro de 1649. Ver também G. Canguilhem, "Machine et organisme", in *La connaissance de la vie*, III (Vrin, 1980, pp. 101-127).

Artigo 7:

1. Ver *Physiologie*, in *Oeuvres inédites de Descartes* (pp. 113 ss.), *Traité de l'homme* (AT XI, 121-122), carta a Mersenne de 30 de julho de 1640.

2. Trata-se da artéria pulmonar; os termos "artéria venosa" e "grande artéria" designam respectivamente a veia pulmonar e a aorta. No *Discurso do método* (*Discours de la méthode*, V, AT VI, 47), Descartes contesta a legitimidade dessas denominações, que provêm de Galeno e se fundamentam na teoria do πνεῦμα. São artérias os vasos que contêm sangue mais vermelho, porque ao passar pelo pulmão misturou-se com πνεῦμα ou sopro vital; são veias os vasos que contêm apenas sangue (*De l'utilité des parties du corps humain*, VI, X). Entretanto Galeno observa que a "veia"

que vai do coração para o pulmão tem a textura de uma artéria, e por isso é chamada de "veia arteriosa"; e que reciprocamente a "artéria" que vai do pulmão para o coração tem a textura de uma veia.

3. A função de oxigenação do pulmão só será identificada no século XVIII, por Lavoisier. Descartes constata que "os animais que não possuem pulmão também possuem apenas uma única cavidade no coração; e as crianças, que não podem fazer uso dele enquanto estão encerradas no ventre de sua mãe, têm uma abertura por onde corre sangue da veia cava para a concavidade esquerda do coração, e um conduto por onde vem sangue da veia arteriosa para a grande artéria, sem passar pelo pulmão" (*Discours de la méthode*, V, AT VI, 53). Mas, por não haver conservado a teoria do πνεῦμα, ele não pode, como Galeno, atribuir ao pulmão a função específica de encaminhar o ar para o coração, para que se misture com o sangue. Portanto o pulmão tem apenas uma função refrescante. Em Aristóteles, essa função era vital: um excesso de calor do coração poderia provocar uma combustão integral que causaria a morte (*De la jeunesse...*, 469 b 30 ss.). Para Descartes, porém, o calor é apenas uma agitação e nada consome. Portanto não se compreende muito bem a que podem corresponder esse resfriamento e essa liquefação do sangue, entre dois aquecimentos e rarefações (*Traité de l'homme*, p. 123). Às vezes Descartes se refere a um modelo alquímico, que vê na reiteração da destilação um meio de aperfeiçoá-la: "o sangue [...] depois de já ter sido aquecido e rarefeito uma vez na cavidade direita, pouco depois volta a cair na esquerda, onde excita um fogo mais vivo e mais ardente do que se fosse para ela diretamente da veia cava. [...] Assim também vemos, por experiência, que os óleos que fazemos passar diversas vezes pelo alambique são mais fáceis de destilar na segunda vez do que na primeira." (*Description du corps humain*, AT XI, 237; ver também *Discours de la méthode*, V, AT VI, 52.) Portanto, paradoxalmente, o pulmão permite que o sangue de certos animais adquira maior "calor".

4. William Harvey (1578-1657) publica seu tratado *Exercitatio anatomica de motu cordis et sanguinis in animalibus* em 1628; e uma carta a Mersenne datada de novembro ou dezembro de 1632 informa-nos que Descartes o havia lido: "Li o livro *De motu cordis* do qual me havíeis falado anteriormente, e achei-me um pouco diferente de sua opinião, embora só o tenha lido após acabar de escrever sobre essa matéria." Descartes reconhece a Harvey o mérito de haver descoberto a existência de passagens entre as veias e as artérias, o que torna possível a teoria da circulação do sangue (*Discours de la méthode*, V, AT VI, 50; carta a Newcastle de abril de 1645; *Description du corps humain*, AT XI, 237), mas contesta sua explicação do movimento do coração. Sobre esse ponto, ver o Anexo.

5. Descartes havia estabelecido a complementaridade dos movimentos dos músculos antagonistas, habitualmente considerados conflitantes (Cureau de La Chambre, *op. cit.*, I, IV, p. 263). Ele acusou Regius de tê-lo plagiado sem compreendê-lo (cartas a Mersenne de 23 de novembro de 1646 e a Elisabeth de março de 1647). Sua teoria está desenvolvida no *Tratado do homem* (*Traité de l'homme*, AT XI, 132-138).

6. Para Descartes, esses *espíritos* animais são corpos (art. 10). Desenvolvida por Galeno (*op. cit.*, IX, 4), a teoria do πνεῦμα, que se transformou nos *espíritos*, transmitiu-se para o século XVII por intermédio principalmente de Justus Lipsius (*Physiologia Stoïcorum*, Anvers, 1604) e de Jacques Dubois, dito Sylvius (*Introduction à l'anatomique partie de la physiologie d'Hippocrate et de Galien*, Paris, 1555). A. Bitbol-Hespériès (*Le principe de vie chez Descartes*, III, 2 D) também aponta a influência de Caspar Bauhin, autor de *Theatrum anatomicum*.

Artigo 8:

1. *Discours de la méthode*, V (AT VI, 49-55), *Dioptrique*, IV (*ibid.*, pp. 110-111), *Méditations*, VI (AT IX, 67-70), *Principes*, IV (188-198). Deve-se lembrar que o *Tratado do homem* e a

Descrição do corpo humano não foram publicados enquanto Descartes era vivo.

Artigo 9:

1. Sobre a explicação cartesiana do movimento do coração, ver o Anexo.

Artigo 10:

1. *Traité de l'homme* (AT XI, 128 s.), *Discours de la méthode*, V (AT VI, 54), carta a Voetius de 19 de junho de 1643.

Artigo 11:

1. Artigo 7.
2. Baseando-se em aberturas diversamente direcionadas e em um sistema de válvulas em forma de V, segundo os dois esquemas do *Tratado do homem* (os únicos que são efetivamente da mão do próprio Descartes), o sistema proposto é dos mais complexos e correria grande risco de esbarrar em impossibilidades mecânicas. Teria sido mais simples que o comando das aberturas que devem proporcionar uma passagem unilateral dos espíritos de um músculo para outro fosse feito por filetes. No entanto, além de lhe parecer evidente (*Dioptrique*, IV, AT VI, 111), a distinção material entre comandos sensíveis (filetes) e motores (tubos) tem o mérito (art. 12) de tornar necessária uma centralização cerebral do sistema sensório-motor (art. 31). Portanto não há em Descartes nada que se assemelhe ao reflexo espinhal. Ver também artigos 118 e 119.

Artigo 12:

1. Artigos 31 e 34.
2. *Dioptrique*, IV (AT VI, 109-114).
3. Essa exigência já é encontrada em 1628: "Quando o sentido externo é movido pelo objeto, a figura que ele recebe

transporta-se para uma outra parte do corpo, chamada senso comum, e isso num instante e sem que haja passagem real de qualquer ser de um lugar para outro; é exatamente assim que agora mesmo compreendo que, no mesmo instante em que as letras vão se escrevendo uma após outra no papel, não somente a parte inferior de minha pena está em movimento, como também não pode haver nela qualquer movimento, por menor que seja, que não se transmita ao mesmo tempo à pena inteira; e que toda essa variedade de movimentos é igualmente descrita no ar por sua parte superior, embora eu não conceba nada real que passe de uma extremidade para outra." (*Règles pour la direction de l'esprit*, XII, AT X, 414, trad. francesa de J. Brunschwig.)

Artigo 13:

1. *Dioptrique*, V-VI (AT VI, 128-132); ver também *Principes*, IV, 196.

2. Ver as referências apresentadas no artigo 23, nota 2.

3. Para Descartes toda sensação efetua-se no cérebro, o que é confirmado tanto pela ilusão dos que sofreram amputação e acreditam sentir dor na parte que já não têm mais (carta a Plempius para Fromondus de 3 de outubro de 1637; *Principes*, IV, 196) como pela existência de doenças que impedem toda e qualquer sensibilidade, sendo que atingem apenas o cérebro e deixam intactos os órgãos dos sentidos (*Dioptrique*, IV, AT VI, 109-110).

4. O *Tratado do homem* também procede por extensão a partir do modelo da visão (*Traité de l'homme*, AT XI, 176).

Artigo 14:

1. *Traité de l'homme* (AT XI, 193-195).

Artigo 15:

1. *Traité de l'homme* (AT XI, 166-170).

2. Os diversos modos de dilatação do sangue não são um efeito direto de sua origem: relacionam-se com sua composição, que varia conforme ele provenha diretamente do fígado ou das pernas... Ver artigos 102-106.

Artigo 16:

1. Ver artigo 38. O mesmo exemplo é encontrado na carta a Plempius para Fromondus de 3 de outubro de 1637.
2. Ver artigo 6 e a nota.

Artigo 17:

1. *Méditations*, III (AT IX, 29); *Principes*, I, 32. A definição que se inicia neste artigo e culmina na definição das paixões (art. 27) havia sido esboçada na carta a Elisabeth de 6 de outubro de 1645.
2. "No entanto não há uma só pessoa que, olhando apenas a si mesma, não sinta e não experimente que a vontade e a liberdade são uma só coisa [...]." ("Réponses aux troisièmes objections", 13, AT IX, 148.) Ver também as "Réponses aux cinquièmes objections" (IV, 3) e, sobre a liberdade em geral, *Méditations*, IV (AT IX, 45-46), *Principes*, I, 6, 35, cartas a Mesland de 9 de fevereiro de 1645 e a Cristina da Suécia de 20 de novembro de 1647.
3. Para Descartes toda idéia é representação de um objeto (*Méditations*, III, AT IX, 29; "Réponses aux premières objections, pp. 81-83). Algumas delas, tais como a quimera mencionada no artigo 20, são evidentemente forjadas pelo próprio sujeito (tema recorrente na Primeira Meditação; ver também *Méditations*, III, AT IX, 29). Mas a imaginação (ou o pensamento em geral) nunca é absolutamente criadora. Ela se limita a compor elementos que não inventa e que representam realidades exteriores ao espírito. "Tudo o que se pode conceber claramente e distintamente numa quimera, tudo isso existe verdadeiramente, e não é uma ficção, porque há aí uma essência verda-

deira e imutável, e essa essência provém de Deus, tanto quanto a essência atual das outras coisas." (*Entretien avec Burman*; Cinquième Méditation, p. 55.) Ver também *Règles pour la direction de l'esprit*, XIV (AT X, 438-440), *Méditations*, I (AT IX, 13) e V (*ibid*., 51), carta a Clerselier de 23 de abril de 1649.

Artigo 19:

1. Neste artigo, como nos seguintes (20-26), deve-se entender "causa" no sentido de ponto de partida do processo que resulta em uma percepção. Toda imaginação implica um movimento dos espíritos no cérebro; mas tal movimento tem a vontade como causa primeira quando imaginamos um palácio encantado, ao passo que é puramente fortuito nos sonhos (art. 21). Da mesma forma, toda percepção no sentido estrito passa pelos nervos, mas o movimento destes é endógeno (art. 24) ou então causado pela ação de um objeto externo (art. 23).

2. Trata-se de uma seqüência da definição do pensamento que designa "tudo o que ocorre em nós de tal maneira que o percebemos diretamente por nós mesmos" (*Principes*, I, 9). Para Descartes a noção de pensamento ou de desejo inconsciente seria contraditória.

3. Ver as cartas a Mersenne de 28 de janeiro de 1641 e a Regius de maio de 1641.

Artigo 20:

1. Para Descartes há uma diferença entre o pensamento propriamente dito, que provém unicamente da alma, e a imaginação, que supõe uma interferência do corpo (*Méditations*, VI, AT IX, 57; "Réponses aux secondes objections", p. 124). A alma, inextensa, não poderia ser imaginada, propriamente falando (*Discours de la méthode*, AT VI, 37), mas certos objetos, tais como as figuras geométricas, podem ser concebidos tanto unicamente pelo entendimento como pelo entendimento auxiliado pela imaginação (carta a Elisabeth de 28 de junho de 1643). Ver também artigo 91.

Artigo 21:

1. Ver o *Tratado do homem* (*Traité de l'homme*, AT XI, 184) e as cartas a Balzac de 1631.
2. A que o artigo 25 destacará. Ver artigo 26.

Artigo 22:

1. À divisão fundamentada na distinção das causas sucede-se uma divisão fundamentada no lugar com o qual relacionamos nossas percepções. Essa divisão confirma a anterior, pois relacionamos nossas percepções com o que identificamos como sua causa próxima (art. 23); mas pode distanciar-se dela quando relacionamos nossas paixões com nossa alma (art. 25), ou algumas de nossas imaginações com os objetos externos (art. 26).

Artigo 23:

1. Ver artigos 13 e 31.
2. Não há semelhança entre a impressão subjetiva de luz, que existe apenas em nossa alma, e a realidade externa (ver principalmente *Le monde*, I, e *Dioptrique*, IV, AT VI, 112-114). Mas nem por isso a diferença entre nossas percepções deixa de corresponder a uma diferença entre os objetos, e portanto em sua ação sobre nossos sentidos (*Traité de l'homme*, AT XI, 144-151; *Météores*, VIII, AT VI, 331-335; *Dioptrique*, I, *ibid.*, pp. 91-92, e V, p. 118; *Principes*, IV, 191-195).

Artigo 24:

1. Mais uma vez o sentimento deve ser distinguido do julgamento pelo qual o relacionamos com determinado objeto ou parte de nosso corpo (art. 33; *Principes*, I, 46, 66, 67). A rigor, só há sentimentos no cérebro (arts. 31-37).

Artigo 25:

1. Como anteriormente, a causa invocada na seqüência do artigo é entendida no sentido de primeira causa, e a fonte principal das paixões encontra-se, de fato, na ação dos objetos externos (arts. 34, 51 e 52). Mas esta só gera realmente paixão na medida em que provoca uma agitação particular dos espíritos (art. 27 e a nota), a qual é portanto a verdadeira causa das paixões, agora entendida como causa próxima e específica (arts. 29 e 51).

2. No sentido estrito não existe qualquer costume desse tipo, pois os predecessores de Descartes se situam num contexto conceptual diferente. No máximo pode-se dizer que o termo *paixão* habitualmente é reservado às afecções (tais como o amor, o ódio, etc.), que, na perspectiva cartesiana, se relacionam com a alma.

Artigo 26:

1. De fato, as *Meditações* puseram a descoberto um desnível entre o que eu sei que sinto ou que penso e a incerteza de meus julgamentos com relação ao que existe fora de meu espírito: "Embora as coisas que sinto e que imagino talvez não sejam absolutamente coisa alguma fora de mim e em si mesmas, mesmo assim tenho certeza de que essas maneiras de pensar, que chamo de sentimentos e imaginações, na medida somente em que são maneiras de pensar, residem e se encontram indiscutivelmente em mim." (*Méditations*, III, AT IX, 27.)

Artigo 27:

1. A rigor, uma percepção é sempre devida a "algum movimento dos espíritos" (arts. 34-35). A carta a Elisabeth de 6 de outubro de 1645 falava de uma "agitação particular dos espíritos" – expressão retomada pelo artigo 37, a respeito do qual Rodis-Lewis nota que se trata de um "movimento de repercussão visceral". Efetivamente o *Tratado do homem* ia nessa direção (*Traité de l'homme*, AT XI, 166-170 e 193-194). Mas, de

acordo com o artigo 36, a especificidade da agitação dos espíritos nas paixões deve-se principalmente a que seus efeitos sobre o coração lhe permitem auto-alimentar-se. Portanto, levando em conta apenas as causas específicas de cada tipo de pensamento, a divisão estabelecida a partir do artigo 17 é a seguinte:

Pensamento							
ação vontade || paixão no sentido geral percepção						
terminada na alma	terminada no corpo	causada pela alma	causada pelo corpo				
		percepção das vontades percepção de objetos inteligíveis ficção voluntária	causada pelo curso habitual e fortuito dos espíritos		causada pela ação dos nervos		causada pela agitação particular dos espíritos
			relacionada com os objetos externos	relacionada com o corpo	relacionada com os objetos externos	relacionada com o corpo	relacionada com a alma
			sonho devaneio		percepção sensação		paixão no sentido estrito

Artigo 28:

1. O tema da confusão das idéias sensíveis é recorrente em Descartes. Ver sobretudo *Principes*, I (70-71) e a carta a Hyperaspistes de agosto de 1641 (2).

Artigo 29:

1. Ver artigo 17.
2. Ver artigos 25 e 27 e as notas.

Artigo 30:

1. Aqui Descartes parece atribuir ao corpo uma unidade própria fundamentada na complementaridade de seus órgãos. Mas a carta a Mesland de 9 de fevereiro de 1645 reconhece unidade ao corpo humano apenas na medida de sua união com uma alma. Além disso, se o *Tratado do homem* apresentava uma máquina já constituída, Descartes escreve a Mersenne (carta de 20 de fevereiro de 1639) que conserva a esperança de explicar a formação do ser vivo unicamente a partir das leis mecânicas da matéria inerte – o que empreende na *Descrição do corpo humano* (*Description du corps humain*, capítulo IV). Portanto parece pouco legítimo atribuir a Descartes, como faz G. Canguilhem (*op. cit.*, p. 115), a idéia kantiana (*Critique du jugement*, § 65) de uma finalidade interna dos seres organizados. Sobre esse ponto, ver M. Gueroult, *op. cit.*, cap. XVII, § 4, 6 (t. II, pp. 177 s.).

2. Sobre as dificuldades apresentadas pela união de uma alma inextensa com um corpo extenso, ver "Cinquièmes objections" (VI, IV-V), "Réponses aux sixièmes objections" (AT IX, 240), e as cartas a Clerselier, a Hyperaspistes de agosto de 1641 (2), a Elisabeth de 21 de maio e 28 de junho de 1643, a Arnauld de 29 de julho de 1648.

Artigo 31:

1. Sobre essas duas concepções da união entre a alma e o corpo, ver a Introdução.

2. Como no artigo 24, trata-se de um julgamento cuja ilegitimidade Descartes vai mostrar.

3. A glândula pineal, que, segundo Galeno (*Oeuvres médicales*, VIII, XIV), recebeu esse nome porque tem a forma de uma pinha. Sobre a escolha da glândula pineal como local da união entre a alma e o corpo, ver as cartas a Mersenne e a Meyssonnier de 1640; ver também o Anexo.

Artigo 33:

1. Com a notável exceção de Aristóteles, a partir de Hipócrates todos são concordes em localizar no cérebro a parte racional da alma. Mas o apetite sensitivo, lugar tradicional das paixões, é unanimemente situado no coração: Aristóteles, *De la jeunesse...*, 3-4; Tomás de Aquino, *op. cit.*, I-II, Q. 24, 2; Camus, *Traité des passions*, VII (*Diversités*, IX, p. 76); Coeffeteau, *op. cit.*, I, 1 (p. 18); Cureau de La Chambre, *op. cit.*, I, II, 2 (p. 57).

2. Em maio de 1641, Descartes escreve a Regius: "O que dizeis das paixões, que *sua sede está no cérebro*, é muito paradoxal [...]; eu diria: *a principal sede das paixões, na medida em que dizem respeito ao corpo, está no coração, porque é o mais alterado por elas; mas seu lugar é no cérebro, na medida em que afetam a alma, porque apenas por ele a alma pode ser diretamente passiva.*" (Trad. francesa de F. Alquié.) Mesmo estando entendido que a união entre a alma e o corpo reside no cérebro, não se pode deixar de levar em conta o que sentimos subjetivamente e o papel fisiológico do coração na produção das paixões (arts. 35-36).

3. Esse exemplo é desenvolvido nas *Meditações* (*Méditations*, VI, AT IX, 69).

Artigo 34:

1. Artigos 11-33.

2. Sobre a compatibilidade do movimento voluntário com o princípio de conservação da quantidade de movimento, ver J. Laporte, *Le rationalisme de Descartes* (pp. 245-248).

3. Sobre essa apresentação do funcionamento da glândula pineal em comparação com a do *Tratado do homem*, ver o Anexo.

Artigo 35:

1. Ver *Dioptrique*, VI (AT VI, 132-141).

Artigo 36:

1. Retomada nos artigos seguintes, a explanação é um pouco difícil de se acompanhar. O caminho que os espíritos seguem depende da configuração do cérebro, e esta resulta: 1º do fato de pertencermos à espécie humana (art. 13; *Méditations*, VI, AT IX, 57-59); 2º de características individuais (arts. 39 e 50); 3º das circunstâncias exatas do confronto com o objeto. Quando nosso cérebro tem a configuração requerida, a percepção de uma figura assustadora causa um movimento dos espíritos que coloca a glândula pineal numa posição determinada. Esta reflete então esses mesmos espíritos, de tal forma que eles são enviados, por um lado, aos músculos que servem para a fuga, e por outro lado ao coração, cujo movimento é assim perturbado (*Traité de l'homme*, AT XI, 142, 191-194). Devido a essa perturbação, o coração reenvia ao cérebro espíritos dotados de um movimento específico e próprio para manter a glândula pineal na mesma posição. Portanto novamente os espíritos serão direcionados para os mesmos nervos, de tal forma que o processo se auto-alimenta (arts. 46, 102-106).

Artigo 37:

1. Ver artigo 27 e a nota.

Artigo 38:

1. Ver artigo 16 e as "Réponses aux quatrièmes objections" (AT IX, 178).

Artigo 39:

1. Essa *disposição* individual pode ser inata (carta a Elisabeth de 6 de outubro de 1645) ou adquirida (arts. 50 e 136).

Artigo 40:

1. Artigo 137 e *Méditations*, VI (AT IX, 66). Sobre os limites da ligação entre as paixões e os interesses do corpo, ver artigo 94 e a Introdução.

Artigo 41:

1. Entretanto a carta a Elisabeth de 1 de setembro de 1645 admite que "freqüentemente a indisposição que está no corpo impede que a vontade seja livre" e que "o homem mais filósofo do mundo não conseguiria evitar ter sonhos maus, quando seu temperamento o predispõe a isso".
2. Artigo 17.
3. Toda imaginação ou percepção no sentido restrito pressupõe uma interferência do cérebro (*Méditations*, VI, AT IX, 57-58). Portanto a alma só pode modificar tais percepções desencadeando um processo orgânico – por exemplo, virar os olhos –, de maneira a produzir de volta um movimento dos espíritos que possa influir na glândula pineal (arts. 43 e 45). A ação aqui é claramente indireta, pois a alma passa pelo corpo para modificar suas próprias idéias. Mas tal esquema não consegue explicar a ação *indireta* do corpo sobre a vontade. Parece que não é possível, como sugere F. Alquié, ver na glândula pineal o local dessa mediação, pois a rigor ela é apenas uma parte do corpo. Como Descartes não fornece qualquer explicação, são possíveis duas hipóteses: 1º o corpo só pode agir sobre a vontade produzindo por si mesmo o comportamento que ele nos incita assim a querer (arts. 40 e 111); 2º sua influência se exerce por intermédio de representações: o corpo não cria diretamente um desejo, mas nos apresenta objetos como desejáveis (art. 138; carta a Elisabeth de 6 de outubro de 1645).

Artigo 42:

1. A memória propriamente dita baseia-se, por um lado, nas marcas corporais deixadas pelas impressões sensíveis na

substância do cérebro (*Règles*, XII, AT X, 414; *Traité de l'homme*, AT XI, 177-179), até mesmo nos membros e, mais excepcionalmente, na glândula pineal (cartas a Meyssonnier de 29 de janeiro de 1640 e a Mersenne de 1 de abril de 1640); e por outro lado, numa reflexão pela qual percebemos a novidade de uma idéia (cartas a Arnauld de 1648 e a Hyperaspistes de agosto de 1641 [2]). Ver também artigos 75 e 136.

Artigo 44:

1. "É somente querendo ou pensando em alguma outra coisa" que nossa alma "conduz os espíritos para os lugares onde eles podem ser úteis ou prejudiciais" (carta a Elisabeth de julho de 1644). Sobre nosso desconhecimento do mecanismo corporal, ver também a carta a Arnauld de 29 de julho de 1648 (4).

Artigo 45:

1. Mesma observação em Francisco de Sales (*Traité de l'amour de Dieu*, I, 2; Pléiade, pp. 156-157); mas em Descartes trata-se de uma conseqüência direta do artigo 41, que o artigo 211 desenvolverá.

Artigo 46:

1. Artigo 27; ver também artigo 72.
2. Esse nosso poder de impedir os efeitos comportamentais das paixões fica sem justificativa em Descartes. A mesma constatação, com o mesmo exemplo, é encontrada em Galeno, que vê nisso uma primeira etapa possível no controle das paixões (*Les passions et les erreurs de l'âme*, 4, in *L'âme et ses passions*, Les Belles Lettres, 1995, pp. 13 ss.).

Artigo 47:

1. A imagem do combate vem de Platão. Em *Fedro*, a alma é representada como uma parelha de cavalos que seu con-

dutor não consegue controlar (*Phèdre*, 253 c ss.) – metáfora que corresponde à concepção tripartite desenvolvida em *A República* (*La République*, IV, 435 c-441 c; IX, 580 d-581 c). Aristóteles (*Traité de l'âme*, I, 5, 411 b) e Tomás de Aquino (*op. cit.*, I, Q. 76, 3) também rejeitam essa teoria; mas a idéia de um conflito entre diversas partes da alma, independentemente de qualquer referência à sua divisibilidade, não deixa de fazer parte de um patrimônio. É encontrada tanto em Agostinho (*Confessions*, X, 30-31), Du Vair (*Philosophie morale des stoïques*, p. 70) e Camus (*Traité des passions*, I, VII) como em Malebranche (*Recherche de la vérité*, V, 4), que no entanto é cartesiano. Em sua edição, P. Mesnard observa que toda essa discussão é bastante artificial.

2. Artigo 10.

3. Artigo 45.

Artigo 48:

1. No entanto é o que preconizava o artigo 45. Porém se tratava apenas de um recurso e seu uso deve subordinar-se, se não a um conhecimento seguro – freqüentemente inacessível – daquilo que em determinada circunstância é bom ou mau, pelo menos à certeza moral de que nosso exame foi suficiente (art. 146; carta a Cristina da Suécia de 20 de novembro de 1647). É isso que distingue entre a verdadeira resolução e a teimosia, de que tratará o artigo seguinte e que – não mais que a fraqueza absoluta ou a oscilação entre paixões contraditórias – não consegue garantir-nos contra os pesares e os arrependimentos. Ver *Discours de la méthode*, III (AT VI, 24-25) e a carta a Elisabeth de 6 de outubro de 1645.

Artigo 49:

1. Platão distingue da mesma maneira entre o homem que controla suas paixões porque conhece a verdade e o homem que se limita a opor uma paixão a uma outra; a maioria dos

que enfrentam a morte fazem-no por recear males ainda maiores e "é por medo que todos são corajosos – todos menos os filósofos" (*Phédon*, 68 e, trad. francesa M. Dixsaut).

2. Sobre o sentido dessas palavras, ver os artigos 63, 67, 191 e 203.

Artigo 50:

1. Artigo 44.
2. Em Descartes freqüentemente o paradigma da linguagem ilustra a ligação de nossas idéias com realidades materiais, que não se assemelham a elas: *Monde* (AT XI, 4), *Dioptrique*, IV (AT VI, 112), *Principes*, IV (197). Aqui, trata-se de associar diretamente um movimento da glândula pineal a uma nova idéia, de tal forma, por exemplo, que um movimento inicialmente ligado ao medo venha a suscitar universalmente a ousadia. Na seqüência do texto, ao contrário, a modificação abrange apenas um estímulo singular e sua capacidade para causar um movimento determinado da glândula pineal, cujo correlato passional permanece idêntico. Ademais, note-se que, ao contrário de Aristóteles (*De l'interprétation*, 16 a 4), Descartes considera que os caracteres escritos são sinais de nossos pensamentos, da mesma forma que as palavras pronunciadas. Como mostra a oposição de S. Dupleix (*Liberté de la langue française*, Paris, 1651, pp. 28-29) a Vaugelas, em 1650 a questão ainda estava sujeita a controvérsia e atesta uma modificação das práticas de leitura. Ver também A. Arnauld e C. Lancelot, *Grammaire générale et raisonnée*, I, 5 (Bruxelas, 1676, p. 17) e o artigo "Lecture" da *Encyclopedia universalis* (a partir da edição de 1990).
3. Descartes sempre apresentou esse ponto como assente. No entanto, ele escreve a Morus que a esse respeito não podemos ter uma verdadeira certeza e que a rigor se trata apenas da opinião mais provável: "Embora eu veja como uma coisa demonstrada que não poderíamos provar que há pensamentos

nos animais, não creio que possamos demonstrar que não ocorre o contrário, porque a mente humana não pode penetrar no coração deles para saber o que acontece ali." (Carta de 5 de fevereiro de 1649, trad. francesa F. Alquié.)

Segunda Parte

Artigo 51:

1. Artigos 29, 31 e 34.
2. Artigo 25.

Artigo 52:

1. Ver artigos 29, 37, 40 e 46.
2. Ver artigos 38 e 40 e *Traité de l'homme* (AT XI, 193-194).
3. Atendendo a uma exigência tanto de exaustividade como de organização, para Descartes a enumeração é um elemento fundamental da busca do conhecimento. Ver *Règles pour la direction de l'esprit*, V-VII, *Discours de la méthode*, II (AT VI, 18-19), carta a Elisabeth de 3 de novembro de 1645. Sobre os problemas que essa classificação apresenta, ver a Introdução.

Artigo 53:

1. Aqui, como no artigo 71, os termos "admiração" e "espanto" recebem um sentido que os filia a θαῦμα, que para Platão (*Théétète*, 155d) e Aristóteles (*Métaphysique*, A 2, 982 b 12) era a paixão filosófica por excelência. Para F. Alquié (*La découverte métaphysique de l'homme chez Descartes*, pp. 38-39), trata-se de uma paixão intelectual, pois, suscitada pela novidade, ela supõe uma comparação. Entretanto a admiração não procede de um julgamento racional (art. 76); e o artigo 72 irá reduzi-la a um fenômeno puramente orgânico. Ver a Introdução.
2. A mesma razão leva Spinoza a retirar o espanto do número das afecções (*Ethique*, III, *Définition des affections*, IV).

3. Esta última frase é equívoca, pois parece indicar que não havendo admiração não poderíamos sentir paixões (art. 72). Na literatura, a admiração efetivamente desempenha o papel de prelúdio ao amor (ver, por exemplo, o primeiro encontro entre o duque de Nemours e a princesa de Clèves). Mas, apesar de sujeito ao amor, ao ódio, etc., o embrião não admira (arts. 107-111; carta a Chanut de 1 de fevereiro de 1647); portanto, "sem paixão" deve remeter àquela paixão que poderia ser contrária à admiração.

Artigo 54:

1. O emprego desses dois termos para designar paixões decorre de uma opção de Descartes (art. 149).
2. No título, tratava-se de *generosidade*. Sobre a escolha desse termo de preferência a *magnanimidade* e sobre a referência ao hábito, ver artigo 161 e as notas.

Artigo 55:

1. A pontuação original, aqui respeitada, torna o texto equívoco. A vírgula dá à aposição um sentido explicativo, ao passo que o artigo 162, que apresenta a mesma ambigüidade, parece indicar que ela tem um sentido determinativo: entre as causas livres, existem, de um lado, as que consideramos capazes de fazer-nos o bem ou o mal, e que por isso veneramos ou desprezamos; e do outro lado aquelas de que só esperamos ou o bem ou o mal, e pelas quais temos então ou amor ou ódio.

Artigo 56:

1. Encontraríamos uma definição análoga em Tomás de Aquino (*op. cit.*, I-II, Q. 23, 4, e Q. 26, 1), Francisco de Sales (*op. cit.*, I, 3) e Coeffeteau (*op. cit.*, II, 1, p. 86). Entretanto Descartes distingue-se porque, por um lado, não faz do amor uma paixão privilegiada; e por outro lado quase sempre reme-

te o amor e o ódio a um bem e um mal para nós. Ver a carta a Cristina da Suécia de 20 de novembro de 1647 e a Introdução.

Artigo 57:

1. Os tratados de inspiração tomista quase sempre se limitam a opor os bens e os males presentes aos ausentes. Essa divisão em função do tempo é originária do estoicismo (Cícero, *Tusculanes*, IV, VIII-IX) e repete-se em Vives (*De anima et vita*, III, 1) e Du Vair (*op. cit.*, p. 71). Ver a introdução de G. Rodis-Lewis às *Passions de l'âme* (pp. 24-25).

Artigo 58:

1. Como a obtenção de um bem e o evitamento de um mal são intrinsecamente desejáveis, a possibilidade de ambos é condição suficiente do desejo. O artigo 145 insistirá principalmente que se trata de condição *necessária*.

Artigo 59:

1. Aqui, como no artigo 120, a distinção deve ser compreendida no sentido trivial dos acontecimentos sobre os quais, materialmente falando, nossa ação pode ou não influir; e não no sentido radical do artigo 144, em que apenas nossas vontades e nossos pensamentos dependem realmente de nós. O artigo 146 tentará especificar o estatuto do que depende parcialmente de nós. Ver também a carta a Reneri para Pollot de abril ou maio de 1638 (2).

2. Ao contrário do medo, da covardia ou do pavor, que remetem à execução, a irresolução não tem contrário passional (art. 170): a resolução é um efeito da vontade e conseqüentemente uma virtude.

Artigo 61:

1. Mesmas definições em Tomás de Aquino (*op. cit.*, I-II, Q. 23, 4).

2. Essa restrição, retomada no artigo seguinte, remete a um outro princípio de classificação, que se baseia não mais na distinção dos tempos (art. 57) e sim nas idéias associadas – sobretudo a causa – com as de bem e de mal. Esse tipo de classificação, bastante próximo do dos estóicos (Cícero, *Tusculanes*, IV, VIII-IX), será retomado por Spinoza (*Ethique*, III, Définition des affections). Em tal perspectiva, o amor não pode mais, em nome de sua indiferença pelo tempo, ser considerado como uma paixão primitiva; ele se torna "uma espécie de alegria que a idéia de uma causa externa acompanha" (Spinoza, *ibid.*, VI).

Artigo 62:

1. Segundo Du Vair, "a inveja só considera o bem na medida em que ele aconteceu a outrem e o desejávamos para nós"; ela se distingue do "ciúme, que é de nosso bem próprio, do qual temermos que outrem participe" (*op. cit.*, p. 86). A mesma distinção é encontrada em Descartes (art. 167).

2. "A piedade é um sofrimento que nasce da infelicidade de outrem, quando este é injustamente atingido por ela; de fato, não nos emocionamos de piedade pelo suplício de um parricida ou de um traidor." (Cícero, *Tusculanes*, in *Les stoïciens*, Pléiade, p. 335.) Ver também Aristóteles, *Rhétorique*, II, 9 (1386 b 23-27).

3. Camus também menciona esse papel da representação. A alegria "pode ser assim definida como *uma deleitação* prazerosa e agradável pela apreensão de algum bem*. Deixo de dizer se esse bem deve estar presente ou não, pois se ele não estiver presente o ressentimento deve torná-lo como que pre-

....
* No francês, *délectation*, conceito muito ligado à tradição agostiniana, em plena ação no século XVII francês, que remete à idéia de uma tendência incontrolável a buscar o que é prazeroso. (N. do R. T.)

sente; assim a esperança de um bem que consideramos garantido, ou por promessas infalíveis ou por certezas insignes, pode ser matéria de alegria" (*op. cit.*, LIII, pp. 546-547).

Artigo 64:

1. Na terceira parte, essas paixões, assim como as duas seguintes, serão identificadas como espécies do amor e do ódio (arts. 192, 193, 195 e 199).

Artigo 65:

1. "Se nos disserem que aconteceram grandes desgraças, ficaremos tristes; se acrescentarem que foram causadas por algum homem maldoso, ficamos encolerizados." (*Cogitationes privatae*, in *Oeuvres inédites de Descartes*, I, p. 11.)

Artigo 67:

1. Em conformidade com o uso moderno, esse emprego é apenas parcialmente atestado pelo *Dictionnaire* de Furetière, que define *ennui* [aqui traduzido por tédio] como "aborrecimento, irritação causada por algum discurso ou por algum acidente desagradável ou longo demais".

2. Esse sentido não é mais atestado no século XVII do que hoje, e parece provir de uma opção de Descartes (art. 210). O *Dictionnaire* de Furetière define *allégresse* [aqui traduzido por regozijo] como "uma alegria estrepitosa e geral que provém de uma causa súbita"; e o de P. Richelet menciona a *Couronne des sept allégresses de Marie*, prece franciscana que lembra as sete alegrias (Anunciação, Visitação, etc.) que ela teve. Camus emprega esse termo para distinguir entre a alegria racional e o prazer (*op. cit.*, LIII, p. 548).

Artigo 68:

1. Essa distinção, encontrada em Tomás de Aquino (*op. cit.*, I, Q. 81, 2; I-II, Q. 23, 1) e na maioria de seus sucessores, pro-

vém da distinção platônica entre duas almas sensíveis, θυμοειδής e ἐπιθυμητικός (*La République*, IV, 436 a-441 c). É rejeitada principalmente por Sénault, *De l'usage des passions*, I, 1, III (Fayard, 1987, pp. 56-58).

2. Artigo 47.

3. Da mesma forma, Descartes refutava a redução das paixões a alegria e tristeza: "Na verdade eu preferiria que não dissesses que *o afeto é duplo, alegria [laetitia] e tristeza*, porque somos afetados de formas totalmente diferentes pela *cólera* e pelo *medo [metus]*, embora numa como no outro haja tristeza, etc." (Carta a Regius de 25 de maio de 1640). Segundo Tomás de Aquino, "se a potência irascível extrai seu nome da cólera, *ira*, não é porque todos seus movimentos sejam cólera, mas porque todos têm por termo a cólera, que é o mais visível de todos" (*op. cit.*, I-II, Q. 46, 1; ver também Q. 25, 3).

Artigo 69:

1. A seqüência (arts. 117, 160, 162, 163, 165, 170, etc.) parece recorrer à idéia de uma composição quando se trata de explicar a dimensão fisiológica das paixões derivadas, e à ordem gênero/ espécie quando as paixões são vistas como realidades psíquicas.

Artigo 70:

1. Sobre a auto-alimentação das paixões, ver artigo 36.

Artigo 71:

1. Ver artigo 53, nota 1.

Artigo 72:

1. Ver artigo 53, nota 3.

2. Sobre o efeito amplificador da novidade, ver a carta a Elisabeth de junho de 1645: "É quase impossível resistir às primeiras perturbações que as novas desgraças excitam em nós [...]

mas me parece que no dia seguinte, quando o sono acalmou a emoção que chega ao sangue em tais circunstâncias, pode-se começar a recompor o espírito." Ver também artigos 46 e 209.

3. Não há em Descartes outra ocorrência de tal *endurecimento* das partes freqüentemente agitadas. Segundo o *Tratado do homem*, a freqüência de certos estímulos, ao contrário, facilita a abertura dos poros cerebrais correspondentes (*Traité de l'homme*, AT XI, 178-179), ao passo que a vivacidade de certas percepções, nos sonhos (*ibid.*, pp. 197-199) ou no lactente (carta a Arnauld de 29 de julho de 1648) se explica pela umidade do tecido cerebral e pelo relaxamento da pressão dos espíritos animais. Sobre a umidade do cérebro dos lactentes, ver também Galeno, *Les facultés de l'âme* (*op. cit.*, pp. 86, 90) e Platão, *Timée* (43 a-44 b).

4. Contrariando o uso de sua época, que vê na cócega o paradigma da sensação agradável, Cureau de La Chambre observa que ela não excita a alegria, mas justamente ao contrário a dor, e desperta apreensão (*op. cit.*, I, IV, p. 250). Entretanto, acrescenta Cureau, como essa dor lhe é estranha, ela continua a ser globalmente agradável (*ibid.*).

Artigo 73:

1. Da mesma forma, para Du Vair, quando ficamos espantados, "não se encontra em nós mais discurso, nem mesmo mais sentido: temos os olhos abertos e não vemos; falam conosco e não escutamos; queremos fugir e não podemos andar" (*op. cit.*, p. 95).

Artigo 74:

1. Do que na primeira parte aparecia como um efeito mecânico das paixões (art. 36) Descartes faz agora uma finalidade; já a perspectiva vital (art. 40), inexistente no caso da admiração, desaparece.

Artigo 75:

1. Sobre a memória, ver artigo 42 e a nota.
2. Uma percepção pode deixar vestígios capazes de fazê-la ressurgir oportunamente, sem por isso ser objeto de uma lembrança. "Para nos recordarmos de alguma coisa, não basta que essa coisa tenha se apresentado outrora a nosso espírito e que tenha deixado no cérebro alguns vestígios, pelos quais a mesma coisa se apresenta novamente a nosso pensamento; porém ademais é necessário que, quando ela se apresentar pela segunda vez, reconheçamos que isso ocorre porque a havíamos percebido anteriormente." (Carta a Arnauld de 29 de julho de 1648.) Descartes dá o exemplo dos poetas, que imaginam "certos versos que não se lembram de já haver lido em outros autores, e que no entanto não se apresentariam a seu espírito se não os houvessem lido em algum lugar" (*ibid.*).

Artigo 76:

1. Ver artigo 53.
2. Depois de observar que "temos naturalmente mais admiração pelas coisas que estão acima de nós do que por aquelas que estão na mesma altura ou abaixo" (AT VI, 231), Descartes assumirá nos *Meteoros* a tarefa de reduzir esses fenômenos a extensão modificada por figura e movimento, a fim de retirar-lhes todo e qualquer caráter admirável (ver sobretudo pp. 325 e 343; ver também *Principes*, III, 157). O *Dictionnaire* de Furetière observa também que "a admiração é filha da ignorância".

Artigo 78:

1. A mesma crítica é encontrada em Santo Agostinho (*Confessions*, X, 35).
2. Essa importância e essa utilidade devem ser entendidas do ponto de vista dos conhecimentos (arts. 75-76).

Artigo 79:

1. Aristóteles dá uma definição análoga: "Amar é desejar para alguém o que consideramos bens, para ele e não para nós." (*Rhétorique*, II, 4, 1380 b 35.) Ver também Tomás de Aquino (*op. cit.*, I-II, Q. 26, 4).

2. Francisco de Sales observa que a conveniência que gera o amor nem sempre remete a uma semelhança ou a uma simpatia, e sim mais a uma correspondência ou uma proporção, "que consiste em que, pela união de uma coisa com uma outra, elas podem receber mutuamente perfeição e se tornarem melhores" (*Traité de l'amour de Dieu*, I, 8, p. 375).

3. Ver artigo 29 e as referências ao artigo 147, nota 1.

Artigo 80:

1. Na carta a Elisabeth de 15 de setembro de 1645, assim como em Du Vair (*op. cit.*, pp. 102 ss.), essa referência a um todo do qual seríamos apenas uma parte fazia parte da caridade, ou seja, de uma virtude. Em contrapartida, na carta a Chanut de 1 de fevereiro de 1647 trata-se realmente de amor. Sobre essa definição do amor em termos de todo e parte, ver A. Lalande, *Vocabulaire technique et critique de la philosophie*, "Amour" (Critique). [Ed. bras., *Vocabulário técnico e crítico da filosofia*, Martins Fontes, 1996.]

Artigo 81:

1. Para Camus, todo amor é ao mesmo tempo cobiça, do ponto de vista do bem desejado, e amizade, do ponto de vista do beneficiário desse bem – ele mesmo ou um outro. "O amor [não é] mais que uma benevolência, e amar é querer o bem. E fundamento-me nesta razão: querer o bem pode ser entendido tanto ativamente (quando desejo o bem para alguma pessoa, o que não posso fazer sem a amar) como passivamente (quando espero obter para mim um bem dessa pessoa, o que

mais uma vez não posso sem ter-lhe afeição); e portanto amar será querer o bem ativamente ou passivamente, para outrem ou para si." (*Op. cit.*, X, p. 124; ver também Tomás de Aquino, *op. cit.*, I-II, Q. 26, 4.). Já para Descartes a distinção do beneficiário é essencial: "é tão habitual tomarmos [o desejo] pelo amor que isso fez que se distinguissem duas espécies de amor: uma a que chamamos amor de benevolência, na qual esse desejo não se manifesta tanto, e a outra a que chamamos amor de concuspiscência, que é apenas um desejo muito violento, fundamentado num amor que freqüentemente é fraco" (carta a Chanut de 1 de fevereiro de 1647).

2. A coerência do texto exige que se compreenda que a posse deve ser um bem *para o ser amado*; mas a seqüência faz dessa posse o objeto de um desejo.

Artigo 82:

1. É difícil ver como é possível unir-se voluntariamente com o fato de uma posse, não mais do que com o objeto que se consome (art. 107). Por isso, partindo de uma definição semelhante de amor, Leibniz observa que "não amamos propriamente o que é incapaz de prazer ou de felicidade, e desfrutamos das coisas dessa natureza sem por isso as amar [...]. Portanto não é propriamente amor quando dizemos que amamos um belo quadro pelo prazer que temos em sentir suas perfeições. Mas é permitido ampliar o sentido dos termos e seu uso varia" (*Nouveaux essais sur l'entendement humain*, II, XX, § 5). Sobre uma tentativa de conciliação das diversas caracterizações do amor em Descartes, ver A. Matheron, "Amour, digestion et puissance selon Descartes", in *Revue philosophique de la France et de l'étranger*, nº 4 (1988).

2. Ver artigo 90.

Artigo 83:

1. Nesse artigo, "estima" [*estime*] e "estimar" [*estimer*] evidentemente devem ser tomados no sentido usual (art. 149) de

julgamento sobre o valor de uma coisa. Francisco de Sales estabelece uma gradação semelhante entre as diferentes espécies de amor, porém fundamentada na preferência de que o ser amado é ou não objeto em comparação com os outros (*op. cit.*, I, 13). Sobre essa hierarquia em Descartes, ver também as cartas a Chanut de 1 de fevereiro de 1647 e a Elisabeth de 15 de setembro de 1645.

2. É por isso, escreve Descartes, que o uso não permite o emprego desse termo para pessoas cuja condição é superior à nossa. "Parece-me que a razão é que a amizade declarada torna iguais, num certo sentido, aqueles em quem ela é recíproca; e assim, quando tentamos fazer-nos amados por alguém de alta posição, se lhe disséssemos que o amamos ele poderia pensar que o estamos tratando como igual e que o prejudicamos." (Carta a Chanut de 1 de fevereiro de 1647.)

3. Sobre o amor do generoso, ver artigos 156 e 162.

4. "A maioria dos homens não consideram Deus como um ser infinito e incompreensível, e que é o único autor do qual todas as coisas dependem; em vez disso, detêm-se nas sílabas de seu nome, e pensam que é conhecê-lo o bastante saber que Deus quer dizer o mesmo que o que se chama *Deus* em latim e que é adorado pelos homens." (Carta a Mersenne de 6 de maio de 1630.) "Concebemos Deus como um super-homem, que se propõe este ou aquele objetivo, a que ele tende por este ou aquele meio, o que sem dúvida é totalmente indigno de Deus." (*Entretien avec Burman*, "Quatrième méditation", pp. 46-47.) Note-se que Descartes reassume a reabilitação do termo amor, que, desembaraçado de suas conotações devassas, substituiu o termo caridade no contexto religioso. Indícios desse debate são encontrados em Camus (*Diversités*, IX, 3, p. 21) e Francisco de Sales (*op. cit.*, I, 14), cujas obras datam respectivamente de 1613 e 1616.

Artigo 85:

1. Em sua carta de 18 de março de 1630, Descartes observava também a Mersenne que "a palavra belo parece remeter

mais particularmente ao sentido da visão". No entanto, suas considerações estéticas versam principalmente sobre música. Ver *Compendium musicae* (AT X, 89-92), carta a Bannius de 1640 e o artigo de Roland-Manuel, "Descartes et les problèmes de l'expression musicale", in *Descartes* (*Cahiers de Royaumont*, 1957).

2. Em contrapartida, para Coeffeteau (*op. cit.*, II, 1, p. 87), como para Platão (*Phèdre*, 249 d; *Le Banquet*, 206 c, 209 d-211 c), o belo é o sinal sensível do bem, enquanto para Cureau de La Chambre (*op. cit.*, I, II, 5) o bem torna-se belo a partir do momento em que convém a nossas faculdades de conhecimento; portanto, num caso como no outro ele é objeto legítimo de amor.

Artigo 86:

1. A referência ao tempo permite que Descartes resolva o problema apresentado pelos desejos que parecem voltar-se para bens que já possuímos. Cureau de La Chambre, por sua vez, considera duas possibilidades: "Quando desejamos o bem que possuímos, imaginamos sempre alguma coisa da qual ainda não desfrutamos, seja que, como a maioria dos bens não se apresenta por inteiro, sempre alguma de suas partes está faltando; seja que, como sua posse não deve ser de longa duração, desejamos sua continuação como um bem que ainda está por vir." (*Op. cit.*, I, V, 2, p. 296.) A noção de fruição, em substituição à de presença, surgirá no artigo 91.

Artigo 87:

1. Ver por exemplo Tomás de Aquino (*op. cit.*, I-II, Q. 23, 4) e Camus (*op. cit.*, p. 46).

2. O esboço de tal assimilação é encontrado em Du Vair, que tende a fazer do desejo o gênero comum da procura do bem e do evitamento do mal (*op. cit.*, p. 73).

3. O desejo pode ser visto de duas maneiras. Por um lado, ele é espécie da vontade (art. 47), e existe a mesma oposição

entre o desejo do bem e a rejeição do mal que entre a afirmação e a negação (ver a Introdução); por outro lado, ele é propensão para agir (arts. 101, 111 e 143) e o evitamento do mal coincide concretamente com a obtenção do bem. O artigo 89 reintroduzirá a aversão, à qual se referem os artigos 127 e 136.

Artigo 89:

1. O emprego do termo "horror" [*horreur*] num sentido tão especializado é próprio de Descartes. Talvez se trate de uma lembrança de Agrippa d'Aubigné, cuja obra *Les tragiques* foi publicada em 1616 e que descreve assim "o novo horror de um espetáculo novo" (*Misères*, v. 376):

> De mille maisons on ne trouva que feux,
> Que charognes, que morts ou visages affreux [...].
> Le cri me sert de guide, et fait voir à l'instant
> D'un homme demi-mort le chef se débattant,
> Qui sur le seuil d'un huis dissipait sa cervelle.*
> (*Ibid.*, v. 379-385.)

Ver também v. 495, 546 e 996.

2. Coeffeteau também observa que sentimos naturalmente horror de "todas as coisas que tendem à destruição de nosso ser", mas algumas pessoas, independentemente de qualquer perigo real, "não podem tolerar certos animais" ou "não conseguem suportar o aspecto de certas frutas" (*op. cit.*, IV, pp. 179-180). Ver também artigo 136.

....
* De mil casas só se encontraram incêndios/ Só carniças, só mortos ou rostos horrendos [...]. O choro é meu guia, e mostra num momento/ Dum homem semimorto a cabeça se debatendo,/ Que na soleira de uma porta espalhava os miolos. (N. do T.)

Artigo 90:

1. "[...] pela natureza, considerada em geral, não entendo [...] outra coisa que não o próprio Deus, ou então a ordem e a disposição que Deus estabeleceu nas coisas criadas." (*Méditations*, VI, AT IX, 64.)

2. A expressão pode referir-se tanto ao mito desenvolvido por Aristófanes em *O banquete* de Platão (*Le Banquet*, 189 d-193 d) e citado por Coeffeteau (*op. cit.*, p. 149) quanto ao modelo bíblico (Gênese, II, 23-24). Segundo Cureau de La Chambre, da mesma forma o gosto pela beleza nos é inspirado pela natureza visando à conservação da espécie (*op. cit.*, I, II, 4-5); em seguida a grandeza do bem procurado permite-lhe explicar que essa paixão está entre as mais violentas (*ibid.*, III, 2).

3. Encontra-se nos estóicos a mesma definição do amor (ἔρως), distinto da amizade (φιλία) : "O amor é um desejo alheio ao homem virtuoso, pois ele procura atrair para si a beleza visível." (Diógenes Laércio, *Vies et opinions des philosophes*, VII; Pléiade, p. 114.) Ela é retomada por Montaigne (*Essais*, I, 28; Folio, p. 271), Du Vair (*op. cit.*, p. 77) e Honoré d'Urfé (*L'astrée*, I, 12; Folio, p. 112). É rejeitada por Coeffeteau (*op. cit.*, p. 35) e Cureau de La Chambre (*op. cit.*, I, II, 2).

Artigo 91:

1. Cureau de La Chambre também distingue entre a posse e a fruição de um bem. Apenas a fruição é fonte de alegria, que assim deixa de ser um estado estático para tornar-se "uma efusão do apetite pela qual a alma se expande sobre o bem para possuí-lo mais completamente" (*op. cit.*, I, III, 2, p. 169). Para Tomás de Aquino, esse caráter progressivo abrange apenas os bens sensíveis (*op. cit.*, I-II, Q. 31, 5).

2. O mesmo critério era aplicado na definição geral das paixões (art. 29). Sobre as emoções intelectuais, ver artigo 147.

3. Ver artigo 20 e a nota.

Artigo 93:

1. "A alegria e a tristeza podem nascer independentemente de qualquer causa externa, apenas no simples sentimento do coração. Mas o amor se relaciona com um bem externo, o ódio (*odium*) com um mal presente ou passado, o desejo com um bem cuja obtenção é possível, e a cólera com uma injustiça feita por outrem." (*Physiologie*, in *Oeuvres inédites*, I, p. 105.)

2. Artigos 50, 107-111 e 136. Sobre esses fenômenos de associação, ver também as cartas a Mersenne de 18 de março de 1630 e a Chanut de 6 de junho de 1647. Essa idéia será amplamente explorada por Spinoza (ver sobretudo *Ethique*, III, Définition des affections, XV-XVII).

Artigo 94:

1. A carta a Elisabeth de 18 de maio de 1645 reserva às "maiores almas" essa possibilidade de ruptura entre os sentimentos que relacionamos com o corpo e as paixões da alma: "Assim, sentindo dor em seu corpo, elas se aplicam em suportá-la pacientemente, e essa prova a que submetem sua força lhes é agradável." Inversamente, Francisco de Sales observa que nos acontece de odiar os prazeres (*op. cit.*, I, 5; Pléiade, pp. 364-365).

2. Como no *Tratado do homem* (*Traité de l'homme*, AT XI, 144), a referência aos nervos leva a reconhecer apenas uma diferença quantitativa entre o que é causa de prazer e o que gera a dor, onde a análise das *Meditações*, fundamentada no bem do conjunto, tendia a estabelecer uma distinção qualitativa (*Méditations*, AT IX, 64-65).

3. Platão (*Philèbe*, 48 a) e Santo Agostinho (*Confessions*, III, 2) também mencionaram essa ambivalência do prazer sentido no teatro. Ver também artigos 147 e 187, *Compendium musicae* (AT X, 89) e as cartas a Elisabeth de 18 de maio e 6 de outubro de 1645.

Artigo 95:

1. Mesma observação em Cureau de La Chambre (*op. cit.*, I, III, 2, p. 176).

Artigo 96:

1. Em sua carta de 25 de abril de 1646, Elisabeth objeta que não vê "como podemos reconhecer os diversos movimentos do sangue que causam as cinco paixões primitivas, pois elas nunca estão isoladas". Descartes responde: "[...] como as mesmas nem sempre estão juntas ao mesmo tempo, procurei observar as mudanças que ocorriam no corpo quando elas mudavam de companhia. Assim, por exemplo, se o amor sempre estivesse unido à alegria, eu não saberia a qual dos dois deveríamos atribuir o calor e a dilatação que fazem sentir ao redor do coração; mas como às vezes ele também está unido à tristeza, e como então ainda sentimos esse calor e não mais essa dilatação, considerei que o calor pertence ao amor e a dilatação à alegria." (Carta de maio de 1646.)
2. Artigos 15 e 36.

Artigo 97:

1. Em contrapartida, os antecessores imediatos e contemporâneos de Descartes são unânimes em destacar os efeitos nefastos do amor. "Pois na medida em que a alma da pessoa que ama ardentemente está perpetuamente ocupada na contemplação da coisa amada e não tem outro pensamento além de seu mérito, o calor, abandonando as outras partes e retirando-se para o cérebro, deixa em todo o corpo uma grande intempérie, que, corrompendo e consumindo o sangue mais puro, desbota e faz empalidecer a face, dá palpitações de coração, causa convulsões estranhas e comprime os espíritos, de forma que o que vemos ante nossos olhos parece ser um simulacro da morte e não uma criatura viva." (Coeffeteau, *op. cit.*, pp. 161-

162.) Descartes faz uma constatação semelhante quando examina o amor unido ao desejo (arts. 120-121).

Artigo 100:

1. Elisabeth objeta que os efeitos das paixões diferem de acordo com os temperamentos, e que o seu "faz que a tristeza [lhe] roube sempre o apetite, embora não esteja misturada com ódio algum" (carta de 25 de abril de 1646). Descartes responde primeiramente que se fundamentou em seu caso pessoal, o que é confirmado por uma observação das *Cogitationes privatae*: "Observo que na tristeza ou no perigo, ou então quando tenho assuntos desagradáveis, meu sono é profundo e minha fome, canina; mas quando a alegria me relaxa não como nem durmo." (*Oeuvres inédites*, I, p. 7; ver também Baillet, *op. cit.*, 1691, II, p. 449.) Depois ele explica as diferenças de *temperamentos* pelas condições que cada pessoa encontrou no começo de sua vida: "Considero que a diferença que nisso ocorre provém de que o primeiro motivo de tristeza que algumas pessoas tiveram no começo de sua vida foi que não recebiam alimento suficiente; e que o das outras foi que o alimento que recebiam lhes era prejudicial. E nestas, desde então, o movimento dos espíritos que tira o apetite sempre continuou unido com a paixão da tristeza." (Carta a Elisabeth de maio de 1646.) Note-se que essa explicação equivale novamente a atribuir apenas ao ódio – atitude para com um objeto prejudicial – a capacidade de tirar o apetite.

Artigo 101:

1. As paixões anteriores tinham uma repercussão essencialmente visceral; a do desejo é também muscular (arts. 106 e 143). Esses dois aspectos na verdade são complementares. "Há quase sempre dois tipos de movimentos que procedem de cada ação [da glândula pineal]: os externos, que servem para procurar as coisas desejáveis ou para evitar as prejudiciais, e os

internos, habitualmente chamados *paixões*, que servem para dispor o coração e o fígado, e todos os outros órgãos dos quais o temperamento do sangue e em seguida o dos espíritos pode depender, de tal forma que os espíritos que então nascem acham-se próprios para causar os movimentos externos que devem seguir-se." (*Traité de l'homme*, AT XI, 193-194.) Ver também artigo 194.

Artigo 102:

1. O século XVII contava apenas sete pares de nervos cranianos, de que hoje distinguimos doze. Os "nervos do sexto par" correspondem aos do décimo par atual, ou nervos pneumogástricos – com os quais são menos ou mais identificados (art. 132) os do nono par (nervos glossofaríngeos).

Artigo 104:

1. Ver *Traité de l'homme* (AT XI, 164-165).

Artigo 105:

1. Ver artigo 100 e a nota.

Artigo 107:

1. Ver artigo 93 e as referências apresentadas na nota 2.
2. Ver artigos 4 e 8 e o Anexo.
3. Ver artigos 80-82 e as notas.
4. A teoria dos humores associava os quatro temperamentos (bilioso, sangüíneo, fleumático e melancólico) a diferentes órgãos e fazia do fígado a sede do amor ou, quando ele se desregulava, do ódio; da mesma forma o baço era o lugar da alegria e conseqüentemente da tristeza; e por fim o fel, o da cólera. Está claro que Descartes afastou-se dessa teoria, mas os diversos órgãos não deixam de encontrar seu lugar privilegiado com esta ou aquela paixão. Da mesma forma, depois de afirmar

que a sede das paixões não se encontrava em qualquer outro lugar afora o coração, Coeffeteau explicava como, por exemplo, o aquecimento deste na cólera causava uma inflamação do fel (*op. cit.*, I, 1, pp. 19-24). Ver também artigos 118, 126 e 199.

5. A carta a Chanut de 1 de fevereiro de 1647 desenvolve um esquema análogo e preciso: "e embora, alguns anos depois, [a alma] haja começado a ter outras alegrias e outros amores que não os que dependem apenas da boa constituição e da adequada alimentação do corpo, no entanto o que houve de intelectual em suas alegrias ou amores foi sempre acompanhado dos primeiros sentimentos que ela tivera deles, e mesmo também dos movimentos ou funções naturais que existiam então no corpo."

Artigo 109:

1. "Considero que desde o primeiro momento em que nossa alma esteve unida ao corpo é verossímil que ela tenha sentido alegria [...], porque é impensável que a alma tenha sido colocada no corpo a não ser quando este estava bem disposto, e quando ele está assim bem disposto isso nos dá alegria naturalmente." (Carta a Chanut de 1 de fevereiro de 1647.)

Artigo 111:

1. O artigo 120 especificará em quais condições o desejo efetivamente aumenta nossa vivacidade.

Artigo 112:

1. O *Tratado do homem* reconhece dois tipos de movimentos orgânicos que acompanham as paixões: os – internos ou externos – que contribuem para a busca do bem e o evitamento do mal; e os que – como as lágrimas e o riso – "ocorrem apenas ocasionalmente, e porque os nervos, por onde devem entrar os espíritos para causá-los, têm sua origem muito

perto daqueles por onde eles entram para causar as paixões" (*Traité de l'homme*, AT XI, 194). Esses movimentos são mecânicos e não se destinam basicamente a expressar as paixões da alma. É por isso que, de um lado, eles podem servir para dissimular o que sentimos (art. 113), assim como a linguagem pode servir para a mentira; e de outro lado são eventualmente encontrados nos animais, que no entanto não possuem sentimento (*Discours de la méthode*, V, AT VI, 58; cartas ao padre Gibieuf de 19 de janeiro de 1642 e a Morus de 5 de fevereiro de 1649). Ver também o texto citado em nota do artigo 135.

2. Ver o texto citado no artigo 96, nota 1.

Artigo 114:

1. Sobre a explicação mecânica da cor do sangue, ver *Description du corps humain*, IV (AT XI, 255-256).

Artigo 115:

1. Tomás de Aquino também faz do prazer uma causa de dilatação (*op. cit.*, I-II, 33, I) e evoca especialmente a etimologia do latim *laetitia*. A alegria também provoca uma dilatação da alma sensitiva para Camus (*op. cit.*, LIV), e de certas partes do corpo para Cureau de La Chambre (*op. cit.*, I, III, 3, pp. 184-191).

Artigo 116:

1. A tristeza é tradicionalmente associada a um retraimento. Assim, para Cureau de La Chambre, os espíritos animais são levados para o interior do corpo quando a alma é confrontada com um mal a que não se sente capaz de resistir (*op. cit.*, I, I, p. 17).

Artigo 117:

1. Ver artigo 205.
2. Artigo 128.
3. Ver artigo 199.

Artigo 118:

1. Na tradição hipocrática, o inverno provoca no corpo um aumento da quantidade de pituíta (ou fleuma), que se caracteriza pela viscosidade. Ver Políbio, *De la nature de l'homme*, 7, in Hipócrates, *De l'art médical* (Livre de Poche, pp. 148-149; Littré, pp. 47-49).

Artigo 119:

1. A propósito da primeira versão do *Tratado* que lhe enviou, Descartes escreve à princesa Elisabeth: "[...] tomo a liberdade de [me] confessar por uma falta muito importante que cometi no *Tratado das paixões*, porque, para comprazer minha negligência, coloquei nele, entre as emoções da alma que são desculpáveis, uma espécie de languidez que às vezes nos impede de pôr em execução as coisas que foram aprovadas por nosso julgamento." (Ver as duas cartas de maio de 1646.) No texto que possuímos nada resta dessa justificativa da languidez.

Artigo 120:

1. Também em Camus o amor é causa de languidez, pois a alma, totalmente concentrada na coisa a que ama, "deixa como que ao abandono o corpo a que anima" (*op. cit.*, XXI, p. 194). Ver também o texto de Coeffeteau citado em nota do artigo 97.

2. Segundo Cureau de La Chambre, é devido a essa relação essencial com a ação que o desejo se volta exclusivamente para objetos que a imaginação, com ou sem razão, se representa como possíveis: "Há uma relação tão grande e uma ordem tão essencial entre o desejo e a fruição que nunca formamos desejos pelas coisas que acreditamos ser impossíveis; porque então a alma não tem objetivo nem alvo para agir, e não poderia produzir qualquer ação se não tiver algum motivo que a excite e que a ponha em movimento; pois o fim é a primeira

de todas as causas, e a que lhes dá eficácia e movimento." (*Op. cit.*, I, v, 2, pp. 292-293.)

Artigo 121:

1. Mesma constatação em Spinoza: "A alma tem aversão de imaginar o que diminui ou reduz seu próprio poder de agir ou o do corpo." (*Ethique*, III, XIII, corolário.)

Artigo 122:

1. Ver artigos 5-6.
2. Sobre a maneira como o fogo é abafado pelo segundo elemento, ver *Principes*, IV, 80-83.
3. Camus dá uma explicação semelhante para o desmaio, que ele relaciona com a dilatação da alma sob o efeito da alegria (*op. cit.*, LIV, pp. 552-555). Já Cureau de La Chambre aproxima o desmaio da languidez: os espíritos são mobilizados para a parte do corpo que desfruta atualmente do bem, e assim fazem falta no coração – situação que a alma, totalmente entregue à sua alegria, não se ocupa em remediar (*op. cit.*, I, II, 3, pp. 73-74; esse texto é citado em anexo da edição de G. Rodis-Lewis).

Artigo 125:

1. "[...] habitualmente as grandes alegrias são inexpressivas e sérias, e apenas as medíocres e passageiras são acompanhadas do riso." (Carta a Elisabeth de 6 de outubro de 1645.)

Artigo 126:

1. Cureau de La Chambre, que faz do riso uma paixão integral, observa que alguns autores atribuíram o riso unicamente à admiração, depois de notarem que ele era próprio do homem e nem sempre estava ligado à alegria (*op. cit.*, I, IV, p. 233). Mas o admirável nem sempre é digno de riso, mesmo quando

é agradável. "O riso raramente ocorre quando se está sozinho, e a maior parte dos objetos que o excitam poderosamente na conversação não o emocionam absolutamente na solidão. De forma que é plausível que a companhia tenha algo a ver com sua produção, e que a alma queira mostrar que está surpresa, o que seria inútil se ela não tivesse alguém que fosse testemunha do que quer fazer." (*Ibid.*, pp. 243-244.)

2. Ver *Cogitationes privatae*: "A passagem de uma paixão para outra faz-se por paixões próximas; no entanto freqüentemente há passagem violenta pelas contrárias, como se a notícia de uma grande desgraça se espalhasse subitamente no meio de alegres convivas." (*Oeuvres inédites*, I, p. 11.)

Artigo 127:

1. Ver artigo 89.
2. A edição princeps traz na margem uma referência a J. L. Vives, *De anima et vita*, III, cap. "Do riso". Este escreve: "Quanto a mim, ao primeiro ou segundo bocado que como após um longo jejum, não posso impedir-me de rir, pois o diafragma contraído, muito evidentemente, dilata-se sob o efeito do alimento." (In *Opera Omnia*, 1782, t. III, p. 469.) Portanto para Vives se trata de um efeito puramente mecânico, devido ao aumento do volume do estômago. Já para Descartes o alimento só pode influir no coração após sua passagem para o sangue; daí a referência à imaginação como causa próxima do riso.

Artigo 128:

1. Nas *Observations météorologiques*, Descartes também menciona que "as lágrimas são o suor dos olhos" (*Oeuvres inédites*, I, p. 97).

Artigo 129:

1. *Discours*, II (AT VI, 239-247).
2. Ver o Anexo e a carta a Voetius de 19 de junho de 1643.

Artigo 132:

1. Ver artigo 102 e a nota.

Artigo 134:

1. "A criança que tem a alma forte, se for repreendida, não chorará: ficará encolerizada." (*Cogitationes privatae*, in *Oeuvres inédites*, I, p. 11.)

Artigo 135:

1. Elisabeth objeta que a tristeza não é causa única dos suspiros, pois "o costume e a repleção do estômago também os produzem" (carta de 25 de abril de 1646). Ao que Descartes responde: "Os mesmos sinais externos que costumam acompanhar as paixões também podem às vezes ser produzidos por outras causas. [...] E assim, às vezes podemos suspirar por costume ou por doença, mas isso não impede que os suspiros sejam sinais da tristeza e do desejo, quando são essas paixões que os causam." (Carta de maio de 1646.)

Artigo 136:

1. Ver artigo 93 e as referências apresentadas na nota 2.
2. Honoré de Balzac relata que Henrique III desmaiava ao ver algum gato, enquanto o cavaleiro de Guise e Maria de Médicis "sentiam-se mal ante a visão de qualquer rosa, mesmo que em pintura" (*Louis Lambert*, Le Seuil, "L'Intégrale", VII, p. 302).
3. Essa idéia tradicional da influência das paixões da mãe sobre o desenvolvimento do embrião é abordada apenas incidentalmente por Descartes, no *Tratado do homem* (*Traité de l'homme*, AT XI, 177), na *Dióptrica* (*Dioptrique*, AT VI, 129) e nas cartas a Mersenne de 1 de abril e 30 de julho de 1640. Será desenvolvida mais amplamente por Malebranche, que, apesar de preformista, vê na fisiologia cartesiana um meio de explicar os monstros, a transmissão do adquirido e o fato de os animais

gerarem filhotes da mesma espécie que eles (*Recherche de la vérité*, II, I, 7; Pléiade, pp. 173 e 178 ss.).

Artigo 137:

1. Em conseqüência do esquema desenvolvido na primeira parte, "as almas humanas separadas do corpo não têm sentimentos, propriamente falando" (carta a Morus de agosto de 1649). No entanto essa tese se torna problemática quando se trata de explicar o castigo dos condenados destinados a arder no inferno. Descartes ("Réponses aux sixièmes objections", 5, AT IX, 230) limita-se a citar Pierre Lombard (*Sentences*, liv. IV, dist. 44). Malebranche explica que, como o corpo é apenas causa ocasional da dor, "não é mais difícil compreender que os demônios sofram dores muito intensas pelo movimento do fogo, do que nossa alma por esta ou aquela movimentação do cérebro" (*Entretiens sur la mort*, II, Vrin-CNRS, t. XII-XIII, p. 396). Ver também A. Arnauld e P. Nicole, *La logique ou l'art de penser*, I, 9 (Vrin, 1981, p. 74).

2. Tomás de Aquino também procura justificar a tristeza (*op. cit.*, I-II, Q. 39).

Artigo 138:

1. A necessidade de desconfiar dos sentidos não se deve à perversão dos mesmos, decorrente, por exemplo, do pecado original, e sim ao inevitável limite das capacidades das *máquinas* (*Méditations*, VI, AT IX, 66-67; *Entretien avec Burman*, "Sixième méditation", p. 71).

2. "[...] segundo a regra da razão, cada prazer deveria medir-se pela grandeza da perfeição que o produz, e é assim que medimos aqueles cujas causas nos são claramente conhecidas. Mas freqüentemente a paixão nos faz considerar certas coisas como muito melhores e mais desejáveis do que o são [...]. É por isso que o verdadeiro ofício da razão é examinar o justo valor de todos os bens cuja obtenção parece de alguma forma

depender de nossa conduta." (Carta a Elisabeth de 1 de setembro de 1645; ver também a carta a Cristina da Suécia de 20 de novembro de 1647.)

Artigo 139:

1. "Os animais brutos, que têm para conservar apenas o corpo, ocupam-se continuamente em procurar com que alimentá-lo; mas os homens, cuja principal parte é o espírito, deveriam empregar seus principais cuidados na busca da sabedoria, que é o verdadeiro alimento deste." ("Lettre au traducteur des *Principes*, AT IX, B 4.) A carta-dedicatória dos *Princípios* estabelece a equivalência entre sabedoria e virtude: "[as virtudes] que são tão puras e tão perfeitas, que provêm unicamente do conhecimento do bem, são todas de mesma natureza e podem ser abrangidas pelo simples nome de sabedoria." (*Principes*, AT IX, B 22.)

2. As cartas a Chanut de 1 de fevereiro e 6 de junho de 1647 distinguem entre o amor intelectual, que segue o conhecimento racional de que uma coisa é um bem, e o amor sensível, proveniente da alegria. Não havendo julgamento prévio, esta faz papel de conhecimento – confuso, na medida em que sua função natural consiste em indicar-nos o que é útil ao corpo (art. 137).

3. Ver artigo 142 e a nota 2.

4. O amor que atinge seu mais alto grau impede o amor que sentimos por nós mesmos de estabelecer a menor distinção entre nosso bem e o do ser amado. Ver os exemplos de Descartes nos artigos 81 e 83.

5. Descartes escrevia a Chanut que a alma sente alegria quando está unida a seu bem "não somente por sua vontade mas também realmente e de fato, na forma que lhe convém estar unida" (carta de 1 de fevereiro de 1647). Portanto o fato de pertencer não remete necessariamente – tratando-se por exemplo do amor a Deus – a uma presença física ou a uma

fruição. Segundo Cureau de La Chambre, o apetite, aliás, é capaz apenas de uma união ideal (*op. cit.*, I, II, 2).

Artigo 140:

1. *Méditations*, IV (AT IX, 43-44); *Principes*, I, 23.

Artigo 141:

1. "[...] nem todos os tipos de desejo são incompatíveis com a beatitude; apenas os que são acompanhados de impaciência e de tristeza." (Carta a Elisabeth de 4 de agosto de 1645.) A idéia inspirada em Platão (*La République*, I, 586 d-587 a), segundo a qual o necessário não é suprimir os desejos, como querem os estóicos, e sim subordiná-los à razão, repete-se na maioria dos autores. Ver Camus (*op. cit.*, Prefácio), Coeffeteau (*op. cit.*, Prefácio), Cureau de La Chambre (*op. cit.*, I, Advertência ao leitor), Sénault (*De l'usage des passions*, Prefácio).

2. Ver artigos 119 e 122.

Artigo 142:

1. Apenas o fato de estarmos destinados ao conhecimento pode levar-nos a preferir uma tristeza legítima a uma "falsa alegria": "Vendo que é maior perfeição conhecer a verdade do que ignorá-la, ainda mesmo que ela nos seja desvantajosa, confesso que mais vale ser menos alegre e ter mais conhecimento." (Carta a Elisabeth de 6 de outubro de 1645.)

2. Para responder à pergunta de Cristina da Suécia: "Qual desregramento é pior, o do amor ou o do ódio?", Descartes, na carta a Chanut de 1 de fevereiro de 1647, distingue três pontos de vista: 1º com relação à virtude, "o amor que temos por um objeto que não o merece pode tornar-nos piores do que o faz o ódio", mas, como *disposição* relacionada com o bem, ele nos torna definitivamente mais virtuosos; 2º com relação a nosso contentamento, o amor é sempre preferível ao ódio, causa

incondicional de tristeza (art. 140); 3º com relação aos outros homens, o amor faz mais mal que o ódio, pois "o mal que provém do ódio estende-se unicamente sobre o objeto odiado, ao passo que o amor desregrado nada poupa, exceto seu objeto".

Artigo 143:

1. Cureau de La Chambre (*op. cit.*, I, III, 4) observa também que a alegria gera a confiança, a credulidade e mesmo a presunção: a alma que possui seu bem não teme o mal.

Artigo 144:

1. Artigo 141.
2. A distinção entre as coisas "que dependem de nós, como a virtude e a sabedoria", e "as que não dependem de nós, como as honras, as riquezas e a saúde" (carta a Elisabeth de 4 de agosto de 1645), é de origem estóica (Epicteto, *Manuel*, I, 1-2). Ela reaparece em Du Vair: "Portanto, quando se apresentar a nós algum objeto, para que não nos perturbemos com ele como com um bem que nos foge ou um mal que nos persegue, observemos se é uma coisa que está em nosso poder ou não. Se estiver em nosso poder, ele pode ser um bem ou um mal. Mas, nesse caso, não devemos em absoluto apaixonarnos por ele; pois, mantendo reta nossa vontade, nós o tornamos um bem e o conservamos assim. Se estiver fora de nosso poder, ele não nos é um bem nem um mal; e conseqüentemente não devemos procurá-lo nem evitá-lo." (*Op. cit.*, p. 72.)
3. Como Descartes lhe havia escrito que as paixões sujeitas à razão "às vezes são tanto mais úteis quanto mais tendem para o excesso" (carta de 1 de setembro de 1645), Elisabeth objeta que não vê como uma paixão pode ser ao mesmo tempo excessiva e sujeita à razão (carta de 28 de outubro de 1645). Descartes responde-lhe: "Quando eu disse que há paixões que são tanto mais úteis quanto mais tendem para o excesso, quis falar somente das que são totalmente boas, o que atestei acres-

centando que elas devem estar sujeitas à razão. Pois há dois tipos de excesso: um que, mudando a natureza da coisa e de boa tornando-a má, impede que ela permaneça sujeita à razão; o outro que somente aumenta sua medida e só faz torná-la melhor." (Carta de 3 de novembro de 1645.) Ver também a carta a Silhon de março ou abril de 1648.

Artigo 145:

1. "Como, pergunta Elisabeth, evitarmos desejar com ardor as coisas que tendem necessariamente para a conservação do homem (como a saúde e os recursos para viver)?" (Carta de 25 de abril de 1645.) Descartes responde-lhe que não acredita "tampouco que pequemos por excesso ao desejar as coisas necessárias para a vida; são apenas os desejos pelas más ou supérfluas que devem ser regrados" (carta de maio de 1646). Segundo Du Vair, que lamenta coincidir nisso com Epicuro, o que é indispensável para a vida é fácil de ser encontrado e portanto dificilmente pode suscitar desejos desregrados ou capazes de perturbar-nos (*op. cit.*, pp. 75-76; ver também Cureau de La Chambre, *op. cit.*, I, v, 1). A carta a Chanut de 31 de março segue a mesma linha; mas, nessa mesma carta a Elisabeth, Descartes, como na sexta parte do *Discurso do método* (*Discours de la méthode*, AT VI, 62), parece colocar as necessidades vitais entre aquelas que, visando a um bem verdadeiro, são tanto melhores quanto maiores forem. Essa tese não se ajusta com a carta de 4 de agosto de 1645 (citada no artigo anterior, nota 2), nem com a terceira parte do *Discurso do método* (*Discours de la méthode*, AT VI, 26), que colocava a saúde entre os bens que não dependem de nós e que portanto não deveríamos desejar ao estarmos doentes.

2. Da mesma forma Descartes escrevia no *Discurso do método*: "Minha terceira máxima era empenhar-me sempre em vencer a mim e não ao acaso e mudar meus desejos e não a ordem do mundo; e, globalmente, acostumar-me a crer que não

há coisa alguma que esteja inteiramente em nosso poder exceto nossos pensamentos [...]. Unicamente isso me parecia ser suficiente para impedir-me de desejar para o futuro algo que não obtivesse, e assim para tornar-me contente." (*Discours de la méthode*, AT VI, 25.) Essa máxima é retomada na carta a Elisabeth de 4 de agosto de 1645. Ver também a carta a Reneri para Pollot de abril ou maio de 1638 (2).

3. Artigos 153-156.

4. Ver também a carta a Elisabeth de 15 de setembro de 1645. A Providência constitui o avatar cristão do destino estóico, sobretudo em Justus Lipsius e Du Vair (*op. cit.*, pp. 100-101). Este, seguindo Epicteto (*Manuel*, 53), refere-se à estrofe de Cleanto:

> Conduis-moi, Zeus, et toi Destinée,
> où vous avez fixé que je dois me rendre.
> Je vous suivrai sans hésiter; car si je résistais,
> En devenant méchant, je ne vous suivrais pas moins.*
> (trad. francesa M. Meunier.)

Para Descartes a liberdade absoluta que ele reconhece a Deus não é incompatível com sua imutabilidade (carta a Mersenne de 15 de abril de 1630; *Principes*, II, 36; carta a Elisabeth de 6 de outubro de 1645).

5. "Nossa vontade só se [aplica] naturalmente em desejar as coisas que nosso entendimento lhe representa como possíveis." (*Discours de la méthode*, III, AT VI, 26.) Da mesma forma em Aristóteles: " Ninguém deseja as coisas manifestamente impossíveis para si." (*Rhétorique*, II, 2, 1378 b 4.) Ver artigos 58 e 120.

6. Esse tema é desenvolvido na memorável carta de pêsames que Descartes envia a Huygens após a morte de sua esposa, e em que escreve principalmente: "[...] sem saberem eles

....
* Conduze-me, ó Zeus, e tu também, Destino,/ Para onde decidistes que devo ir./ Sigo-vos sem hesitar; pois se resistisse,/ Tornando-me mau não vos seguiria menos. (N. do T.)

mesmos o que imaginam, [os espíritos vulgares] imaginam que o que foi antes ainda pode ser e que Deus é como que obrigado a fazer por amor deles tudo o que quiserem. Mas uma alma forte e generosa, como a vossa, sabe demasiado bem em qual condição Deus nos fez nascer, para querer através de desejos ineficazes resistir à necessidade de sua lei." (Carta de 20 de maio de 1637.)

Artigo 146:

1. O livre-arbítrio "torna-nos de alguma forma semelhantes a Deus e parece isentar-nos de estar sujeitos a ele" (carta a Cristina da Suécia de 20 de novembro de 1647).

2. Para Descartes, está claro que essa necessidade vale apenas para nós e "nunca devemos dizer que alguma coisa é impossível a Deus" (carta a Arnauld de 29 de julho de 1648; ver também as cartas a Mersenne de 1630).

3. Quando Leibniz escreve que devemos remeter-nos à vontade de Deus apenas no que diz respeito ao passado e fazer o melhor que pudermos quanto ao futuro (*Discours de métaphysique*, IV), trata-se basicamente de prever o sofisma da *razão preguiçosa*, que sob o pretexto de destino justificaria a inação e a ausência de reflexão (ver também Aristóteles, *De l'interprétation*, 9, 18 b 31, e Cícero, *Du destin*, XII, 28). Descartes, em contrapartida, parece considerar sobretudo que a referência imediata à fatalidade não é mais que um reflexo da referência ao acaso. Acreditar que nada é possível, ou que o que foi possível ainda o pode ser, equivale da mesma forma a esquecer a distinção entre o que depende de nós e o que não depende: o homem que se apóia na fatalidade priva-se, tanto quanto o homem que espera, das satisfações que dependem apenas dele e são independentes do sucesso de seus projetos. Portanto, distinguir entre a fatalidade e o acaso não é somente opor o necessário ao aleatório, mas também e sobretudo opor o que se refere apenas aos acontecimentos externos e o que é capaz de atingir-nos.

Artigo 147:

1. Ver artigos 79, 91 e 92; *Principes*, IV, 190; cartas a Elisabeth de 1 e 15 de setembro de 1645, a Chanut de 1 de fevereiro de 1647.
2. "[...] enquanto nossa alma está unida ao corpo, esse amor racional habitualmente é acompanhado do outro, que pode ser chamado sensual ou sensitivo [...]; pois há entre ambos uma tal ligação que, quando a alma julga que um objeto é digno dela, isso imediatamente dispõe o coração para os movimentos que excitam a paixão de amor" (carta a Chanut de 1 de fevereiro de 1647).
3. Ver também o exemplo da aflição que despertam em nós os sofrimentos de nossos amigos, na carta a Elisabeth de 6 de outubro de 1645 (citada na Introdução).
4. Sobre o teatro, ver artigo 187 e as referências apresentadas no artigo 94, nota 3.

Artigo 148:

1. Igualmente em santo Agostinho: "Quem desejaria aborrecimentos* e dificuldades? Ordenais que os toleremos, não que os amemos. Ninguém ama o que suporta, mesmo que ame suportar. Rejubilamo-nos com nossa resistência, mas preferiríamos nada ter para suportar." (*Confessions*, X, 28.)
2. Du Vair apresenta uma definição semelhante: "O bem do homem consistirá no uso da reta razão – o que significa na virtude, que é simplesmente a firme disposição de nossa vontade para seguir o que é honesto e adequado." (*Op. cit.*, p. 64; ver também p. 72.) Aí no entanto se trata apenas da virtude considerada unicamente à luz natural da razão e independentemente da fé ("Lettre au traducteur des *Principes*, AT IX, B 4; cartas a Chanut de 1 de novembro de 1646 e a Cristina da Suécia de 20 de novembro de 1647). Sobre essa definição da virtude, ver também as cartas a Elisabeth de agosto de 1645.

....

* No original *ennui*, que, além de aborrecimento, transmite a idéia de angústia, agonia, tédio. Cf. nota 1 ao artigo 67. (N. do R. T.)

3. Descartes chegará a dizer que as grandes almas desfrutam de uma perfeita bem-aventurança já nesta vida (carta a Elisabeth de 18 de maio de 1645). Ao contrário de Sêneca (*De la vie heureuse*, 9, in *Les stoïciens*, Pléiade, pp. 731-732), Descartes não vê na virtude um fim que se baste a si mesmo: "O soberano bem é sem dúvida a coisa que devemos nos propor como objetivo em todas nossas ações, e o contentamento do espírito que disso decorre, sendo a atração que faz que o busquemos, é legitimamente chamado de nosso fim." (Carta a Elisabeth de 18 de agosto de 1645.) Ver também as cartas a Elisabeth de 4 de agosto de 1645 e a Cristina da Suécia de 20 de novembro de 1647.

Terceira Parte

Artigo 149:

1. Ver artigo 69.
2. Artigos 53-67.

Artigo 150:

1. A carta a Chanut de 1 de fevereiro de 1647 também menciona a influência do amor sobre o julgamento que fazemos de uma pessoa. Sobre esse ponto, ver A. Gombay, "Amour et jugement chez Descartes", in *Revue philosophique*, nº 4. A *Carte du Tendre*, ao contrário, faz da estima uma causa do amor.

Artigo 151:

1. Em sua apresentação dos sinais externos das paixões, Descartes havia privilegiado os sinais ligados ao rosto ou ao funcionamento das partes vitais (arts. 112-135). Já Cureau de La Chambre leva em conta a totalidade das modificações corpo-

rais ("o ar"), que compreendem tanto a expressão quanto a postura, a atitude, o gesto e a aparência (*op. cit.*, I, I, pp. 14-15).

Artigo 152:

1. Ver a carta a Cristina da Suécia de 20 de novembro de 1647.
2. Ver artigos 174-175.

Artigo 153:

1. Ver artigo 148 e as notas.

Artigo 154:

1. Com isso Descartes endossa o equivalente da prescrição tradicional que manda odiar o pecado mas não o pecador (art. 187). Ver Tomás de Aquino (*op. cit.*, I-II, Q. 34, 3) e Camus (*op. cit.*, III, p. 21).
2. G. Rodis-Lewis aproxima essa passagem das primeiras linhas do *Discurso do método*: assim como o bom senso, também a boa vontade, ou vontade do bem, pertence de direito a todo homem, quaisquer que sejam as diferenças de fato.

Artigo 155:

1. "Ainda que a vaidade que leva a ter melhor opinião de si do que se deve seja um vício que pertence apenas às almas fracas e baixas, isso não significa que as mais fortes e generosas devam desprezar-se: é preciso fazer justiça a si mesmo, reconhecendo suas próprias perfeições tanto quanto seus defeitos." (Carta a Elisabeth de 6 de outubro de 1645.) Nisso o homem generoso de Descartes opõe-se àquele – sempre zeloso de sua própria glória – que aparece em Corneille (*Horace*, V, II; *Cinna*, II, I, V, III, etc.). Sobre esse ponto, ver P. Bénichou, *Morales du grand siècle*, I, e O. Nadal, *Le sentiment de l'amour dans l'oeuvre de Pierre Corneille*, "Etude conjointe", II, VI.

Artigo 156:

1. "Como fazer o bem aos outros homens é uma coisa mais elevada e mais gloriosa do que obtê-lo para si mesmo, são as maiores almas que têm mais inclinação para isso e que menos se importam com os bens que possuem." (Carta a Elisabeth de 6 de outubro de 1645.)
2. Sobre essas duas paixões, ver os artigos 58, 62, 167 e 182.
3. A estima por outrem baseia-se no reconhecimento de seu livre-arbítrio (arts. 164 e 165), ao passo que o ódio se volta para as causas "das quais esperamos apenas o mal" (art. 162).
4. Ver artigo 199 e o texto citado no artigo 195, nota 1.

Artigo 157:

1. Ver artigo 204.

Artigo 158:

1. Sobre a ligação da ambição com as outras paixões, ver Francis Bacon, *Essais*, XXXVI; A. Arnauld e P. Nicole, *La logique ou l'art de penser*, I, X (Vrin, 1981, pp. 79-81); ver também o texto de Ronsard citado no artigo 182, nota 1.

Artigo 159:

1. Ver artigos 48 e 59.
2. Se não fosse a presença de uma vontade infinita em todo homem, a humildade viciosa seria autoverificante. É o caso em Spinoza: "Ninguém faz de si menos caso do que é justo quando imagina que não pode isto ou aquilo. Com efeito, tudo o que o homem imagina que não pode, ele o imagina necessariamente, e é predisposto por essa imaginação de tal forma que não possa realmente fazer o que imaginar que não pode." (*Ethique*, III, Définition des affections, XXVIII, Explication.)

Artigo 160:

1. Assim como as virtudes, os vícios são ações da alma.

2. Já que as paixões não se opõem mais ao espírito como a perturbação à impassibilidade, nada impede que elas sirvam de suporte para a virtude, e mesmo se tornem, como em Cureau de La Chambre (*op. cit.*, II, Avis au lecteur), o gênero comum de todos os movimentos da alma. Ver a Introdução.

3. Não é exatamente o que Descartes dizia no artigo 157; mas aqui seu ponto de vista é puramente fisiológico.

4. Ver artigos 70 e 72.

5. Ver artigo 154. Trata-se de uma retomada do adágio escolástico *omnis peccans est ignorans*, citado por Descartes na carta a Mersenne de 27 de abril de 1637 e que se torna, no *Discurso do método* (III): "basta bem julgar para bem fazer" (*Discours de la méthode*, AT VI, 28). No entanto, ao contrário de Platão (*Gorgias*, 509 d), Descartes considera a ignorância uma causa somente *ordinária* do vício. Com efeito, devido à nossa liberdade, "quando uma razão muito evidente nos leva para um lado, embora moralmente falando dificilmente possamos escolher o partido contrário, no entanto absolutamente falando podemos fazê-lo" (carta a Mesland de 9 de fevereiro de 1645; ver também a carta de 2 de maio de 1644).

6. Infinita, nossa vontade "é o que [nos] faz saber que [somos] à imagem e semelhança de Deus" (*Méditations*, IV, AT IX, 45); portanto ela é realmente "maravilhosa" – do latim *mirabilia*, de que deriva a palavra "admiração" – e o único objeto, neste mundo, a ser realmente admirável (art. 76).

Artigo 161:

1. "[...] tem-se razão, na Escola, em dizer que as virtudes são hábitos." (carta a Elisabeth de 15 de setembro de 1645.) É tradicional fazer da virtude uma ἕξις (Aristóteles, *Ethique à Nicomaque*, II, 1) ou um *habitus*, o qual é simplesmente um hábito adquirido a ponto de tornar-se natural (Tomás de Aquino,

op. cit., I, II, Q. 55, 1; Q. 56, 5). A originalidade de Descartes consiste em haver dado um fundamento orgânico a essa concepção (arts. 39 e 50), sendo que Tomás de Aquino nega que possa haver hábitos do corpo (*ibid.*, Q. 50, 1).

2. Ver artigo 153. A magnanimidade ou μεγαλοψυχία é característica "de quem se julga digno de grandes coisas e é realmente digno delas" (Aristóteles, *Ethique à Nicomaque*, IV, 7). Aristóteles especifica que as dádivas da sorte, tais como o acaso de uma boa origem, podem contribuir para isso, mas que em verdade ela procede apenas do mérito (*ibid.*, 8, 1124 a 20-1124-b 6; ver também Tomás de Aquino, *op. cit.*, I-II, Q. 60, 5). Portanto a mudança de termo corresponde realmente a uma mudança de concepção (art. 182).

Artigo 162:

1. Sobre a ambigüidade criada pela pontuação original, aqui respeitada, ver artigo 55 e a nota.

2. Isso significa que não poderíamos amar – ou odiar – uma causa livre? Apenas o generoso conhece verdadeiramente a liberdade, pois, desprezando os bens exteriores, não fica tentado a reduzi-la a uma ameaçadora imprevisibilidade (art. 159). Esse conhecimento impede-o de odiar os outros homens (art. 156), mas também o torna mais apto que qualquer outro a apreender como um bem o objeto da vontade de outrem, o que define o verdadeiro amor (art. 82). Segue-se, por um lado, que não há homem tão imperfeito que não possa amar (art. 83); e por outro lado, que Deus pode ser objeto de amor (carta a Chanut de 1 de fevereiro de 1647), embora ele constitua o lugar por excelência da liberdade (ver as cartas a Mersenne de 1630; ver também Spinoza, *Ethique*, V, 15-18).

3. Artigo 165.

Artigo 164:

1. Descartes freqüentemente dá provas desse respeito pelas autoridades constituídas, que se confunde menos ou mais com um certo conservadorismo político: "Eu não poderia de forma alguma aprovar essas índoles confusas e inquietas que, sem serem chamadas nem pelo nascimento nem pela fortuna ao manejo dos assuntos públicos, não deixam de sempre lhes fazer, em pensamento, alguma reforma." (*Discours de la méthode*, II, AT VI, p. 14; ver também p. 61 e a carta a Elisabeth de setembro de 1646.)

2. Convém lembrar que nessa época Descartes está em plena polêmica com os doutores da Universidade de Utrecht: Voetius e depois Regius (Baillet, *op. cit.*, 1946, pp. 218-228, 237-240; 1691, II, pp. 249-262, 267-272). Ver a carta a Elisabeth de 10 de maio de 1647, a ser comparada com a carta a Beeckman de 17 de outubro de 1630.

Artigo 166:

1. Ver o texto citado no artigo 144, nota 3.
2. Ver artigo 62.
3. Ver artigos 58 e 145. Assim, para Coeffeteau: "Quando o objeto que se apresenta sob a imagem do bem ao mesmo tempo o mostra como impossível de ser obtido, então não somente a esperança não participa como até mesmo o desejo é banido, de tal maneira que a primeira paixão que então se forma em nós é o desespero que o irascível excita, para que ele não deixe um desejo vão, visto que naturalmente não desejamos as coisas impossíveis e que as ações vãs e inúteis são inimigas da natureza." (*Op. cit.*, I, 2, pp. 44-45.)

Artigo 167:

1. Ver texto de Du Vair citado no artigo 62, nota 1. Para Spinoza, o ciúme é um misto de amor e ódio (*Ethique*, III, 35, escólio).

2. Ver o exemplo de Astréia no primeiro livro do romance de Honoré d'Urfé.

Artigo 168:

1. O *Dictionnaire* de Furetière observa que "ciúme" se emprega particularmente em matéria de amor, mas também em teologia quando se diz que Deus é zeloso de sua glória, ou em geral a propósito dos que possuem algo que temem perder. Cita principalmente o exemplo da mulher zelosa de sua honra.

Artigo 169:

1. Ver a primeira epístola de Paulo aos Coríntios (XIII, 4-7) e a primeira epístola de João (IV, 18).
2. Todo este artigo expressa as hesitações da época com relação ao ciúme e que se refletem em *A Astréia*. O ciúme é visto ora como uma prova de amor, ora, ao contrário, como indício da imperfeição desse amor (Francisco de Sales, *Introduction à la vie dévote*, III, 38; Pléiade, p. 236). Pode ser a marca de uma desconfiança excessiva (Coeffeteau, *op. cit.*, II, 5), ou então a manifestação normal da prudência do proprietário, numa época em que as leis perdoam o assassinato da mulher infiel (Camus, *op. cit.*, XXX). Note-se no entanto que o padre Bauny desaconselha essa solução, visto que: 1º a mulher corre o risco de morrer em estado de pecado mortal; 2º não se pode ser ao mesmo tempo juiz e parte; 3º os papas proíbem-no (*La somme des péchés qui se commettent en tous états*, VIII, Paris, 1645, p. 104). Por fim, Du Vair condena-o porque ele "não é mais que uma falta de confiança com relação a si mesmo e um testemunho de nosso pouco mérito" (*op. cit.*, p. 87). Sobre esse ponto, ver M. Bertaud, *La jalousie dans la littérature au temps de Louis XIII* (Droz, 1981).

Artigo 170:

1. Descartes freqüentemente condena a irresolução. Ver principalmente a carta a Elisabeth de 4 de agosto de 1645 e o *Discurso do método*, III: "Minha segunda máxima era ser o mais firme e o mais resoluto que pudesse em minhas ações, e, uma vez que me tivesse determinado a isso, não seguir as opiniões mais duvidosas com menos constância do que se elas fossem muito seguras." (*Discours de la méthode*, AT VI, 24.)

2. Tratando-se da prática, essa confusão é inevitável (carta a Elisabeth de 6 de outubro de 1645 e de outubro-novembro de 1646). Portanto o remédio para a irresolução estará menos em uma melhora de nosso conhecimento do mundo do que num esforço de vontade, unido à certeza tanto dessa impossibilidade de ultrapassar a ordem da probabilidade como de que nada é menos eficaz que a hesitação ou a inação (*Discours de la méthode*, III, AT VI, 24-25). Ver também artigos 48, 49 e 59.

Artigo 171:

1. "Às vezes confundimos também as inclinações ou hábitos que dispõem a alguma paixão com a própria paixão, o que no entanto é fácil de distinguir." (Carta a Elisabeth de 6 de outubro de 1645.) Descartes dá o exemplo de uma cidade ameaçada por um cerco, e cujos habitantes, igualmente informados, ficam menos ou mais abalados "conforme sejam menos ou mais habituados ou propensos ao temor".

Artigo 172:

1. A emulação é mais freqüentemente relacionada com o ciúme ou com a inveja. Assim, em Camus ela nasce de um excesso de amor (*op. cit.*, LXIV, p. 608); e em Coeffeteau só se distingue da inveja porque não se baseia no ódio: a emulação não visa a privar o outro de seu bem, mas somente a dispor das mesmas venturas (*op. cit.*, V, 4, p. 382). Já Du Vair encara-a como um possível efeito do ciúme (*op. cit.*, p. 87).

2. Sobre esse tipo de classificação, ver artigo 61 e a nota 2.

Artigo 173:

1. Três romanos, todos chamados Decius – o pai, o filho e o neto –, haviam se devotado aos deuses infernais a fim de vencer respectivamente as batalhas de Veseris (340), Suetinum (295) e Asculum (279 a.C.). Seu exemplo é citado no *Dictionnaire* de Furetière no artigo "Devoção".

Artigo 175:

1. *Lâcheté* [aqui traduzido por covardia] designa também um estado de fraqueza física; mas, para o *Dictionnaire* de Furetière, no sentido moral ela remete realmente a uma infâmia.

Artigo 176:

1. Ver o texto citado no artigo 144, nota 3. A propósito da ousadia, Descartes especifica que ela "tem como excesso a temeridade apenas quando ultrapassa os limites da razão; mas enquanto não os ultrapassar ela pode ter ainda um outro excesso, que consiste em não ser acompanhada de qualquer irresolução nem de qualquer temor" (carta a Elisabeth de 3 de novembro de 1645). Cureau de La Chambre vê na ousadia a fonte de todo valor individual e propõe um verdadeiro panegírico do homem ousado (*op. cit.*, II, I, 1, pp. 8-20). Ver também o texto citado no artigo 204, nota 1.

2. Sobre a antecipação como remédio para as paixões, ver artigo 211 e a nota 4.

Artigo 177:

1. Ver artigos 48, 49 e 170.

Artigo 178:

1. Ver artigo 126.

Artigo 179:

1. Em que eles se opõem ao generoso: artigos 164 e 187.

Artigo 181:

1. Ainda que a objeção não seja aplicável à zombaria, presumivelmente espontânea, é precisamente por ter observado que a pessoa que conta uma história freqüentemente é a primeira a rir dela, embora já a conheça, que Cureau de La Chambre se nega a fazer da admiração a causa essencial do riso (*op. cit.*, I, IV, p. 234).

Artigo 182:

1. "A inveja é o vício mais maldoso e mais vil entre todos, como o que não tem por sujeito os estranhos, e sim irmãos, parentes, vizinhos, companheiros, amigos da mesma posição. É uma dor e tristeza que procede de uma coragem covarde e de uma abjeta e vil pusilanimidade da alma que se atormenta, se corrói e se desgasta com a prosperidade, favor, crédito, honra, beleza, força, agilidade, pudor e sabedoria, e em resumo com toda boa sorte e prosperidade que acontece a seu semelhante; paixão que torna o invejoso extremamente atormentado, pois, não confiando em suas forças e em suas faculdades, ele entra em desesperança de conseguir igualar, ultrapassar ou atingir os bons sucessos e as felizes prosperidades de seu companheiro, e opõe-se o quanto pode ao avanço deste." (Ronsard, *De l'envie*, in *Oeuvres complètes*, II, Pléiade, 1950, p. 1036.) Nesse mesmo texto, a inveja também é caracterizada como a mais extrema de todas as paixões (p. 1037).

2. Não se trata de fazer das dádivas da natureza o indício de um mérito inicial e reconhecido por Deus, e sim de constatar que, como não teve tempo de cometer mal algum, o embrião não poderia ser indigno dos bens que recebeu.

Artigo 183:

1. Para Ronsard, tal situação não desperta a inveja e sim a indignação, que sobrevém "quando estamos zangados, encolerizados, indignados com a injusta prosperidade dos maus ou dos que obtêm as riquezas, posições e honras sem as ter merecido. [...] não ficamos invejosos disso, pois os homens não desejam ser maus" (*op. cit.*, p. 1035). O artigo 62, estipulando que consideramos como um bem que as coisas aconteçam como devem, seguiria essa linha. Mas, como a prosperidade do homem mau é dada, na realidade ela provocará duas paixões diferentes, conforme nos concentremos na injustiça cometida ou no bem recebido (art. 195).

Artigo 184:

1. O mesmo retrato é encontrado em Ronsard, que acrescenta que a "melancolia negra" atormenta tanto o invejoso "que às vezes ele cai numa licantropia e percorre os campos julgando ser um lobisomem" (*op. cit.*, p. 1038).

Artigo 185:

1. Ver artigos 62, 178 e 182.

Artigo 187:

1. Ver na carta a Elisabeth de 6 de outubro de 1645 a passagem citada na Introdução e as referências apresentadas no artigo 94, nota 3.
2. Ver artigo 154.

Artigo 189:

1. Artigo 129.

Artigo 190:

1. "A paz de espírito e a satisfação interior que sentem em si mesmos aqueles que sabem que nunca deixam de fazer o melhor que podem, tanto para conhecer o bem como para obtê-lo, é um prazer incomparavelmente mais doce, mais durável e mais sólido do que todos os que vêm de alhures." (Carta a Cristina da Suécia de 20 de novembro de 1647.)

2. "Os que verdadeiramente são pessoas de bem não adquirem tanta reputação de ser devotos como o fazem os supersticiosos e os hipócritas." (Dedicatória dos *Principes*, T IX, B 22.) A crítica do falso devoto reaparece evidentemente em Molière.

3. Toda essa última frase deve ser compreendida com referência ao contexto histórico e especialmente à idéia do legítimo tiranicida, desenvolvida em 1584 pelos partidários da Liga. Tal idéia havia resultado no assassinato de Henrique III pelo monge Jacques Clément, em 1589.

Artigo 191:

1. O arrependimento é "uma virtude cristã, que serve para fazer que nos corrijamos não somente das faltas cometidas voluntariamente como também das que fizemos por ignorância, quando alguma paixão impediu que conhecêssemos a verdade" (carta a Elisabeth de 3 de novembro de 1645). Spinoza, ao contrário, escreve: "O arrependimento não é uma virtude, isto é, não tem origem na razão; mas quem se arrepende do que fez é duplamente miserável ou impotente [...] [pois] se deixa vencer primeiramente por um desejo mau e depois pela tristeza." (*Ethique*, IV, 54.) O escólio destaca o interesse político apresentado pela valorização do arrependimento e da humildade. Ver também o texto citado no artigo 159, nota 2.

2. Ver artigos 170 e 177.

Artigo 192:

1. Sobre esse duplo aspecto do amor, ver o artigo 81, nota 1.

Artigo 195:

1. Descartes condena a cólera, que em certa medida atesta nossa fraqueza (arts. 156, 199 e 203), mas não a indignação: "É verdade que a cólera é uma [das paixões] contra as quais estimo que é preciso precaver-se, na medida em que tem por objeto uma ofensa recebida; e para isso devemos procurar elevar tão alto nosso espírito que as ofensas que os outros possam nos fazer nunca cheguem até nós. Mas creio que em vez de cólera é justo sentir indignação, e confesso que a sinto freqüentemente contra a ignorância daqueles que querem ser tomados por doutos, quando a vejo unida à malícia." (Carta a Chanut de 1 de novembro de 1646.)

2. Ver artigo 183. Para Aristóteles, "a justa indignação é um estado intermediário entre a inveja e a malevolência, [...] o homem que se indigna aflige-se com os sucessos imerecidos, o invejoso vai além e se aflige com todos os sucessos de outrem; e enquanto o homem que se indigna se aflige com as desgraças imerecidas, o malevolente, longe de afligir-se com elas, chega a rejubilar-se" (*Ethique à Nicomaque*, II, 7, 1108 b 1-6; ver também *Rhétorique*, II, 9, 1186 b 11-18). Coeffeteau, que toma como referência a *Retórica*, considera que "a inveja é sempre injusta" (*op. cit.*, III, 1, p. 191), ao passo que a indignação é absolutamente louvável (VI, 3, p. 354). Observa porém que entre os indignados estão também aqueles que, tendo uma boa opinião de si mesmos, acreditam merecer mais do que o resto do mundo (*ibid.*, p. 366). "É por isso, acrescenta ele, que alguns preferem relacionar os movimentos dos ambiciosos e dos presunçosos com uma pura inveja em vez de uma justa indignação, visto que, sendo a indignação uma paixão louvável e que procede dos ressentimentos da virtude, ela não pode subsistir com a paixão e a arrogância que acompanham aqueles ho-

mens" (pp. 366-367). Por fim, Du Vair condena incondicionalmente a indignação, assimilada à cólera ou à inveja: "O sábio deve tanto suportar sem cólera os vícios dos maus como sem inveja a prosperidade deles." (*Op. cit.*, p. 98.)

Artigo 196:

1. Ver artigos 178-180 e 187.
2. A imagem é tradicional e, quanto a Heráclito, encontra-se principalmente em Luciano (*Les sectes à l'encan*, XIV) e em Diógenes Laércio, que relata um testemunho de Teofrasto (*Vies et opinions...*, IX, 6); quanto a Demócrito, em Cícero (*De l'orateur*, II, LVIII, 235) e em Juvenal (*Satires*, X, 33). A comparação entre eles aparece em Estobeu: "Quanto aos sábios Heráclito e Demócrito, eles combatiam a cólera, um chorando e o outro rindo." (*Florilèges*, III, XX, 53.)

Artigo 197:

1. Ver artigo 62.
2. Ver artigo 127.

Artigo 198:

1. Ver artigos 190 e 204 e as notas.
2. A mesma crítica encontra-se em Leibniz, *Discours de métaphysique*, III-IV.

Artigo 199:

1. Ver artigo 156 e o texto citado no artigo 195, nota 1.
2. "A cólera às vezes pode excitar em nós desejos de vingança tão violentos que ela nos fará imaginar mais prazer em castigar nosso inimigo do que em conservar nossa honra ou nossa vida, e nos fará expor imprudentemente tanto uma como a outra por esse motivo." (Carta a Elisabeth de 1 de setembro de 1645.)

3. Ver artigo 107 e nota 4. Também em Tomás de Aquino o calor – doce e suave – do amor opõe-se ao da cólera: "A efervescência da cólera [...] é acompanhada de amargura e é devorante; pois tende ao castigo do que a contraria. Por isso a assimilamos ao calor do fogo e da bile." (*Op. cit.*, I-II, Q. 48, 2; ver também Q. 46, 6.)

Artigo 201:

1. Ver a carta a Huygens de janeiro de 1646, na qual Descartes trata de defender e explicar a cólera de um camponês assassino de seu avô.
2. Ver artigos 62 e 197.
3. "Encolerizamo-nos contra os que fazem mal aos outros, e queremos obter vingança de sua injustiça, porque suas vítimas estão ligadas a nós de alguma forma: por parentesco, por amizade ou simplesmente por igualdade de natureza. O que é objeto de todos nossos cuidados se torna realmente nosso bem. Se o desprezarem, julgamo-nos desprezados também, e sentimo-nos atingidos." (Tomás de Aquino, *op. cit.*, I-II, Q. 47 1.)
4. Ver artigo 199.
5. Ver também Tomás de Aquino (*op. cit.*, I-II, Q. 46, 6, e Q. 48, 2).

Artigo 202:

1. Ver artigos 107 e 199.
2. Tomás de Aquino, seguindo Aristóteles (*Rhétorique*, II, 2, 1378 a 30 ss.), considera que "todas as causas da cólera remetem ao desprezo. Estão fazendo pouco caso de nós" (*op. cit.*, I-II, Q. 47, 2). É por isso que não nos encolerizamos quando o dano tem como origem a vingança, a justiça, a ignorância: tais circunstâncias atenuam a impressão de ultraje.
3. Ver artigo 159.

Artigo 203:

1. Ver o texto citado no artigo 195, nota 1.
2. "Entre todas as paixões, a cólera é a que mais manifestamente perturba o julgamento da razão." (Tomás de Aquino, *op. cit.*, I-II, Q. 48, 3.)

Artigo 204:

1. "As virtudes que denomino aparentes não são, propriamente falando, mais que vícios, que, não sendo tão freqüentes quanto outros vícios que lhes são contrários, costumam ser mais estimados que as virtudes que consistem na mediocridade, de que esses vícios opostos são os excessos. Assim, porque há muito mais pessoas que temem demais os perigos do que as há que temem de menos, freqüentemente tomamos a temeridade por uma virtude; e nas devidas ocasiões ela brilha muito mais do que a verdadeira coragem. Assim, os pródigos costumam ser mais louvados que os liberais." (Dedicatória dos *Princípes*, AT IX, B 21.) Na carta a Elisabeth de 18 de agosto de 1645, Descartes concorda com Sêneca ao observar que em matéria de moral não devemos limitar-nos a seguir a multidão.

2. Mesmo em Corneille a estima dos outros é a única fonte de auto-estima. Ver O. Nadal, *op. cit.*, "Etude conjointe", II-V, e as referências apresentadas na nota do artigo 155. Já em Descartes ela deve subordinar-se à consideração do dever: "[...] quanto aos que se expõem à morte por vaidade, porque esperam ser louvados por isso, [...] creio que se deve mais lamentá-los do que valorizá-los." (Carta a Elisabeth de 15 de setembro de 1645.)

Artigo 205:

1. Ver artigo 117.

Artigo 206:

1. Essa escola de filosofia dos séculos IV-V a.C. deve seu nome primeiramente ao Cynosarge, ginásio onde ensinava seu fundador, Antístenes. A reputação de impudência dos cínicos vem principalmente de Diógenes (de Sinope), cuja atitude provocadora é relatada por Diógenes Laércio (*Vies et opinions...*, VI, 13-55) e a quem se deve a exploração do sentido próprio de κυνικοζ: cachorrinho, cão fraldeiro.

2. "A primeira [máxima da moral provisória] era obedecer às leis e costumes de meu país, [...] parecia-me que o mais útil era pautar-me por aqueles com quem eu teria de viver." (*Discours de la méthode*, III, AT VI, 23; ver também a carta a Elisabeth de 15 de setembro de 1645.) No *Protágoras*, Platão apresenta a vergonha ou pudor como um elemento indispensável para a vida social: "todo homem incapaz de pudor e de justiça será exterminado como um flagelo da sociedade" (*Protagoras*, 322 d).

Artigo 208:

1. Coeffeteau faz a mesma constatação: "Os homens entediam-se de desfrutar sempre os mesmos prazeres e ver sempre os mesmos objetos. É por isso que a continuidade lhes traz fastio, por mais doce que seja sua posse." (*Op. cit.*, V, 2, pp. 289-290.) Ele atribui esse fastio a que, de um lado, nosso ardor para o prazer consome os espíritos animais, de forma que nossa atenção se afrouxa; de outro lado, a fruição do bem modifica a disposição dos órgãos do corpo (pp. 288-289).

2. "A principal diferença que há entre os prazeres do corpo e os do espírito consiste em que, estando o corpo sujeito a uma mudança perpétua, e dessa mudança dependendo mesmo sua conservação e seu bem-estar, todos os prazeres que lhe dizem respeito pouco duram; porque procedem apenas da obtenção de alguma coisa que é útil ao corpo, no momento em que são recebidos; e tão logo ela deixa de ser-lhe útil eles tam-

bém deixam, ao passo que os da alma podem ser imortais como ela." (Carta a Elisabeth de 1 de setembro de 1645.)

Artigo 209:

1. Ao contrário, na carta a Huygens de 20 de maio de 1637 Descartes associava o lamento ao desejo: "quando se tem pouco ou nenhum desejo de recuperar o que se perdeu, o lamento dele não pode ser muito sensível".

Artigo 210:

1. Ver artigo 67, nota 2. Se o termo "regozijo" inclui realmente a idéia de animação ou de vivacidade, é evidente que a imagem cartesiana* não corresponde a qualquer etimologia real.

Artigo 211:

1. Além de serem instituídas por Deus, as paixões não podem ser más por si mesmas (*Méditations*, VI, AT IX, 63-64): é efetivamente o que Descartes empenhou-se em mostrar ao indicar qual era a utilidade delas (arts. 40, 75, 137-142, etc.). Nisso ele endossa uma opinião habitualmente desenvolvida na época, contra o estoicismo. Ver principalmente Coeffeteau (*op. cit.*, I, 3) e sobretudo Camus, cujo *Tratado das paixões* aplica-se essencialmente em estabelecer, a partir de suas ocorrências bíblicas, uma ligação entre as paixões e as virtudes. Entretanto, esse elogio geral das paixões admitia em Descartes algumas exceções (arts. 170, 174-176 e 199); e ele escreve a Chanut que, tendo examinado as paixões, achou-as "*quase* todas boas" (carta de 1 de novembro de 1646).
2. Ver artigo 144 e a nota.
3. Artigos 44, 45, 48, 50, 144-146, 148 e 156.

....

* Tal imagem consiste em derivar o termo *allégresse* (regozijo, euforia) de *alléger* (aliviar de uma carga, tornar mais leve). (N. do T.)

4. Ver artigo 176. Entende-se a premeditação primeiramente no sentido mais estrito, em que devemos meditar antecipadamente sobre as razões que nos persuadiram de uma verdade, a fim de adquirirmos esse hábito e não sermos mais logrados pelas aparências (carta a Elisabeth de 15 de setembro de 1645). No entanto, na seqüência desse artigo trata-se mais de *antecipação*. Como Elisabeth objeta que não podemos "prever todos os acidentes que podem sobrevir na vida, que são impossíveis de enumerar" (carta de 25 de abril de 1646), Descartes responde-lhe: "Não julgo que seja necessário [...] haver previsto especificamente todos os acidentes que podem sobrevir, o que sem dúvida seria impossível; mas basta haver imaginado em geral acidentes mais desagradáveis do que os que acontecem e ter se preparado para suportá-los." (Carta de maio de 1646.) A mesma idéia é encontrada em Coeffeteau, que entretanto especifica em quais condições deve efetuar-se essa antecipação: "Para não sucumbir ao mal quando ele nos vem acolher, é preciso prever os acidentes desta vida, não como se eles devessem infalivelmente acontecer-nos, pois dessa forma nos tornaríamos desgraçados antes do tempo; mas como podendo acontecer a todos os homens, para que, sendo do número destes, se o infortúnio quer que sejamos perturbados por ele, fiquemos menos surpresos com isso." (*Op. cit.*, VI, 1, pp. 318-319.)

5. Ver artigo 50.

6. Ver artigos 70, 124 e 126.

7. Ver artigo 138 e a nota 2.

8. Ver o texto citado no artigo 72, nota 2.

9. Ver a carta a Pollot de meados de janeiro de 1641 e as cartas a Elisabeth de junho e de 6 de outubro de 1645. Considerar uma situação sob diversos ângulos é para os estóicos um meio clássico de dominar as paixões (Epicteto, *Manual*, 29, 43; Du Vair, *op. cit.*, pp. 90-92). A originalidade do *Tratado* cartesiano está em haver fundamentado essa prática nas modalidades de interação entre a alma e o corpo (arts. 41 e 45).

Artigo 212:

1. "A filosofia que cultivo não é tão bárbara nem tão cruel que rejeite o uso das paixões; ao contrário, é nele apenas que coloco toda a doçura e a ventura desta vida." (Carta a Silhon de março ou abril de 1648.) Da mesma forma, Descartes negava que fosse "desses filósofos cruéis que pretendem que seu sábio seja insensível" (carta a Elisabeth de 18 de maio de 1645). Ele chega a escrever a Chanut que "nossa alma não teria motivo para querer permanecer unida a seu corpo nem por um único momento se ela não pudesse sentir [as paixões]" (carta de 1 de novembro de 1646).

2. Ver artigo 148 e as referências apresentadas na nota.

Bibliografia

Esta bibliografia não tem a menor pretensão de ser exaustiva: detive-me nos textos que me pareceram mais úteis para esclarecer a análise cartesiana das paixões, com relação à obra do próprio Descartes e à sua época. Algumas das obras citadas nas notas e na introdução não foram retomadas aqui.

Descartes:

Oeuvres de Descartes, editadas por Ch. Adam e P. Tannery, Vrin-CNRS, 1964-1974:
    I. *Correspondance*, abril 1622-fevereiro 1638.
    II. *Correspondance*, maio 1638-dezembro 1639.
    III. *Correspondance*, janeiro 1640-junho 1643.
    IV. *Correspondance*, julho 1643-janeiro 1647.
    V. *Correspondance*, maio 1647-fevereiro 1650.
    VI. *Discours de la méthode* e *Essais*.
    VII. *Meditationes de prima philosophia*.
    VIII. A. *Principia philosophica*.
    VIII. B. *Epiustola ad G. Voetium, Lettre apologétique, Notae in programma*.
    IX. A. *Méditations métaphysiques*.
    IX. B. *Principes de la philosophie*.
    X. *Pshysico-mathematica, Compendium musicae, Regu-*

lae ad directionem ingenii, La recherche de la vérité, Suplemento à *Correspondance*.
XI. *Le monde, Description du corps humain, Les passions des l'âme, Anatomica varia*.
Oeuvres philosophiques de Descartes, editadas por F. Alquié, Garnier, 1963.
Oeuvres inédites de Descartes, publicadas por Foucher de Careil, I, Paris, 1859.
Entretien avec Burman, Vrin, 1975.
Compendium musicae, tradução F. de Buzon, PUF-Épiméthée, 1987.
Correspondance avec Élisabeth et autres lettres, editadas por M. e J.-M. Beyssade, GF, 1989.
Les passions de l'âme, edição crítica de P. Mesnard, Hatier-Boivin, 1937.
Les passions de l'âme, edição crítica de G. Rodis-Lewis, Vrin, 1955 (edição revista em 1970).
Les passions de l'âme, edição crítica de J.-M. Monnoyer, Gallimard, 1988.
A. Baillet, *La vie de Monsieur Descartes*, Paris, 1691 (2 vol.), e *La vie de Monsieur Descartes en abrégé* (1692), La Table Ronde, 1946.

Contemporâneos:

J.-P. Camus, *Traité des passions de l'âme*, in *Diversités*, t. IX, Paris, 1613.
P. Charron, *De la sagesse*, Paris, 1601.
N. Coeffeteau, *Tableau des passions humaines*, Paris, 1630.
M. Cureau de La Chambre, *Les caractères des passions*, Paris, 5 vol., 1640, 1645, 1658, 1662, 1663.
Francisco de Sales, *Traité de l'amour de Dieu* (1616), in *Œuvres*, Pléiade, 1969.
Leibniz, *Nouveaux essais sur l'entendement humain* (II, 20), GF, 1990.

N. Malebranche, *De la recherche de la vérité,* V, Pléiade.
J.-F. Sénault, *De l'usage des passions* (1641), Fayard, 1987.
B. Spinoza, *Éthique* (especialmente III e V, Prefácio), GF, 1965.
  – *Court traité,* II, GF, 1964.
N. Esteno, *Discours de Monsieur Sténon sur l'anatomie du cerveau à Messieurs de l'Assemblée qui se fait chez Monsieur Thévenot,* Paris, 1669.

Outras fontes:

Aristóteles, *Traité de l'âme,* Gallimard, 1989.
  – *Rhétorique,* II, Les Belles Lettres, col. G. Budé, 1932.
  – *Catégories,* Vrin, 1984.
  – *De la génération et de la corruption,* Vrin, 1989.
  – *Petits traités d'histoire naturelle,* Les Belles Lettres, col. G. Budé, 1965.
Agostinho, *Confessions,* X, GF, 1964.
Cícero, *De l'amitié,* Arléa, 1991.
Diógenes Laércio, *Vies et opinions des philosophes illustres,* VII, in *Les stoïciens,* Pléiade, 1962.
G. Du Vair, *De la philosophie morale des stoïques* (1585), Vrin, 1946.
Galeno, *Oeuvres médicales choisies,* Gallimard, 1994.
  – *L'âme et ses passions,* Les Belles Lettres, 1995.
Hipócrates, *De l'art médical,* Le Livre de Poche, 1994.
Montaigne, *Essais* (principalmente I, 28, e II, 8), Gallimard, 1965.
Platão, *La République* (principalmente IV e IX), Garnier, 1950.
  – *Phèdre,* GF, 1964.
Ronsard, *De l'envie,* in *Oeuvres complètes,* II, Pléiade, 1950.
Tomás de Aquino, *Somme Théologique* (principalmente I, 75-83, I-II, 22-48), Le Cerf, 1984-1986.

Estudos críticos:

F. Alquié, *La découverte métaphysique de l'homme chez Descartes*, PUF, 1950 (reed. 1987).
   – *Le cartésianisme de Malebranche* (principalmente cap. I, VII e VIII), Vrin, 1974.
P. Bénichou, *Morales du Grand Siècle* (principalmente I e II), Gallimard, 1948.
M. Bertaud, *La jalousie dans la littérature au temps de Louis XIII*, Droz, 1981.
A. Bitbol-Hespériès, *Le principe de vie chez Descartes*, Vrin, 1990.
G. ganguilhem, *La formation du concept de réflexe aux XVII et XVIII siècles*, PUF, 1955.
   – *La connaissance de la vie*, III (principalmente pp. 101-127), Vrin, 1980.
E. Gilson, *Index scolastico-cartésien*, Vrin, 1979 (2ª ed.).
H. Gouhier, *La pensée métaphysique de Descartes* (principalmente cap. XII e XIII), Vrin, 1987.
N. Grimaldi, *Six études sur la volonté et la liberté chez Descartes*, Vrin, 1988.
M. Gueroult, *Descartes selon l'ordre des raisons* (principalmente cap. XIX e XX), Aubier, 1953.
J. Laporte, *Le rationalisme de Descartes* (principalmente II, 3), PUF, 1945 (3ª ed., 1988).
D. Kambouchner, *L'homme et ses passions*, Albin Michel, 1995. (Esta obra foi publicada tarde demais para que pudéssemos consultá-la.)
N. Luhmann, *Amour comme passion, de la codification de l'intimité* (principalmente V-VI), Aubier, 1990.
J.-L. Marion, *Questions cartésiennes*, V, PUF, 1991.
P. Mesnard, *Essai sur la morale de Descartes*, Boivin, 1936.
O. Nadal, *Le sentiment de l'amour dans l'oeuvre de Pierre Corneille*, I, e "Étude conjointe", VI, Gallimard, 1948.
G. Rodis-Lewis, *La morale de Descartes*, III, PUF, 1970.
J. Russier, *Sagesse cartésienne et Religion*, II, 1, PUF, 1958.

Obras coletivas e periódicos:

Descartes, Cahiers de Royaumont, Philosophie, nº 2 (Éditions de Minuit, 1957), especialmente:
   G. Rodis-Lewis, *Maîtrise des passions et sagesse chez Descartes*.
   H. Lefebvre, *De la morale provisoire à la générosité*.
   P. Mesnard, *L'arbre de la sagesse*.
La passion de la raison (PUF-Épiméthée, 1983), especialmente:
   J.-M. Beyssade, *Réflexe ou admiration : sur les mécanismes sensori-moteurs selon Descartes*.
Revue internationale de philosophie, nº 146 (1983), especialmente:
   J.-M. Beyssade, *La classification cartésienne des passions*.
Descartes, Les passions de l'âme, Revue philosophique de la France et de l'étranger, nº 4 (out.-dez. 1988).
Revue internationale de philosophie, nº 189 (1994), especialmente:
   B. Timmermans, *Descartes et Spinoza: de l'admiration au désir.*

Cromosete
Gráfica e editora Ltda.

Impressão e acabamento
Rua Uhland, 307 - Vila Ema
03283-000 - São Paulo - SP
Tel/Fax: (011) 6104-1176
Email: adm@cromosete.com.br